AF390480

Guérir du passé

Roman

Lise Bellavance

Note à propos de la couverture : Grange située à La Malbaie près du fleuve Saint-Laurent. De Rixie, Dreamstime.com

© Les productions luca
ISBN 978-2-89735-668-2

TABLE DES MATIÈRES

Prologue

Si Valérie Morin eût été une mante religieuse, à cet instant précis, elle dévorerait son mâle rageusement, non parce qu'elle était affamée, mais pour lui faire mal, pour le blesser, pour qu'il disparaisse, pour qu'il n'existe plus. L'extinction. La mort. L'anéantissement.

— Vincent Gagné, tu n'as pas osé ? grommelle entre ses dents la jeune femme furieuse.

La colère qui l'habitait était si vive, qu'elle cherchait en vain l'air qui semblait ne plus vouloir atteindre ses poumons. Sa gorge était obstruée par une grosse boule et ses yeux voilés entrevoyaient des étincelles. Nulle colère de sa vie n'avait été aussi destructrice.

Celle-ci la consumait jusqu'à la moelle, brûlant toute son énergie, hurlant dans sa tête et dans son ventre. Elle s'attendait à tout de Vincent, c'était un homme qui aimait les surprises, l'insolite, le danger. Mais elle n'aurait jamais soupçonné qu'il puisse oser lui faire subir une telle infamie.

Valérie était une femme énergique de 32 ans et elle n'était pourtant pas coléreuse de nature. Mais cette journée torride de juillet lui apportait plus qu'elle n'en pouvait supporter. Encore aujourd'hui, la trahison s'abattait sur elle comme un arbre coupé qui s'écrase sur la végétation d'alentour.

Qu'allait-elle faire maintenant ? Continuer à vivre avec Vincent lui apparaissait impossible désormais. Il avait enfreint la règle. La seule, l'unique règle qui était nécessaire à Valérie. Elle ne pourrait plus jamais être dans la même maison, la même pièce, le même lit que lui sans étouffer.

Leur rencontre

Elle le détestait tellement ! Était-il possible de haïr autant après avoir éprouvé de l'amour ? Ou avait-elle simplement cessé d'aimer Vincent, il y a plusieurs années ?

Pourtant, tout les avait rapprochés Vincent et elle. Ils étaient deux enfants orphelins, meurtris, abandonnés, les deux « V ». Ils s'étaient rencontrés un soir d'octobre pluvieux, au Complexe sportif de la ville voisine.

Alors que Valérie était à la piscine et effectuait sa douzième longueur, elle avait changé involontairement de couloir et s'était frappée à Vincent Gagné. Celui-ci avait ri pendant qu'elle s'excusait de sa méprise. Puis, rapidement, elle avait quitté la piscine, un peu mal à l'aise de sentir son regard insistant sur elle.

Sortant du vestiaire, elle l'avait aperçu à nouveau. Son sac de sport par terre, il était appuyé contre les portes d'entrée. Son apparence l'avait surprise. Alors qu'elle-même portait un simple jogging marine et des espadrilles, le jeune homme était vêtu d'un pantalon et d'une veste en jersey, une chemise blanche avec une cravate classique et des souliers vernis. Ce conformisme la surprit. Levant les yeux vers lui, elle fut très surprise de s'entendre lui dire :

— Où vas-tu déguisé comme ça ?

Et lui, de répondre, du tac au tac :

— C'est mon déguisement d'Halloween, un peu à l'avance.

Et elle avait éclaté de rire. Cet aplomb avait plu à Valérie.

— Et si on allait prendre un café ? lui avait-il demandé.

Enchantée, elle avait accepté. Elle ne comprenait pas ce qui lui arrivait, elle, habituellement si méfiante, était prête à partir avec un inconnu pour boire un café. Mais c'est ainsi que tout avait commencé.

Vincent travaillait en informatique. C'était ce qu'on pouvait appeler un maniaque. Premier finissant en informatique du Cégep Limoilou, il avait été repêché, avant même la session d'examens, par une entreprise prometteuse de Québec : l'Eastern Télécom. Il était passionné d'informatique, lisait toutes les revues et les livres disponibles partout. Un soir, il lui avait dit, très sérieusement :

— Un jour, je serai riche et ce monde de misère qui a englouti ma jeunesse n'existera plus. Bientôt, plus personne ne me dira ce que je dois faire.

Valérie comprenait cette rage qui habitait Vincent et le poussait à changer la vie décevante qui était la sienne : trop simple, monotone, miséreuse. Sa propre vie ressemblait étrangement à celle de Vincent. Ensemble, ils se comprendraient, se soutiendraient et s'amèneraient mutuellement au sommet du monde. Ils avaient tous les deux la fougue de la jeunesse et croyaient que tout leur était permis.

À l'instar de Vincent, Valérie aussi nourrissait un grand rêve. Elle n'était pas aussi gourmande que Vincent qui ne voulait rien de moins que la richesse. Mais elle voulait posséder une auberge qui aurait une grande réputation pour sa gastronomie et son accueil exemplaires, comme elle en connaissait plusieurs dans Charlevoix.

Depuis sa plus tendre enfance, elle avait fait de fréquents séjours chez sa tante Madeleine qui y habitait. La nature et l'harmonie de cette région l'avaient totalement conquise. Mais elle avait surtout découvert les auberges, ce concept fabuleux du « chez-soi, ailleurs ».

Elle aussi, elle allait conquérir son monde. Ses études en administration et à l'Institut d'hôtellerie à Montréal l'avaient préparée pour mener à bien son projet. Présentement, elle travaillait comme maitre d'hôtel au Château Frontenac. Son travail était très satisfaisant et lui permettait de se faire des contacts qui pourraient lui servir bientôt. Valérie et Vincent étaient donc amoureux, ambitieux et avaient décidé de partager leur vie.

C'était hier

Mais tout cela, c'était hier. Il semblait à Valérie que ces grands rêves appartenaient à une autre vie. Pourquoi aujourd'hui ne pouvait-elle rien trouver dans son coeur, en souvenir du passé, qui puisse l'amener à penser à une autre solution, moins destructrice, moins définitive ? Mais voilà, Valérie savait que quelque chose était cassé, à tout jamais.

Après toutes ces années, le sommet du monde qu'ils voulaient gravir ensemble ressemblait plutôt à un volcan qui crachait sa lave démente, trop longtemps retenue au tréfonds de ses entrailles. Il détruisait tout sur son passage et rien ni personne ne pourrait arrêter son vomissement.

Valérie repensait aux dernières paroles qu'elle avait échangées, quelques minutes plus tôt, avec son gynécologue :

— C'est tout Docteur ?

— Oui, Valérie. Mais laissez-moi vous donner un dernier conseil.

— Si vous voulez... lança sèchement Valérie, exaspérée par la nouvelle que venait de lui apprendre le Dr Garnier.

— Laissez retomber votre colère avant de prendre des décisions que vous regretteriez.

— Docteur, avait-elle répondu, il y a certaines décisions que l'on ose prendre uniquement quand la colère nous ronge.

Et dans un geste plein de dignité, elle avait quitté le bureau de son médecin, sans ajouter un mot.

Maintenant, sa voiture lui donnait l'impression d'une armure. Vue de l'extérieur, elle semblait maitresse d'elle-même et de la situation, mais elle se consumait de rage.

Elle aurait voulu hurler, griffer, frapper. Et c'est lorsqu'elle vit ses mains blanches accrochées au volant de sa voiture et son corps secoué de haut-le-coeur qu'elle comprit qu'elle allait craquer. Et les larmes se bousculèrent sur ses joues, roulèrent et mouillèrent ses joues, ses mains. Et elle laissa libre cours à sa frustration.

Elle ne sut pas combien de temps s'écoulèrent dans cette averse de rage, de honte et de désolation. Mais peu à peu, à travers sa confusion, elle pensa à leur petite fille. À ce moment où elle avait su qu'elle était enceinte. Une tout autre situation que celle d'aujourd'hui. Une compagne de travail lui avait parlé du Dr Garnier:

— Ce gynécologue traite les femmes enceintes comme des pierres précieuses. Ce médecin adore les bedaines. Aucune crainte qu'il ne te traite comme un numéro. Tu vas adorer sa gentillesse, son attitude paternelle et respectueuse. Avec lui, on se sent unique, importante, merveilleuse.

C'était exactement ce dont Valérie avait le plus besoin à ce moment-là. Qu'on renforce sa décision de garder en son sein l'enfant qu'elle portait. Car cette grossesse n'avait pas été planifiée. Mais elle espérait que Vincent l'aurait acceptée comme un cadeau-surprise. Mais elle avait vite dégrisé. Vincent avait été catégorique :

— Valérie, je ne veux pas d'enfants. Je t'ai toujours dit que je n'avais pas la fibre paternelle et il n'y a rien de changé. Je ne veux pas d'enfants. Le rôle de parents n'était pas prévu dans notre contrat.

Alors Valérie avait été déçue, blessée. Parce qu'elle ne voulait pas envenimer la situation, elle n'avait pas répliqué et avait gardé pour elle son ressentiment.

Oui, avait pensé Valérie ce jour-là. *Tu as bien raison, Vincent. Le rôle de parents n'était pas prévu dans ton contrat. Le mien, mon contrat, il n'a jamais existé. Nous avons toujours vécu selon tes règles.*

Et pour la première fois, elle avait choisi ses propres règles du jeu. Cette fois-ci, c'était dans son corps que se jouait la partie. Et Vincent devrait s'y faire. Valérie avait passé des semaines à se battre contre les nausées et les étourdissements.

Mais plus elle analysait la situation et ce qui poussait dans son ventre, plus elle devenait convaincue qu'elle désirait cet enfant. Et c'est en fixant son rendez-vous chez le Dr Garnier qu'elle avait franchi le premier pas vers son ultime décision.

Chez le gynécologue

Toutefois, ce jour-là, dans la salle d'attente de son gynécologue, le doute la tenaillait. Elle avait regardé avec envie les femmes accompagnées de leur conjoint. Si elle persistait dans cette voie, elle devrait vivre sa grossesse seule. Vincent lui ferait payer sa décision, elle n'en doutait pas.

C'est donc une Valérie bien perturbée et inquiète qui rencontra le Dr Garnier la première fois. Mais c'est une toute nouvelle Valérie qui ressortit du bureau, quelques minutes plus tard.

Elle avait pris sa décision : si cet enfant était là, et c'était maintenant une certitude, il y resterait. Il grandirait tranquillement, en sécurité au creux de son ventre. Elle le protégerait maintenant, demain et toujours, envers et contre tous. Sa décision d'alors avait aujourd'hui quatre ans, et se nommait Marie-Ève.

Vincent ne lui avait jamais pardonné ce choix qu'elle avait fait sans lui, d'accueillir un enfant dans son corps. Et aujourd'hui, c'était au tour de Vincent : il lui transmettait cette maladie vénérienne. Et la colère de Valérie traduisait toute la frustration qu'elle ressentait d'être sa victime.

— Qu'ont-ils tous à vouloir me trahir ? J'avais pourtant essayé de reconstituer la famille que je n'avais plus. J'ai vraiment essayé, mais tu n'as pas voulu Vincent. Il m'a fallu tant d'années pour retrouver mon équilibre, je ne vais pas tout perdre de nouveau. Je ne veux plus me retrouver en mille miettes. Désormais, je vais contrôler ma vie. Plus jamais un homme, ni qui que ce soit, ne réglera mon existence. C'est fini.

Déterminée, Valérie s'essuya le visage, prit une grande respiration et mit le contact. Elle avait l'esprit clair et vif. Elle savait maintenant ce qui allait advenir de sa vie. Heureusement, Marie-

Ève était chez sa tante Madeleine, dans Charlevoix. Elle pourrait tout régler, maintenant, sans troubler sa fille. Car Valérie devait protéger Marie-Ève de cet être détestable qui lui faisait office de père.

Valérie, bien décidée

Face au grand bâtiment de l'Eastern Télécom, Valérie fulminait. La mante religieuse était furieuse et elle dévorerait la réputation surfaite de Vincent, pour qu'il ne lui reste plus rien, comme elle maintenant. Il était fini ce temps où elle était celle qui donnait et Vincent celui qui prenait.

Ayant stationné l'auto le plus loin possible derrière le bâtiment où travaillait son mari, elle se donna tout le temps de penser à ce qu'elle dirait ou ferait pour bien faire sentir à Vincent qu'elle était décidée à ne plus se laisser utiliser de la sorte.

Elle entra dans le grand hall, opulent et désert, ou presque désert, car debout devant l'ascenseur qui atteignait le quatrième étage, elle aperçut Miville Leblond, l'*alter ego* de Vincent. Celui-ci, surpris, la regarda et lui lança :

— Quel bon vent t'amène Valérie ?

— La tornade du siècle, mon cher. La tornade du siècle !

Curieux, Miville sourit étrangement et flaira les ennuis pour son meilleur ami, alors que la cloche de l'ascenseur annonçait le moment d'embarquer.

— Ça ne va pas Valérie?

— Laisse faire, veux-tu Miville ? Tu le sauras bien assez tôt. Vincent est à son bureau ?

— Oui Madame, comme un seul homme !

— Parfait.

Dans l'ascension vers le lieu des saints, Valérie se sentit prise au piège. Elle aurait dû prendre l'escalier, les espaces clos comme cet ascenseur lui faisant toujours perdre ses moyens.

Ça ne finira donc jamais, pensa Valérie inquiète, en avalant vitement cette boule dans la gorge qui l'étranglait. *Pauvre idiote, après toutes ces années, il serait temps de clore tes angoisses de petite fille. Tu as des problèmes d'adultes à régler aujourd'hui.*

Miville regardait Valérie à la dérobée. Grande et élancée, elle affectait souvent cet air de mépris envers lui. Vincent lui avait déjà expliqué qu'elle était peu liante et qu'elle aimait garder ses distances avec les gens.

Il voyait ses sourcils froncés qui ajoutaient encore plus de sévérité à son visage et confirmaient son attitude austère. Comme d'habitude, ses cheveux bruns, mi-longs, étaient attachés à l'arrière par un ruban. Elle ne portait pas de bijoux et avait opté pour un maquillage très léger.

Son costume tailleur noir complétait l'allure austère de Valérie. Elle choisissait toujours des teintes marines, noires ou beiges pour ses vêtements. D'ailleurs, Miville avait toujours jugé Valérie très quelconque et s'était constamment questionné sur le choix de Vincent.

Mais aujourd'hui, Miville sentait qu'il y avait feu aux poudres. La venue de la jeune femme au bureau de son mari cet après-midi était vraiment inhabituelle et bizarre.

Le visage de Valérie trahissait un étrange inconfort et même davantage. On pouvait croire qu'elle allait s'évanouir tellement elle blanchissait à vue d'oeil. Comme pour narguer Valérie et étirer son supplice, l'ascenseur s'arrêta à tous les étages pour avaler autant de passagers qu'il pouvait en contenir.

La respiration de la jeune femme commença à s'accélérer alors qu'elle fixait le petit chiffre qui s'allumait après chaque palier : six, sept. Valérie était certaine qu'elle ne pourrait se rendre jusqu'au douzième étage sans hurler. C'est pourquoi, quand la porte s'ouvrit au huitième étage, elle cria :

— Laissez moi passer, je dois sortir, dit-elle, en poussant toutes les personnes qui lui barraient la route et en se lançant dans le corridor, sous l'oeil ahuri de Miville et des autres passagers.

Blanche de peur, Valérie dut s'appuyer au mur pour reprendre son souffle et retrouver son aplomb. Elle s'engouffra ensuite dans l'escalier en haletant encore. Elle devait retrouver ses esprits au plus tôt, sinon elle deviendrait la risée de tout l'étage et ne pourrait mener à bien ce qui l'amenait ici cet après-midi.

Miville la suivit, sans hâte, trop intrigué par ses réactions bizarres. C'est au niveau du dixième étage que Valérie perçut le bruit des pas qui la suivaient et qu'elle se retourna promptement. Miville lui sourit platement en lui disant :

— Peut-être devrais-tu t'asseoir un peu, Valérie, on dirait que tu viens de voir le *Fantôme de l'opéra.*

— Laisse Miville, tout va bien. Tu n'as donc rien d'autre à faire que de me suivre ?

— Mais Valérie, tu vas au même endroit que moi. Vincent me remercierait sûrement de materner un peu sa douce moitié alors qu'elle semble si perturbée en ce moment.

Valérie ne répondit pas. Ce genre de discours condescendant lui mettait toujours les nerfs à vif. Elle comprit qu'il ne la lâcherait pas et continua son ascension sans plus se préoccuper de son chevalier servant.

Quelques minutes plus tard, ayant retrouvé tous ses esprits et sa colère bien revenue, elle ouvrit la porte du bureau de Vincent avec désinvolture, enchantée de trouver celui-ci en réunion dans son bureau avec quatre autres collègues. Son mari releva la tête et la surprise laissa sa bouche entrouverte.

— Bonjour Vincent. Qu'on me pardonne cette intrusion, mais c'est une chose urgente qui ne peut attendre.

Les visages se tournèrent vers Vincent. Celui-ci se leva nonchalamment pour s'avancer vers Valérie.

— Val, quelle surprise ! Tu ne m'avais pas dit...

— Non, mon cher Vincent, je ne t'ai rien dit parce que je n'en savais rien. Je viens juste te remercier pour le cadeau puant que tu m'as refilé.

— Qu'est-ce que tu veux dire ? rétorqua Vincent un peu trop abruptement.

Les visages commencèrent à errer de Valérie à Vincent pendant que Miville, sur le pas de la porte, sentant la tornade sur le point d'aboutir, tenta de faire diversion.

— Vincent, on te demande au bureau de Georges. C'est urgent !

Valérie se retourna et en apercevant Miville, retrouva toute sa frustration d'il y a quelques heures. Poussant de la main le partenaire complice de son mari, elle prit la situation en main :

— Miville, ça attendra ! Et d'abord, tu n'as rien à faire ici.

Et elle fit reculer Miville en lui fermant la porte au nez. Vincent, resté debout, sentit le moment délicat. Il fit un geste pour entourer les épaules de Valérie de ses bras, pour tenter de la calmer, mais celle-ci fit volte-face et explosa :

— Ne me touche pas, espèce de salaud. Écoute-moi bien. Tu m'as fait suer pendant trois ans, depuis la naissance de Marie-Ève. Et j'ai marché comme une pauvre idiote. Mais aujourd'hui, nous sommes le 12 juillet 1996 et c'est fini. Je t'ai fait confiance et tu t'es foutu de ma gueule. Alors, maintenant, arrête ton cirque !

Vincent, mal à l'aise, n'y comprenant rien, tentait de faire bonne figure devant les spectateurs avides de tout savoir, Valérie sortit de sa poche une boîte de pilules qu'elle brandit devant les yeux de son mari. Celui-ci regarda intensément le petit récipient et ses yeux oscillaient entre Valérie et la petite boîte.

— Qu'est-ce que ça veut dire, Valérie ?

— Tu oses le demander ?

Malgré lui, Vincent commençait à comprendre. Mais il ne savait que dire.

— Ces petites pilules, mon cher Vincent, viennent de sonner le glas à notre vie commune. J'aurais dû faire ça il y a trois ans, quand tu m'as laissé accoucher seule comme une bête. Mais mieux vaut tard que jamais. Salut !

— Attends Valérie, laisse-moi t'expliquer.

Vincent pris de panique tenta de lui barrer le chemin, mais les yeux de Valérie, furibonds, arrêtèrent son geste et elle sortit du bureau. Mais avant de fermer la porte, elle se retourna et ajouta :

— Oh ! une dernière chose. N'oublie pas d'avertir tes *petites amies*, mon cher. Il faut sans doute qu'elles se procurent ces petites pilules, elles aussi.

Et elle claqua la porte, sans rien ajouter.

Vincent se rejoue l'entretien

20 h.

Seul dans son bureau, Vincent revivait, pour la centième fois, chaque instant de la visite de Valérie dans son bureau et ressentit une grande frustration. Il avait toujours été maitre de la situation avec sa femme. Que s'était-il passé pour qu'aujourd'hui tout dérape ?

Il aimait Valérie. Ou à tout le moins, il l'avait choisie pour épouse et lui réservait tous les privilèges que conférait, dans sa vie, ce statut. Mais il ne pouvait s'empêcher de folâtrer ici et là, de vivre intensément le moment présent et de ne rien laisser passer dans sa vie qui pourrait lui plaire.

Comme disait son ami Miville : « Ce n'est pas parce que tu es au régime que tu ne peux pas regarder le menu ». Il est vrai qu'il faisait plus que *regarder* ce menu. Il était notoire qu'il dégustait et se délectait de chaque nouveau plat lui étant offert, comme un enfant devant un nouveau jouet.

Vincent avait toujours su plaire. Très mince et élancé, il offrait une apparence d'homme actif et en forme. Sans être véritablement musclé, aucun gramme de graisse n'épaississait sa silhouette et il en était très fier.

Bel homme souriant aux yeux verts rieurs, il affichait un air charmant et aimable. Toujours bien mis, à la toute dernière mode, il apportait un soin méticuleux à chaque détail de son allure. Quoique ses manières soient un peu guindées, il était sympathique et l'on aimait toujours se retrouver en sa compagnie.

Vincent avait toujours été maitre de sa vie et il gardait la main haute sur ses aventures. Mais que Valérie eut pu soupçonner ses sauts de clôtures, cela il en était médusé. Rien n'avait pu lui faire présager une telle chose.

Valérie avait une façon bien à elle de gérer ses émotions, sans jamais devenir émotive et hystérique comme bon nombre des conjointes de ses compagnons de travail ou de loisir. Mais tout avait changé quand Valérie avait su qu'elle était enceinte. C'est à ce moment que l'univers de Vincent avait basculé.

Le jeune homme se promenait de long en large dans son bureau. Il avait fermé les stores des fenêtres communiquant avec la salle des programmeurs pour se donner l'intimité nécessaire pour analyser la situation.

La réunion de cet après-midi avait été ajournée très rapidement, vu la visite impromptue de Valérie. Et depuis, chacun le regardait avec un drôle d'air et il entendait chuchoter derrière son dos.

Cette journée avait pourtant si bien commencé. On avait capté l'attention de la compagnie d'aéronautique APM de Montréal qui cherchait une offre alléchante pouvant leur permettre d'épargner du temps dans leurs essais informatiques de performance de nouveaux moteurs.

Eastern Télécom avait été très agressif sur ce contrat, et ce matin, on lui avait affirmé qu'ils étaient pressentis sérieusement pour devenir maitre d'oeuvre de leur projet. C'était le résultat acharné de Vincent depuis les onze derniers mois, et au moment où il aurait eu besoin de tous ses moyens, voilà que la soupape sautait chez lui.

Valérie n'avait jamais créé de situations houleuses, si ce n'est il y a quatre ans quand Marie-Ève était née. Il le savait, Valérie ne lui avait jamais pardonné de n'avoir pas bondi de joie à l'idée de jouer au papa. Ce qu'elle n'avait pas compris, c'est que le projet de sa vie ne comprenait pas la vie de famille.

Ce qu'il en avait vécu dans son enfance, lui avait enlevé à tout jamais le désir de perpétuer cette farce sociale. Pourtant, lorsqu'ils s'étaient connus tous les deux, leurs idées de la famille s'étaient rejointes : l'amour, le couple oui, mais les enfants, non merci.

Valérie, tout comme lui, était blessée, meurtrie, amère de ses propres relations familiales cahoteuses. Elle ne voulait pas d'enfant non plus quand ils s'étaient rencontrés.

Et il avait fallu que Valérie devienne subitement enceinte et remette tout en cause. L'appel de la nature ! On l'avait pourtant bien averti dans son entourage que la plupart des femmes n'y échappaient pas. Mais jamais il n'aurait soupçonné que Valérie s'y fut laissé prendre.

Leur relation avait alors pris des allures de confrontation, de duel parfois. Valérie si conciliante, autonome dans sa vie et fière de leur relation indépendante avait tout à coup voulu créer avec lui un tout nouveau rapport : celui d'un couple collé, relié en son centre par un enfant fragile et dépendant qui viendrait boire à eux sans les laisser vivre indépendamment. Non ! Il n'avait pu s'y résoudre. Et malgré tout cela, Valérie avait choisi, seule, de garder son bébé.

Aujourd'hui, Marie-Ève faisait partie de leur vie. Il devait l'avouer, il en avait besoin aussi, mais il y avait une part de sa liberté qu'il n'avait jamais troquée à son nouveau rôle. Valérie avait alors commencé à lui reprocher ses absences, ses activités sportives, ses sorties avec les copains. Il se souvint de ce soir du mois de février, où les couteaux volaient bas, pour la première fois :

— Tu ne fais jamais rien avec Marie-Ève. Pourquoi ne pas l'emmener quand tu fais la course. Il y a des poussettes spécialement conçues...

— Non, Valérie. Ne commence pas. Il n'en est pas question.

— Tu ne m'as pas pardonné n'est-ce pas Vincent ? Et tu fais payer à ta fille ma propre décision ?

— Ça n'a rien à voir. Moi je suis égal à moi-même. Je n'ai pas la fibre paternelle, je le savais, tu le savais. Et ça ne pousse pas dans le jardin. Alors tu vis avec ta décision. Elle est ma fille. Je l'aime bien. Mais ne me demande pas de faire le papa gâteau, guiliguili. OK ?

— Et moi, là-dedans, tu ne pourrais pas, de temps en temps, m'alléger un peu, en prendre la responsabilité quelques heures, juste par amour pour moi ?

— Arrête tout de suite Valérie. Si tu veux jouer le rôle de victime de ta mère, libre à toi.

— Ne parle pas de ma mère comme ça ! Sa vie fut un enfer !

— Valérie, on est une victime quand on décide de l'être. Moi je me refuse de jouer ce jeu-là avec toi. C'est un jeu de perdant. Et je suis un gagnant.

— Parfois, Vincent tu es d'une méchanceté catastrophique.

Et les scènes de ce genre, s'étaient succédé, lentement, doucement, semaine après semaine. Et il s'était senti pris au piège. Alors Christine était survenue dans sa vie, et Manon, Aline et les autres. Jamais longtemps chacune. Car le pouvoir des femmes sur un homme lui était insupportable.

Il avait toujours été clair et honnête avec ses maitresses. C'était sa force. Et tout était orchestré de façon ordonnée. Mais aujourd'hui, son monde s'écroulait. Que devait-il faire ? Laisser partir Valérie ? Car il n'en doutait pas un instant, Valérie ne reviendrait pas sur sa décision. Elle partirait.

Vincent le savait. Le concept d'exclusivité pour Valérie était une condition absolue dans leur relation. Et il avait failli. Mais la vie est si bête et si courte. Chaque moment vaut qu'on le vive maintenant, pour ce qu'il est et non au regard de considérations oiseuses de demain, de l'avenir.

L'avenir ! Quel frein, quel piège ! L'important dans la vie c'est la joie, l'expérience, la passion. Maintenant.

Si je n'avais pas décidé, il y a si longtemps de vivre à tout prix pour moi, je ne serais pas ici, bien vivant, sain d'esprit et fier de mes exploits. J'ai dû choisir : la vie ou la mort. Et j'ai choisi la vie. Et dans nos choix, il y a toujours quelque chose ou quelqu'un qu'on heurte ou qu'on perd.

Tante Madeleine

— Tu as fait ça Valérie ?

— Oui, Madeleine. Et avec une grande satisfaction.

La marraine de Valérie était au téléphone avec celle-ci. Sa nièce lui racontait ce qui s'était passé avec Vincent et lui expliquait la situation telle qu'elle était.

— Vincent a osé se rire de moi, m'humilier, me bafouer. À lui maintenant de ramasser les pots cassés.

Madeleine était secouée de ce virage imprévu dans la vie de Valérie. Elle aurait tant voulu que leur relation amoureuse perdure et crée une harmonie si nécessaire à Valérie et à Marie-Ève.

— Alors, tu arrives demain ?

— Exactement. Je devrais être rentrée en début de soirée. Marie-Ève va bien ? Elle ne s'ennuie pas trop ?

— Elle t'attend avec impatience. Je t'avoue que cette semaine lui a paru bien longue. Mais Rosaire l'a emmenée sur la plage, à plusieurs reprises. Elle a aussi hâte que nous de te revoir.

— Pauvre chouette. Dis-lui bien que je l'embrasse et qu'on ne se quittera plus, dès que j'arriverai.

— Valérie, ma douce...

— Et ne m'appelle plus jamais ma douce ! Cette douce-là, elle est morte, comme toutes les autres Valérie d'antan. Maintenant, il n'y a que l'avenir devant moi. Je ne veux plus m'attarder au passé Madeleine. C'est fini.

— Très bien, comme tu voudras Valérie. À bientôt.

— À bientôt, Mado. Embrasse Rosaire pour moi.

— Je n'y manquerai pas.

Je sais, Valérie, combien tu as souffert, méditait Madeleine, la conversation téléphonique terminée. *Combien de portes as-tu fermées avant même d'en avoir franchi le seuil ? Toute ta jeunesse contient la souffrance et la désillusion de la vieillesse. Toutefois, je sais combien ton coeur garde une immensité d'amour qui ne demande qu'à s'épanouir. Mais est-ce que ta vie en permettra l'éclosion ? Je t'y aiderai, ma douce, je t'y aiderai.*

Quelques heures plus tard, Madeleine était dans sa chambre avec Rosaire. Assise à sa coiffeuse, elle brossait ses cheveux pendant que son mari était allongé au lit avec un livre. Elle brossait sa chevelure depuis déjà quinze bonnes minutes, trop absorbée par les inquiétudes qui lui tenaillaient le coeur. Valérie lui avait semblé beaucoup plus ébranlée, au téléphone, qu'elle avait bien voulu le laisser paraitre.

— Qu'est-ce que tu penses de tout ça, Rosaire ?

— Tu parles de Valérie ? Qu'importe ce qu'on en pense, Mado. C'est sa vie. Nous n'avons pas vraiment droit de réplique.

— Je sais bien. Mais je la trouve si impulsive parfois. Si elle regrette sa décision et qu'il est trop tard ?

— Tu sais ma belle, une décision comme celle-là, il y a plein d'événements avant-coureurs. Il me semble que c'était peut-être la goutte qui a fait déborder le vase.

— Tu crois que ça n'allait plus ? Elle semblait pourtant l'aimer sincèrement, son Vincent.

— L'un n'empêche pas l'autre. Elle l'aimait peut-être encore, effectivement. Mais le prix à payer en valait-il la peine ?

— Tu n'as jamais aimé Vincent, n'est-ce pas Rosaire ?

— La question n'est pas de savoir si je l'aimais ou pas. C'est un homme très particulier et j'avais un peu de difficultés avec sa façon de voir les choses. Il y a une espèce de morbidité dans la façon dont il appréhende la vie. Et c'est cette attitude qui me mettait mal à l'aise. Je l'aimais bien. Mais, je l'aurais probablement mieux apprécié s'il n'avait pas été le mari de Valérie.

— Tu as sans doute raison. Le fait qu'il fasse partie du bonheur de Valérie, nous étions méfiants et peut-être plus intolérants envers lui.

Madeleine avait l'impression de mieux respirer du fait que Rosaire semblait ressentir, comme elle, un mélange de crainte et de satisfaction face à ce qui arrivait à Valérie et Vincent. Elle rangea sa brosse à cheveux et passant devant la grande glace de sa garde-robe, se regarda à la dérobée, lissant de sa main ses hanches rebondies.

— Tu ne me trouves pas trop grosse, Rosaire ?

— Tes rondeurs font partie de toi, Mado. Je t'aime ainsi depuis des années et rien n'y changera rien.

Madeleine mesurait cinq pieds et deux pouces et était ronde partout. Ses cheveux gris et longs étaient toujours ramassés dans un chignon. Elle avait souvenir de toujours avoir été boulotte. Pourquoi aujourd'hui, se demandait-elle si Rosaire en trouvait ombrage ? Peut-être parce que la séparation de Valérie l'amenait à craindre de perdre cet être fabuleux qui avait fait de sa vie, une si belle aventure.

Elle regarda tendrement cet homme qu'elle avait choisi. C'était un colosse de plus de six pieds, presque chauve depuis l'âge de 30 ans. Ses mains toujours douces et gentilles étaient poilues et grosses comme des massues. Mais son regard contenait tant de douceur qu'on avait, à son contact, la certitude qu'aucune méchanceté ne pouvait sortir de ce gros nounours.

Rosaire sentit le regard de Madeleine sur lui. Il leva la tête et lui sourit. Il considérait toujours Madeleine comme un merveilleux cadeau de la vie. Chaque jour, il se disait qu'il était un homme béni des dieux d'avoir dans sa vie le privilège de partager son existence avec une femme aussi extraordinaire que Madeleine.

Leur relation avait toujours été teintée d'un respect et d'une tendresse sans cesse renouvelés. Le début de leur mariage n'avait pas été très facile pour sa femme.

Madeleine avait soigné sa belle-mère malade pendant dix ans. Quand elle avait épousé Rosaire, la famille Tremblay pensait à trouver une maison de repos pour leur mère, car elle était très malade, demandait des soins constants et personne ne se résignait à en prendre la responsabilité.

Madeleine avait réglé la situation en quelques minutes : il n'était absolument pas question de *placer* cette femme et de l'arracher à ses racines. Et Madeleine l'avait soignée, lavée, nourrie, patiemment, jour après jour, semaine après semaine, année après année.

Cette lourde tâche n'avait jamais entaché sa bonne humeur. Rosaire la questionnait souvent à ce sujet, lui demandant comment elle faisait pour trouver toute cette patience, cette énergie et ce courage. Mais Madeleine lui répondait toujours :

— Mais Rosaire, ce n'est pas un sacrifice. Ta mère est adorable et je l'aime beaucoup. Nous rions ensemble et elle me parle de toi, quand tu étais petit et toutes les espiègleries et les coups pendables que tu t'échinais à monter contre tes soeurs.

— Moi ? Des coups pendables ? Mais voyons, quelles menteries te conte-t-elle, ma mère ? Elle est en train de me dessiner tout noir !

— Oh ! non Rosaire. Ta mère vous aime tous si profondément.

Son amour pour vous est sans limites. Et elle réussit malgré tout à m'aimer moi aussi. Car je sens bien qu'elle m'aime beaucoup. Et j'en éprouve une grande joie.

Rosaire, lui aussi, éprouvait une grande joie aujourd'hui en suivant les gestes posés et calmes de Madeleine. Il ressentait toujours cette paix merveilleuse à la regarder.

— Tu sais Mado, tu es la personne la plus aimable que je connaisse.

— Ah oui ? Et quoi encore, mon beau ?

— Tu es jolie, très belle même. Tu es douce et tendre, coquine à tes heures, pleine de bon sens et d'une grande sagesse.

— Bon, c'est assez là. Tu vas me rendre orgueilleuse avec tous tes compliments. Tu sais une chose, Rosaire Tremblay ?

— Non, Madeleine Brisson.

— Je t'aime mon mari.

— Moi aussi, ma femme. Viens un peu ici.

Et les taquineries cessèrent. Ils se regardèrent tendrement et Madeleine se blottit étroitement contre Rosaire, heureuse d'être au chaud, à l'abri, en communion.

Rosaire s'était endormi, mais le sommeil faussait compagnie à Madeleine. Pourtant couchée depuis deux bonnes heures, elle était encore bien éveillée. Elle se releva doucement, pour ne pas réveiller Rosaire, et descendit au salon.

Bien calée dans sa berceuse préférée, elle repensa à Valérie. Celle-ci ne laissait jamais transparaitre la moindre vulnérabilité. Seule Madeleine connaissait les faiblesses de sa nièce, si chère à son coeur.

Pendant une bonne partie de sa vie commune avec Rosaire, ils avaient espéré avoir des enfants, pendant des années. Mais le destin en avait décidé autrement pour eux. Malgré leur tristesse de cet état de choses, ils avaient fait une vie heureuse et comblée. Et Valérie, leur filleule, était un peu l'enfant qu'ils n'avaient jamais pu avoir. Ils l'avaient toujours considérée comme leur propre fille.

Valérie semblait dure et froide pour tous. Mais elle osait être tendre et parfois fragile dans les rares moments où Madeleine et Valérie se parlaient à coeur ouvert. Ne lui avait-elle pas dit, il y a plusieurs années, à la mort de sa mère :

— Je suis en confiance avec toi, Mado, comme avec personne. J'ai l'impression que tu es ma vraie mère. Avec toi, je peux être fautive et parfois même, avoir peur. Avec maman, j'étais trop préoccupée par son propre malheur et son équilibre pour me permettre d'être sa fille. J'avais la plupart du temps l'impression d'être la mère et elle, l'enfant.

C'est un peu pour ça que Madeleine était inquiète ce soir. Elle n'était pas du tout certaine que Valérie avait changé cet ordre des choses.

Ma petite fille, comme ta vie est difficile. J'aimerais tellement pouvoir te la rendre belle. Mais comme dit Rosaire, c'est ta vie et le plus difficile est toujours de laisser vivre. Valérie ma douce...

Comme il se faisait tard, Madeleine retourna se coucher et s'endormit, épuisée.

Chez Valérie

Valérie était assise au salon, chez elle, ou à tout le moins là où ce fut chez elle. Vincent avait accepté de dormir chez Miville et de lui laisser l'appartement quelques semaines afin qu'elle puisse préparer son départ et celui de Marie-Ève.

La jeune femme était bien étonnée que cette entente eût été possible avec Vincent. Mais à sa grande surprise, Vincent avait accepté, sans tergiverser. Ils ne s'étaient plus parlé depuis leur rencontre avec l'avocat. Celle-ci sans problèmes également.

Valérie jeta un dernier regard sur les boîtes qui jonchaient l'entrée de l'appartement. Douze boîtes, sept caisses et trois sacs de jouets de Marie-Ève. Canelle, son gros chat noir, ne cessait d'errer d'un tas à l'autre et flairait plus particulièrement les jouets de Marie-Ève, tout en ronronnant.

— Tu sens bien qu'il y a du changement dans l'air, hein! ma Canelle ? Tu n'apprécieras pas beaucoup ton voyage dans la cage jusqu'à La Malbaie. Mais ce sera un des derniers que tu effectueras. Tu vas adorer les nouveaux espaces que tu n'as jamais connus longtemps. Viens, Canelle, saute.

Et Canelle se blottissant tout contre l'épaule de Valérie, se terra dans son cou et ronronna doucement. Valérie apprécia ce moment unique lui rappelant la continuité des choses. Depuis des semaines, le bouleversement total de sa vie l'avait déstabilisée, mais aujourd'hui, elle retrouvait son équilibre, son esprit de décision et était fin prête pour sa nouvelle vie.

Les blessures étaient enfouies au fin fond de son ventre, comme toutes les autres du passé qui s'y accumulaient, inlassablement.

— Il faut aller de l'avant, ma belle Canelle. Rien ne sert de pleurer sur son sort. La vie est faite pour qu'on prenne les décisions comme il se doit.

La brunante avait pris d'assaut l'appartement. Et un vent frais commençait à s'immiscer à travers les stores. Valérie s'approcha de la fenêtre pour gouter la proximité de la fraicheur. Puis, elle fit le tour de l'appartement pour allumer les lumières et le ventre creux, se dirigea vers la cuisine.

Elle se mitonna rapidement une omelette qu'elle agrémenta d'une salade verte. Elle s'installa au salon, devant la télévision, pour chasser cet ennui qui voulait s'infiltrer dans son coeur et qui n'était pas souhaité. Quelques minutes suffirent pour que son esprit vagabonde et lui rappelle les bons moments qu'elle avait vécus ici.

Cette heure était toujours magique pour Valérie. C'était le moment privilégié qu'elle partageait avec Marie-Ève, ici même, bien calé dans ce fauteuil, sa fille pelotonnée contre elle avec son oreiller. Elle la caressait, lui racontait des histoires ou lui chantait des berceuses. Puis, câline, Marie-Ève lui caressait les joues en l'appelant *Mamichou*.

Mamichou ! Quel surnom magnifique ! Marie-Ève en avait doté Valérie depuis ce jour où la mère avait caressé les joues de l'enfant et lui avait dit :

— Mamie t'aime mon chou.

Alors Marie-Ève, comme en écho, avait caressé tendrement à son tour les joues de Valérie en lui disant *Mamichou*. Valérie avait éclaté de rire et Marie-Ève, heureuse de l'hilarité de sa maman, avait répété, en riant :

— *Mamichou, Mamichou, Mamichou.*

Depuis, Valérie était devenue, à son grand plaisir, la Mamichou de Marie-Ève. Pourtant, l'enfant n'avait jamais trouvé, pour son père Vincent, de sobriquet affectueux de la sorte. Elle l'appelait tout simplement, papa.

Mais il faut dire que la relation de Marie-Ève était plus guindée avec son père. Moins de complicité, peu ou pas de tendresse. Marie-Ève s'en contentait fort bien, puisque ses rapports avec sa mère étaient toujours grandement chaleureux, complices et harmonieux.

Tous les soirs, c'était le même rite. Quand venait l'heure de dormir, Marie-Ève disait à Valérie :

— Canelle est 'tiguée Mamichou.

Alors, Valérie appelait Canelle qui venait se blottir contre elles et le ronronnement de la chatte calmait sa fille qui ne tardait pas à s'endormir dans les bras de Valérie. Et ce moment merveilleux l'attendrissait.

Tous les jours, Valérie attendait cet instant avec ravissement.

Elle aimait sentir la chaleur de son enfant, cette odeur presque sucrée qui se mêlait à l'air ambiant et lui rappelait les mois de grossesse où elle percevait la vie de son enfant dans les mouvements de sa bedaine.

Tout comme pendant sa grossesse, ses moments d'intimité avec sa fille n'étaient jamais partagés par son mari Vincent. Mais contrairement au temps où elle était enceinte, elle trouvait ces moments pleins en soi. Elle ne ressentait plus le besoin de les partager. Peut-être parce qu'elle avait appris très tôt à y trouver, seule, du bonheur.

Marie-Ève lui manquait terriblement. Son regard rieur et ses espiègleries qu'elle n'avait pas partagées depuis trop longtemps, laissait un manque presque douloureux. Valérie n'avait jamais été séparée si longtemps de sa fille. Deux semaines qu'elles ne s'étaient pas vues. Elles se parlaient très souvent au téléphone mais rien ne remplacerait ses petites menottes qui lui flattaient les joues quand elle disait :

— Je t'aime *Mamichou*.

Sentant l'émotion sur le point de l'envahir, elle se leva pour ramasser les vestiges de son repas et fit un dernier ramassage dans la cuisine et le salon. Elle partait demain et voulait laisser l'appartement impeccable pour le retour de Vincent.

Elle mit quelque vingt minutes à ce ménage et se prépara à dormir, pour la dernière fois, dans l'appartement qu'elle avait partagé avec Vincent qui était l'homme de sa vie, avait-elle cru.

J'ignorais que c'était plutôt l'homme aux mille vies, pensa-t-elle amèrement, en éteignant la lampe de la table de chevet.

L'ex-fermier

Pendant la sieste de Marie-Ève, Madeleine savourait, à travers la fenêtre, les splendeurs du fleuve. Les nuages étaient bas, il faisait soleil, mais la lumière était filtrée par ces nuages et le rayonnement donnait des couleurs bien particulières au paysage.

Le fleuve était « en huile », c'est-à-dire sans aucun remous, ni la moindre vague, comme un miroir. Rosaire était parti depuis le matin, sur le bord de la grève, pour peindre.

— Je vais profiter de cette lumière magique. Je m'apporte un petit diner et je reviendrai en fin d'après-midi.

C'était merveilleux de le voir si serein. Rosaire avait décidé de peindre quand il avait pris sa retraite, il y a dix-huit mois. Il y mettait beaucoup d'énergie et il faut dire qu'il avait un véritable talent. Madeleine en était très étonnée, puisqu'il n'avait jamais pris un pinceau dans ses mains avant ce jour.

Ce qu'il peignait était vraiment superbe, autant par les sujets originaux qu'il trouvait que par le traitement de la couleur et de la lumière qu'il semblait posséder comme une seconde nature. Madeleine avait cru que son mari se serait senti bien désoeuvré après la vente de leur ferme. D'ailleurs, tout cela s'était passé si vite et de façon si inattendue.

C'était un matin de février. Rosaire avait une expression étrange dans les yeux. Madeleine n'aurait su dire quoi, mais elle savait avec certitude qu'il lui cachait quelque chose. Et ce regard, mi-figue mi-raisin, signifiait qu'elle saurait bientôt de quoi il s'agissait. La conversation d'alors lui revint très clairement à l'esprit :

— J'ai fini de réparer l'enclos et le système d'éclairage du couvoir est opérationnel. Aujourd'hui, je vais descendre au village et j'aimerais que tu m'accompagnes.

Rosaire parlait toujours de La Malbaie comme « du village ». Il y a quarante ans, tout était plus petit et il était habituel d'appeler le village, ce lieu où se trouvaient toutes les commodités et les services nécessaires à leur vie.

Quand on quittait le Rang Saint-Pierre, c'était habituellement pour se ravitailler ou pour quérir le matériel nécessaire à l'entretien de la ferme. Mais aujourd'hui, le village n'était plus ce qu'il était et si les gens de La Malbaie savaient que Rosaire l'appelait encore ainsi, ils grinceraient des dents.

— Pourquoi as-tu besoin de moi à La Malbaie ?

— Je voudrais aller rencontrer le notaire Cimon. Je l'ai vu la semaine dernière et il m'a dit qu'un homme de Montréal lui avait donné comme mandat de lui chercher une ferme à vendre dans la région. Il m'a demandé si notre ferme était à vendre et je lui ai répondu : « Peut-être ».

— Quoi ? Tu lui as dit « peut-être ». Tu veux vendre la ferme ?

— Pourquoi pas Madeleine ? Tu ne trouves pas qu'on est un peu vieux pour jouer les fermiers ? Tu dis que tu aimerais avoir une auberge. Ce serait le temps peut-être d'y penser sérieusement avant que tu sois à bout d'âge.

— Ça, par exemple. Je n'en reviens pas. Tu mijotais tout ça et tu ne m'en disais rien ?

— Je voulais être certain de ce que je voulais. Et je crois que j'aimerais bien changer de vie. Pendant près de 45 ans, la ferme a été toute ma vie. À part toi, évidemment. Il serait bien de faire autre chose, maintenant. Qu'en penses-tu?

Madeleine avait été absolument renversée. Jamais elle n'aurait cru que Rosaire souhaitait autre chose que de travailler à la ferme. Elle l'avait connu amoureux de la terre et des bêtes, et l'impression qu'elle avait de lui était indissociable de tout cela.

Elle le revoyait debout, près de la clôture du jardin, à chaque soir après le coucher du soleil. Il avait toujours un merveilleux sentiment de satisfaction criant dans ses yeux. Combien de fois par jour l'entendait-elle s'écrier :

« La vie est belle et généreuse comme une bonne patate bien dodue ».

C'est pourquoi elle était étonnée d'entendre son mari exprimer le désir de vendre la ferme.

Il est vrai qu'elle avait parlé de son rêve d'avoir une auberge « un jour ». Mais dans sa tête, c'était plus un souhait capricieux que véritable. Mais cette conversation avait bousculé ses pensées et elle dût revoir ses priorités et se demander sérieusement si, oui ou non, elle voulait diriger une auberge.

Et aujourd'hui, dix-huit mois plus tard, Madeleine était propriétaire de l'Auberge La Mitonnée ainsi que d'un terrain magnifique donnant accès au fleuve. Rosaire et elle habitaient une jolie maisonnette, située juste derrière l'auberge. Elle était la patronne et ressentait une grande fierté de l'être.

Rosaire, ayant pris sa retraite, devenait un ex-fermier. Il continuait tout de même à travailler un peu, à mi-temps, puisque c'était lui qui effectuait l'entretien et les réparations de l'auberge. Mais ce qui le passionnait vraiment, depuis cette dernière année, c'était la peinture. Et elle le laissait vivre cette passion, puisqu'il en était absolument transformé. Tout était donc parfait dans leur vie.

Mais aujourd'hui, Madeleine était encore plus heureuse de son sort. Car Valérie avait accepté d'envisager sérieusement sa proposition d'être sa partenaire. Dans son projet d'acheter une auberge, son dessein premier était de permettre à Valérie d'accéder à son rêve.

Mais il faut dire que Madeleine s'était prise elle-même au jeu. Elle adorait ce qu'elle faisait. Et maintenant, Valérie en déménageant dans Charlevoix, avait accepté l'offre que Madeleine lui avait faite, dix-huit mois plus tôt. Valérie et elle seraient copropriétaires de l'auberge. Il ne restait que quelques papiers à signer et le tout serait officiel.

C'était aussi une façon un peu indirecte de forcer Valérie à stabiliser sa vie et s'accrocher à une certaine continuité. Cela n'en serait que plus sain pour Marie-Ève. Car Madeleine s'inquiétait beaucoup pour cette enfant. Ce bout de chou n'en savait rien encore, mais toute sa vie deviendrait complètement changée d'ici quelques heures. Comment Marie-Ève réagirait-elle à cette vie chamboulée?

Vite que Valérie arrive et que nous prenions un rythme de vie normal pour cette enfant. Je crois que nous n'avons pas fini d'en connaitre des vertes et des pas mûres, considérant la situation.

Car Madeleine avait un mauvais pressentiment. Cette séparation ne se ferait pas sans heurts.

Le cauchemar

La pièce est remplie de brouillard moite. Valérie s'accroupit pour chercher un contact sûr et elle n'ose plus bouger de peur de se perdre. Elle est recroquevillée par terre, apeurée, des cris et des bruits qui gonflent autour d'elle, de plus en plus fort.

Valérie entend les objets qui se brisent au sol et les éclats de voix se rapprochent de plus en plus. Elle voit des mains rouges, saignantes, qui se tendent vers elle et sa mère pleure et gémit. C'est toujours à ce moment-là que Valérie tente de s'interposer et on la tire alors par les bras pour l'enfermer dans un cagibi sombre et étroit.

L'horreur de Valérie se décuple sauvagement, le noir et l'air raréfié la terrifient. Elle sent bouger autour d'elle, imagine plein d'horreurs voulant lui sauter dessus. Les cris s'amenuisent peu à peu hors de son trou et le silence la frappe comme un coup de masse. L'absence de bruit l'effraie davantage. Le silence abrupt est toujours inquiétant.

Valérie épuisée pleure silencieusement. Le temps n'existe plus, seules la peur et l'angoisse s'installent dans sa tête. Et, comme une fuite de l'intolérance, elle perd peu à peu conscience dans un sommeil tourmenté. C'est lorsqu'elle entend un gémissement l'appelant, tout près, qu'elle émerge de l'engourdissement : « Ma caille ? Ma petite caille ? »

Valérie se réveilla brusquement. Les vêtements humides et les couvertures disparues au pied du lit, elle réalisa qu'elle frissonnait, trempée de sueurs. Il y avait des années qu'elle n'avait pas fait ce cauchemar. Elle croyait en être définitivement débarrassée, alors que ça n'avait été qu'une trêve. Il revenait en elle, la hanter, la terroriser. Encore. Quand donc pourrait-elle ne plus se retrouver si démunie?

Elle jeta un coup d'oeil au réveille-matin : 5 h 30. Valérie se leva et se dirigea vers la salle de bain. Elle savait ne pouvoir se rendormir et elle se fit couler un bain qu'elle arrosa de son huile relaxante. Canelle apparut, juchée sur l'étagère, apparemment très peu contrariée de ce dérangement matinal.

Valérie s'allongea dans l'eau chaude accueillante, et ferma les yeux, essayant de retrouver une respiration apaisante. Quelques minutes plus tard, elle regardait Canelle s'étirer le corps, langoureusement.

— Canelle, j'envie ton insouciance. J'aimerais parfois dormir tout le jour et voir dans le noir.

Canelle miaula, comme une attente à l'épanchement. Mais Valérie était déjà debout à s'essuyer vigoureusement. Elle ramassa ses derniers produits de toilette dans la pharmacie et fourra le tout dans son bagage à main, ouvert sur la coiffeuse.

Elle s'habilla rapidement d'un pantalon confortable et de son gros chandail de mohair noir. Un soulier à talons plats lui permettrait de faire sans peine tout le chemin nécessaire pour clore cette journée : passage au Château Frontenac pour quérir ses derniers chèques. Visite à la Banque à 10 h pour finaliser ses transactions. Gare d'autobus pour acheminer ses bagages excédents. Petits achats de dernières minutes au Centre commercial.

Pourvu que je puisse partir tôt. C'en est assez de cette agonie interminable. Je crois que ces deux dernières semaines ont été les pires de ma vie !

La banque était située tout près de son lieu de travail. Le grand stationnement municipal lui évitait bien des tracas. Elle pouvait régler ses transactions financières dans le même souffle que son travail. La conseillère, Normande Bilodeau, l'avait toujours bien guidée.

Valérie avait pu se prévaloir de bien des avantages fiscaux sous ses recommandations. Et sa part du condominium que Vincent et elle avait acquis, il y a quelques années, lui permettrait d'investir, avec Madeleine, dans l'Auberge La Mitonnée.

Celle-ci lui en avait fait l'offre l'an dernier, mais sa vie d'alors ne correspondait pas encore à l'étape d'investissement. Les circonstances des dernières semaines avaient changé bien des priorités dans sa vie. Et finalement, Madeleine avait été enchantée de sa nouvelle décision.

L'arrivée de sa conseillère mit fin aux réflexions de Valérie. Normande Bilodeau était une grande blonde aux yeux bleus. Vêtue d'un costume bleu classique de coupe parfaite, elle était dépourvue d'artifices comme pour offrir le pendant féminin de ce milieu d'hommes d'affaires stricts. Assises l'une en face de l'autre, elles se sourirent mutuellement.

— Comme ça, Valérie, tu es prête pour le grand saut ?

— Eh oui ! Je crois que j'ai trop attendu. L'opportunité est excellente. J'ai parlé à mon avocat mardi. La vente du condo est en cours. Vincent n'a fait aucune difficulté pour cela. Pour ce qui est de mon portefeuille à la Bourse, je ne sais pas si j'en aurai besoin dès maintenant. Il me faudra quelques mois pour analyser l'impact financier. Mais il faut prévoir le liquider assez rapidement quand j'en aurai besoin.

— Pas de problèmes de ce côté-là. J'ai préparé les papiers nécessaires. Ainsi quand tu m'aviseras, tout sera prêt pour que j'agisse en ton nom. Voici les papiers à signer.

Valérie parcourut les documents et se flatta d'avoir pensé à tout. Elle signa les autorisations et remit le document à Normande.

— Le transfert de ton compte courant sera fait d'ici la fin de la journée. Tu pourras dès demain y effectuer les opérations qu'il te plaira ainsi qu'à ton compte épargne également. Il ne me manque que deux petites signatures ici.

— Très bien Normande. Tout est en ordre. Je te téléphone la semaine prochaine pour les derniers détails.

— Valérie, j'espère que tout ira bien pour toi dans ta nouvelle carrière. Je te promets que mes prochaines vacances seront à l'Auberge La Mitonnée, dans Charlevoix.

— J'y compte bien ! D'ailleurs, je t'enverrai toute la documentation disponible pour que tu réalises objectivement que c'est un bon choix.

Valérie quitta l'établissement financier, la tête allégée. Elle ne pouvait plus revenir sur sa décision, le tout étant officialisé. Le doute l'avait habité si intensément ces derniers jours, qu'elle se sentait maintenant libérée d'un étau qui la coinçait entre la peur et la rage. Maintenant, elle croyait qu'elle avait repris le contrôle des événements et tourné à son avantage la catastrophe qui avait ébranlé encore une fois la stabilité de sa vie.

En sortant, le soleil vif la fit pleurer, comme si les larmes qu'elle avait bannies de sa vie cherchaient une façon de renaitre. Mais ses verres fumés réussirent, eux aussi, à contrôler la situation.

Assise dans sa voiture, elle jeta un dernier regard au Château Frontenac qui se trouvait devant elle. Dernier vestige d'une architecture de style château normand, très à la mode au début du siècle, ce grand hôtel fastueux rappelait la tradition des grands manoirs de France.

Ce bâtiment l'avait accueillie, tout comme l'équipe de travail dont elle avait fait partie. C'était la première fois qu'un maitre d'hôtel était une femme au Château. Et elle avait eu quelques inquiétudes lors de sa prise en charge. Mais tout s'était déroulé harmonieusement.

On avait reconnu ses compétences et on l'avait accueilli chaleureusement. Le respect mutuel avait fait le reste. On ne laisse pas derrière soi des expériences comme celles-ci sans ressentir un pincement au coeur.

Valérie quittait à regret cet emploi qui lui avait plu et l'avait rendue heureuse. Mais la vie avait choisi d'autres desseins pour elle et Valérie était bien décidée à aller de l'avant.

Quand le départ est un choix, pensait-elle, *et non une fuite, c'est bien différent !*

Valérie ne tenait surtout pas à s'identifier à toute sa famille qui avait fait des fuites magistrales qu'elle n'avait que subies, dans toute sa détresse.

Valérie était ambitieuse. Elle savait désormais ce qu'elle voulait et était convaincue d'en atteindre le sommet. Mais peut-être cette ambition était-elle née du désespoir.

Au cimetière

Le soleil avait baissé un peu sa garde et les quelques nuages blancs qui emprisonnaient la chaleur trop lourde permirent à Valérie de retrouver un peu de fraicheur dans ce début d'après-midi. Elle franchit les hautes portes noires du Cimetière Saint-Charles, mue par une attirance profonde qui échappait à son raisonnement.

À travers les sépultures abondamment fleuries en cette douce saison d'abondance, elle se recueillait cérémonieusement comme à chaque fois qu'elle venait rendre visite à son passé. Elle s'approcha de la stèle funéraire où reposait sa mère et fut surprise d'y trouver un bouquet de fleurs toutes menues et étrangement fraiches.

Elle n'était pas venue depuis près d'un mois et comme elle était la seule à garnir ce monument, elle se demanda qui avait bien pu apporter des myosotis, la fleur préférée de sa mère.

— Sûrement une de ces personnes fidèles au cimetière, pendant la période d'été.

Le gardien lui avait déjà expliqué que plusieurs personnes âgées venaient tous les jours se promener ici, garnissant l'une ou l'autre tombe, indifféremment, rassurés d'être toujours en vie, parmi les stèles affichant tant de dates de naissance s'apparentant à la leur.

C'était pour eux plus souvent agréable de parler aux morts de leur âge que de tenter de communiquer avec des vivants qui se moquaient de ce qu'ils avaient à raconter.

Valérie se pencha et épousseta la dalle. Recroquevillée en elle-même, elle laissa parler son coeur, sans témoin gênant pouvant influencer le cours de ses pensées.

— Maman, je retourne à La Malbaie, définitivement. Tu sais que Madeleine et Rosaire ont toujours souhaité que j'aille vivre avec eux depuis que tu n'es plus là. Maintenant, il n'y a plus rien qui me retienne ici. Vincent n'était pas l'homme que je souhaitais. Ce qui me fait le plus mal, ce n'est pas ce qu'il m'a fait. Oh non ! Mon passé m'a appris à laisser glisser sur moi les abandons, les trahisons.

Ce qui me fait le plus mal, c'est ma confiance qui a été trahie. C'est ma naïveté qui est détruite à tout jamais, cet espoir de beauté qui a perdu son sens. Surtout, cet amour que j'avais misé sur Vincent qui part avec sa trahison. Et le grand vide qui m'aspire et me consume.

Dans tes moments de désespoir, quand je te retrouvais en larmes, maman, ressentais-tu aussi ce vide, cette souffrance vive qui écorche et étouffe ? Dis maman?

Les larmes avaient réussi à percer les yeux secs de Valérie. Elles étaient silencieuses et abondantes. Comme une libération, elles tombaient en cascade, partout sur son visage et la profonde concentration de Valérie en avait à peine conscience :

— Je vais enfin réaliser mon désir le plus cher : posséder ma propre auberge. J'aurais voulu que ce moment arrive après une grande victoire, que j'aurais semée graine à graine, jour après jour. Mais il a fallu qu'ironiquement, ce soit par la trahison de Vincent que ce rêve soit possible. Les aboutissements trouvent parfois de bien curieux chemins.

Sortant d'une torpeur envahissante, Valérie essuya ses larmes et releva les épaules. Le soleil réapparut, timide aux premiers rayons mais il prit rapidement ses aises, éclaboussant avec insolence ces sculptures d'anges et ces croix, symboles religieux de la demeure des disparus.

— J'avais cru que l'amour entre deux êtres était possible. Vincent et moi partions du même désenchantement. J'espérais que ce désespoir commun nous aurait permis d'inventer une vie nouvelle. Mais cette vie est bien avare de bonbons et les relations humaines sont bien imparfaites.

La confiance, la complicité est le leurre le plus cruel. Au fond, j'ai compris qu'il n'y a que des êtres qui sont proches les uns les autres, qui sont contents de se voir ou de partager des bribes de vie uniquement pour ce qu'elles sont au moment où elles sont vécues. Rien de plus. Rien de moins.

Valérie prit une profonde respiration et enlaça son sac à main de ses deux bras. Honteuse, elle jeta un coup d'oeil sur la stèle voisine et lut, encore, pour la millième fois, les mots inscrits en dorés :

PHILIPPE MORIN
Fils et frère bien aimé Repose en paix
Avec tout notre amour 1954-1981

Et son visage se durcit au travers du soleil insolent. Ses bras lui firent mal, tellement elle serrait contre elle, ce passé si douloureux.

— Je ne te pardonnerai jamais, Philippe. Trop de colère m'habite encore au souvenir de ta lâcheté. Tu aurais pu nous protéger. Mais au lieu de cela, tu as fui et tu l'as tuée. Tout est arrivé à cause de toi, Philippe Morin !

Et d'un geste de dépit, elle fit virevolter le bouquet de myosotis d'un coup de pied rageur, se retourna et quitta le cimetière.

Chez Madeleine et Rosaire

Tirée de sa rêverie par de petites pattes courant sur le plancher de bois, Madeleine sourit à Marie-Ève, les yeux encore tout ensommeillés. Serrant contre elle son toutou préféré, un lion tout rafistolé qui avait perdu ses couleurs. Elle grimpa sur les genoux de Madeleine.

— Mamichou est où ? demanda l'enfant en se frottant les yeux de son poing fermé.

— Elle est en route, ma chouette. Elle va arriver bientôt pour te serrer très fort Marie-Ève.

— Et papa aussi ?

Madeleine hésita quelques minutes. Que devait-elle dire à l'enfant ? Valérie et elle n'avaient pas parlé de ce qu'il adviendrait de Marie-Ève dans la séparation de ses parents. Elle décida d'être évasive et de laisser à Valérie le soin d'expliquer la situation.

— Non, papa ne viendra pas tout de suite. Mais tu le verras bientôt mon coeur.

— Y'é où Zezère?

Marie-Ève avait toujours appelé son mari Zezère, tout comme elle l'appelait, Zado. Ils s'en étaient tellement amusés au début. Mais très vite, l'habitude de l'enfant avait fait partie du quotidien et ils ne réagissaient plus vraiment à l'appellation enfantine de Marie-Ève.

— Tiens, justement, je crois bien qu'il arrive notre ami Rosaire.

— Ah ! s'écria Rosaire en entrant. Si ce n'est pas le soleil de ma vie !

Et Marie-Ève courut se jeter dans ses bras. Rosaire l'enleva du sol et la tint serré contre lui. Marie-Ève l'étreignit et lui donna un baiser bruyant sur la joue.

— Et si l'on allait jouer aux cuisiniers pendant que Madeleine va faire sa tournée à l'Auberge.

— Ah oui ! s'exclama l'enfant, tout excitée.

Le couple échangea un sourire avant de se séparer. Rosaire partit en direction de la cuisine avec Marie-Ève. Avant de sortir, Madeleine jeta un coup d'oeil au miroir de l'entrée, retouchant quelques mèches de cheveux. Puis, elle descendit l'allée la menant à l'Auberge La Mitonnée.

L'Auberge La Mitonnée

Celle-ci se trouvait sur un terrain de dix arpents par trois. Quand Madeleine recherchait la résidence qu'elle souhaitait, c'était alors une maison spacieuse de seize pièces. Bâtie au creux d'un vallon, à proximité du fleuve, cette maison avait aussitôt emballé Madeleine.

La tourelle à l'avant rappelait le charme des bâtiments normands, influence prisée en architecture à l'aube des années 1900. Les aménagements conçus par Madeleine en avaient fait une auberge de dix chambres. Les autres pièces avaient été soit fusionnées, soit mutées, pour y ajouter une grande cuisine moderne et pratique, un salon de lecture, un bar, une salle de jeu et un petit bureau-réception à l'entrée.

Puis, Madeleine avait fait ajouter des petits motels, à l'arrière, lui permettant ainsi d'augmenter la présence à sa table d'hôte. Les quinze motels reprenaient l'élément de rondeur de la tourelle de l'Auberge La Mitonnée, par un balcon en demi-cercle sur le devant. Chaque motel était autonome. N'ayant rien à voir avec ceux des villes, liés les uns aux autres, telle une caravane n'offrant aucune insonorité ni intimité.

Leur maison personnelle, située dans un sous-bois, derrière le complexe hôtelier, était construite en contrebas. Elle contenait sept grandes pièces. C'était une maison à deux étages, dont le rez-de-chaussée était à aire ouverte, polie de bois autant dans le revêtement du plancher que dans les poutres agrémentant les plafonds et les murs.

À l'origine, ce bâtiment était la maison d'été des propriétaires. En effet, au début du siècle, on louait la maison principale à des visiteurs étrangers qui venaient passer l'été dans Charlevoix.

La famille déménageait alors dans la petite maison d'été et laissait les clients habiter leur demeure principale. Madeleine avait très peu modifié cette maison déjà parfaite à ses yeux. Il n'avait suffi que de quelques travaux, soit principalement l'isolation et la toiture, pour la rendre impeccable.

L'idée de ces deux résidences avait plu à Madeleine. Elle s'était dit qu'elle aurait sa propre intimité, en dehors de l'Auberge La Mitonnée, ce qui lui permettrait de recevoir Valérie et Marie-Ève, autant qu'elles en auraient envie.

Rosaire aussi souhaiterait retrouver son intimité. Elle avait donc acheté pour un très bon prix ces deux résidences et ce terrain spacieux qui offraient toutes les possibilités d'ajouts et de commodités pour sa clientèle à venir.

Le terrain était fourni de peupliers, de pommiers et de roseraies. On y retrouvait plusieurs ilots naturels qui en faisaient autant de lieux de repos. Dans les aménagements extérieurs, Rosaire avait pratiqué une seule grande surface ouverte, sur le côté est de l'auberge. C'était l'emplacement des aires sportives : court de tennis, croquet, mini-golf. Des chaises et des tables avec parasols avaient été disséminées ici et là pour le repos des clients.

La Mitonnée avait été inaugurée le 1er janvier 1996. Madeleine avait ouvert ses portes en offrant un réveillon du Jour de l'An à tous ses amis et aux gens de la région. Plus de cent personnes s'étaient présentées et ce repas de roi avait alimenté les conversations de tous pendant plusieurs mois.

La publicité que Valérie orchestra un peu partout au Québec avait permis à l'Auberge La Mitonnée de prendre son envol, sans trêve, même pendant la saison d'hiver qui amenait toujours des relâchements dans les réservations des hôtels. Son auberge affichait complet jusqu'à la fête du Travail.

Le concept d'auberge, elle l'avait connu par Valérie, alors que celle-ci avait seize ans. Depuis sa plus tendre enfance, tous les étés, Valérie venait à la ferme pour l'été. C'était pour Madeleine une façon de la soustraire, le temps de quelques semaines, à son enfance pénible et souffrante. Sans parler du fait que cela permettait à sa soeur Huguette de prendre un peu de repos.

Cette dernière travaillait de nuit, à faire des ménages. Si bien, que sa vie était difficile avec une jeune enfant. Madeleine pouvait ainsi plaire à sa nièce et à sa soeur et se permettre un plaisir immense pour elle-même.

Ainsi, à toutes les fins d'année scolaire, Valérie prenait l'autobus à Québec et Rosaire allait la chercher à son arrivée à La Malbaie. C'était toujours un grand moment pour le couple. Ils avaient un vif plaisir à retrouver leur nièce, pendant si longtemps.

Valérie aimait la terre et les animaux. Si bien, qu'elle donnait de bons coups de main à Rosaire, dans les travaux de la ferme. Rosaire lui donnait une petite rémunération pour son bon travail. Et Valérie considérait que c'était son emploi d'été.

Mais quand elle eut seize ans, Valérie leur parla de son désir de travailler à la cuisine de l'Auberge La Ritournelle, à Pointe-au-Pic. Sa copine Nicole y travaillait l'été précédent et lui en avait parlé. Elle voulait tenter sa chance elle aussi. Rosaire et Madeleine ne s'y étaient pas opposés. Ils lui avaient répondu que si sa mère était d'accord, elle pourrait faire les contacts nécessaires à son embauche l'été prochain.

Et c'est ainsi qu'année après année, Valérie travailla dans cette auberge. Commençant comme plongeuse à la cuisine, elle gravit rapidement les échelons : aide-cuisinière, commis et finalement serveuse aux tables et au bar.

Valérie était fascinée. Elle adorait ce branle-bas de combat à l'Auberge La Mitonnée pendant la pleine saison estivale. Les clients se succédaient à un rythme parfois infernal. Elle aimait travailler avec le public et adorait cette philosophie particulière des auberges, où on rejetait l'uniformité et l'anonymat des gros hôtels modernes.

Ici, on privilégiait les relations chaleureuses, les discussions près du feu, les chants de fin de soirée autour du piano.

Au grand plaisir de Madeleine, l'Auberge La Mitonnée était déjà un succès. Elle l'avait nommée ainsi en souvenir de sa belle-mère. Car madame Tremblay lui demandait toujours :

« Qu'est-ce que tu m'as mitonné de si bon qui chatouille mes narines ? »

Cette question, Mado l'avait en tête, encore après toutes ces années. Et c'est pourquoi elle avait nommé son auberge La Mitonnée, car elle avait le gout et le projet de nourrir si bien ses clients, qu'on parlerait des repas de chez elle, comme d'un dessert tant attendu.

Cette semaine, Madeleine avait pris quelques jours de congé pour profiter davantage de Marie-Ève et être disponible à Valérie pour les quelques jours de son installation. Ce n'est pas que la clientèle fasse défaut. Bien au contraire. C'était la période de vacances des ouvriers de la construction. C'était les deux semaines les plus occupées de l'année au Québec en tourisme.

Jouer à la patronne

Tous les ans, les deuxièmes et troisièmes semaines de juillet, tous les chantiers de construction du Québec fermaient leur porte pour les vacances de ses ouvriers. Plusieurs fournisseurs faisaient de même puisque l'achalandage baissait de façon si significative que l'ouverture n'était pas rentable.

Mais pour le tourisme, c'était tout le contraire. Charlevoix était envahi de vacanciers, et pendant cette période courue, l'Auberge fonctionnait à plein régime.. Mais Madeleine avait toujours privilégié sa famille dans sa vie et il n'en allait pas être autrement sous prétexte de la naissance de son auberge.

Toutefois, pendant ces quelques jours de congé, elle allait quelques heures « jouer à la patronne » pendant les moments stratégiques de la journée. Le matin, vers 9 h 30, à la fin des déjeuners, alors que la clientèle planifiait sa journée d'activités et aimait bien échanger avec le personnel. Puis, vers la fin de l'après-midi, où la préparation du souper était à plein rendement et que la clientèle rentrait à leur chambre pour se rafraichir et se reposer un peu, avant la veillée.

C'est ce moment que préférait Madeleine. Tout le personnel tournait rondement partout, comme des abeilles. C'était l'heure de la planification du bar, de la salle à manger, de la soirée. Les gens étaient joyeux, autant le personnel que les clients.

Madeleine voyait à ce que chaque détail soit bien au point. Le repas en quantité suffisante et bien élaboré, le personnel à leurs tâches, les tables bien montées avec un petit bouquet de fleurs sauvages sur chacune, un mot gentil ou une plaisanterie partagés avec les clients descendus pour l'apéritif.

Aujourd'hui, comme à l'accoutumée, Madeleine fit le tour de l'établissement, saluant le personnel à tour de rôle. Celui-ci avait été choisi avec l'aide de Valérie et chacun apportait un grand soin à son travail. Il y avait quinze employés : un chef cuisinier, trois aides-cuisinières ; quatre serveurs, dont deux femmes, deux hommes ; trois femmes de chambre, un barman, une secrétaire et un maitre d'hôtel qui faisait office de gérant.

Tout ce beau monde n'était pas à temps plein durant toute l'année. Un horaire était prévu de façon à ce que pendant la période moins achalandée, sept personnes puissent assurer la continuité. Les autres employés se greffaient à l'ensemble, selon la demande du travail.

L'équipe avait une façon merveilleuse de travailler main dans la main. L'esprit de travail était excellent et stimulant. C'est pourquoi Madeleine n'était jamais inquiète de s'absenter, même à cette forte période d'achalandage.

Son maitre d'hôtel la remplaçait admirablement et faisait un hôte parfait, ajoutant une touche personnelle de chaleur et de convivialité. Il savait créer cette ambiance familiale toute simple et détendue qui était la marque de commerce des auberges de Charlevoix.

Les clients

Madeleine pénétra dans la salle à manger, pour saluer les premiers clients qui s'étaient approchés pour le souper de 18 h. La fin de semaine, les gens aimaient réserver tardivement. Si bien que la salle à manger était plutôt déserte. Seuls huit clients s'étaient avancés si tôt.

Madeleine salua un petit couple de Valleyfield qui en était à leur première visite dans Charlevoix et qui était là depuis quatre jours. Ils devaient partir la veille, mais avaient été enchantés d'apprendre l'annulation d'une chambre, circonstance leur permettant de prolonger leur séjour jusqu'à dimanche. C'était un couple dans la trentaine, passionné de photographie, qui n'en finissait plus de s'extasier devant les paysages de Charlevoix.

Près du foyer s'étaient installés les Culver, un couple anglophone de Westmount, habitués depuis 12 ans au comté. Leurs parents avaient été des adeptes des petites pensions de famille du début du siècle, qui s'étaient multipliées un peu partout, pour accueillir les riches familles de la ville.

Les Culver revenaient chaque année, de père en fils, et John et Mary étaient des mordus de la pêche dans les lacs de l'arrière-pays de Charlevoix. Dès l'ouverture de La Mitonnée, les Culver avaient été les premiers clients à appeler pour une réservation. Ils lui avaient dit que c'était la publication du menu, dans une publicité, qui les avait gagnés d'avance.

En effet, Madeleine avait privilégié, dès le départ, les plats traditionnels de Charlevoix : soupe aux gourganes, tourtière, capelans et éperlans, agneau de Charlevoix, tarte au sucre, à la rhubarbe. Les Culver étaient heureux ici et Madeleine était fière de compter sur cette clientèle aisée, espérant glaner ici et là, tout un réseau de clients semblables.

Puis, l'aubergiste s'arrêta quelques instants auprès des Lavallée et leur fille Mylène. Ces gens de Chicoutimi avaient pris l'habitude de venir faire du ski dans Charlevoix, depuis trois ans. Mais cet été, pour la première fois, ils avaient décidé de prendre leurs vacances d'été ici.

— Bonjour, Madeleine, vous allez bien ?

— Oui Mylène, et cette balade en vélo aujourd'hui, c'était bien ?

— Super ! On est allé jusqu'au quai de Pointe-au-Pic. Et cet après-midi, c'est le tour de l'Isle-aux-Coudres qu'on a fait. Vraiment super !

— Bon appétit à vous trois, ajouta Madeleine, en s'éloignant pour les laisser gouter leur potage qui venait d'arriver.

Puis, s'approchant du dernier client, Madeleine répondit au sourire de Jean-Pierre Turmel. Celui-ci était arrivé la semaine précédente. Originaire de la ville de Québec, il venait d'être embauché au Cégep de Charlevoix comme professeur de français.

— Et puis Madame Madeleine, votre nièce arrive bientôt ?

— Oui, ce soir justement. Et j'ai tellement hâte. La pauvre Marie-Ève ne se contient plus. Vous avez bien mangé ?

— Et comment ! Ce rôti d'agneau est une pure merveille.

— Vous avez raison, Jean-Pierre. Je vous avoue que c'est mon péché mignon. Bonne soirée à vous !

— Merci. À vous aussi.

Madeleine trouvait ce garçon vraiment sympathique. Elle lui avait conféré un statut spécial. Au printemps dernier, il lui avait téléphoné pour lui demander un tarif particulier pour un hébergement temporaire de quelques mois.

Il ne voulait pas louer un appartement en catastrophe, sans préalablement s'imprégner du voisinage et choisir un lieu qui lui plait. Madeleine avait donc accepté de lui louer le chalet no 4, à la semaine, pour l'hébergement seulement.

Elle lui avait fourni un petit poêle électrique et un frigo pour ses déjeuners et ses diners. Il venait toujours prendre son souper à la salle à manger et passait la plupart de ses soirées au salon ou au bar.

Elle avait discuté avec lui à plusieurs reprises et le trouvait très intéressant.

Madeleine quitta la salle à manger, satisfaite. Tout augurait bien pour la soirée. Elle pouvait retourner chez elle, rassurée. Le maitre d'hôtel, Robert Simard, pressentant son départ, lui dit aussitôt :

— S'il y a un problème, Madeleine, ne soyez pas inquiète, je vous appelle.

— Merci Robert. Bonne soirée.

— Bonne soirée Madeleine.

Pendant ce temps, Rosaire et Marie-Ève mettaient la touche finale à leur souper. La petite fille avait choisi le menu, son préféré : crudités et trempette comme entrée, à déguster avec l'apéritif. Hamburger fromage et frites maison, comme repas principal, puis une immense tarte au citron serait servie comme dessert.

Ils avaient dressé la table sur la terrasse, qui était en surplomb de la falaise et donnait une vue magnifique sur le fleuve. Retirée derrière une haie de cèdres, la terrasse privée offrait toute l'intimité nécessaire, sans être dérangée par la clientèle nombreuse, libre de circuler partout sur le terrain de l'auberge. Une petite pancarte rouge indiquant « Terrain privé » finissait de décourager ceux qui auraient voulu aller au-delà de la haie, par curiosité.

Approchant de sa demeure, Madeleine entendit le rire cristallin de Marie-Ève. Elle entra par-devant, laissant ses clés sur la console de l'entrée. Rosaire s'approcha et l'embrassa.

— Tout va bien ?

— Oui, merveilleux. On attend 82 soupers. Tout un contrat !

— Ça ira bien, tu verras. Depuis la soirée de samedi dernier, où vous avez servi 124 repas, je crois que tu peux entièrement faire confiance à ton équipe.

— Oui, en effet. Valérie m'a choisi un personnel trié sur le volet. C'est merveilleux. Hum ! Que ça sent bon. Où est Marie-Ève ?

— Sur la terrasse. Elle essaie de faire des canards comme toi avec la serviette de table.

— Ah ! Je vais voir ce chef-d'oeuvre.

Et Madeleine sortit par la porte-fenêtre pour atteindre la terrasse. Et la voilà terrifiée par ce qu'elle aperçut.

— Rosaire, viens vite, réussit-elle à dire, sans trop hausser le ton, pour ne pas effrayer la fillette.

Rosaire, à la voix enrouée de Madeleine, s'aperçut que quelque chose n'allait pas. Il s'approcha d'elle prestement et suivit son regard qui le mena près de la falaise, où Marie-Ève était debout, les bras levés comme un avion, qui cria :

— You hou ! Marie-Ève peut voler comme papa !

— Oh ! non, Marie-Ève, ne peut s'empêcher de gémir Madeleine.

— Laisse-moi faire, dit Rosaire à son adresse. Marie-Ève ne bouge pas. Tu ne peux pas voler ici. Ton papa n'a jamais volé ici. Attends, je vais te chercher et je t'expliquerai.

Et en moins de deux, tout en parlant à Marie-Ève, Rosaire s'était approché de l'enfant et l'avait prise dans ses bras. Marie-Ève affichait une moue bien déçue, son périple s'étant probablement arrêté trop tôt pour elle. Madeleine s'approcha d'eux et prit l'enfant pour l'amener s'asseoir sur une chaise.

— Tu sais Marie-Ève, il faut un parachute spécial pour voler comme papa dans les airs. On appelle ça du parapente. Tu aurais pu te faire beaucoup de mal sans parachute. Si tu veux bien, on va attendre que papa soit là pour qu'il te donne tous ses trucs pour bien réussir. Tu es d'accord ?

— Oui, Zado.

Et Marie-Ève courut au fond de la cour, vers les balançoires, ayant déjà oublié ce qui avait fait tant d'émoi chez les adultes.

— Vincent Gagné et ses activités de fous ! Tu te rends compte qu'elle aurait pu se tuer en tombant dans la falaise ?

— Oui, Mado, je sais tout cela. Mais rien n'est arrivé, alors ne dramatisons pas.

— Oui, je sais. Mais peut-être faudrait-il prolonger la clôture tout le long de la terrasse ? Si elle y est allé aujourd'hui, elle y retournera peut-être encore.

— Ne t'inquiète pas, je m'en occupe demain matin, dès la première heure. Mais n'oublie pas de raconter cette histoire à Valérie. Elle devrait peut-être en parler à Vincent pour qu'il réalise qu'il a beau être joueur téméraire dans ses sports, il doit faire attention à Marie-Ève. Elle n'a que quatre ans, nom de dieu.

Rosaire jurait si peu souvent que Madeleine comprit à quel point il avait eu peur et restait contrarié par cet incident qui aurait bien pu mal tourner. Elle-même était bien ébranlée par l'événement.

Vincent était peut-être séparé de Valérie, mais il ne le serait jamais de sa fille Marie-Ève. Et c'est justement de cela que naitraient les problèmes. Madeleine en avait le pressentiment.

Pour clore le dossier et remettre l'atmosphère au beau fixe, Madeleine convia gaiement Marie-Ève et Rosaire à souper. L'incident quitta peu à peu leur esprit. C'est le temps désormais qui assaillit les pensées de Madeleine. Valérie avait dit qu'elle comptait arriver en début de soirée. Il était maintenant près de 19 h. Madeleine se surprenait à guetter, du coin de l'oeil, sa montre qui semblait pourtant retenir ses aiguilles égoïstement.

Un mariage à la con ?

— Ça va Vincent ?

— Tu parles, tout roule mon pote !

Miville et Vincent étaient au bar de leur restaurant favori. Vincent était furieux. Sa vie personnelle lui échappait. Lui qui avait toujours bien orchestré tous les éléments de sa vie, il voyait tout s'écrouler en quelques heures, comme un château de sable, anéanti par une seule bourrasque de Valérie. Il avait toujours su qu'elle ferait sa perte. Elle était trop cérébrale, trop indépendante et à cause d'elle, aujourd'hui, la topographie de son existence s'aplanissait bêtement.

— Tu regrettes vraiment ce mariage à la con ?

— Tu veux rire, Miville ? Une perdue, dix retrouvées.

— Là, tu jases, bonhomme. Écoute, je connais une belle brune...

Vincent aurait dû écouter son instinct. Il savait ce mariage voué à l'échec. Il n'était pas fait pour le mariage. Toutefois, il avait essayé, honnêtement, selon les règles. Mais il s'était senti pris au piège, très vite, malgré lui.

Ce n'est pas que Valérie soit contrôlante. Non. Mais d'avoir à revenir tous les soirs au bercail... N'était-ce pas une condition intrinsèque du couple d'avoir besoin de se retrouver ensemble ? Tandis que l'activité prenait vie dans les clubs et dans les bars, la situation l'avait ennuyé et dérangé profondément.

Il avait commencé par aller prendre un verre avec les copains, jusqu'à 18 h. Puis peu à peu, l'heure de l'apéritif s'était prolongée. Valérie ne protestait pas. Elle ne l'attendait pas. Mais tout avait changé à la naissance de Marie-Ève.

— ... et elle m'a dit... Vincent, tu m'écoutes ?

— Non, pas vraiment Vieux. Je crois que je suis saoul, Miville.

— Voyons Vincent, ce n'est pas trois petits cognacs qui t'ont rendu ivre.

— Sans compter les deux bouteilles de vin du souper et les trois ou quatre bières de l'apéritif.

— Oui, c'est vrai. Donc, je suis saoul aussi. Mais peu importe, aujourd'hui on fête ton contrat en poche !

Vincent avait effectivement réussi à décrocher le contrat important de la compagnie APM. Mais c'était très loin de ses préoccupations immédiates.

— Oui, tu as raison. On peut bien fêter. Ma femme vient me faire un scandale au bureau qui fait que tout le monde me regarde comme si j'étais un beau salaud. Je dors hors de chez moi depuis deux semaines et c'est mon ex-femme qui dort dans mon lit. Ma maitresse ne veut plus me voir et ne me parle plus. Il y a évidemment de quoi fêter !

— Vincent, ne t'en fais pas, c'est une histoire de bonnes femmes. Elles créent toujours des problèmes. Ne t'y arrête pas. Regarde-moi. J'ai rendez-vous avec une jolie petite minette de 22 ans : 6 pieds, yeux verts, une belle rousse si compréhensive des besoins d'un homme comme moi.

— Ah ! Miville, je t'en prie. Je n'ai aucunement envie de parler de tes conquêtes, alors que ma vie personnelle s'est écroulée. J'ai des décisions à prendre. Bon, excuse-moi. Je rentre chez moi. Merci pour tout, Vieux. Je te revaudrai ça.

— Ce n'est rien Vincent. À la prochaine.

Ce soir, Vincent retournait enfin chez lui. Cet exil loin de son lit avait semblé durer des mois. Vincent avait signé les papiers de la vente du condo ce matin même. Maintenant, il avait l'intention de chercher un appartement. Fini pour l'instant les achats. C'est Valérie qui avait insisté pour acheter un condominium. On voyait ce que ça donnait ! Il chercherait un quatre pièces, bien situé. À Sainte-Foy ou Sillery, évidemment. Quelque chose de chic, d'élégant, de pratique.

Même si deux semaines étaient déjà passées depuis l'incident fâcheux de Valérie au bureau, Vincent avait du mal à avaler la pilule. Valérie l'avait plaqué. Lui Vincent Gagné ! Son orgueil se refusait à accepter cet état de choses. Mais Valérie avait le beau rôle dans cette situation. C'est pourquoi il était si amer. Il n'avait pas fait de difficultés dans tous les arrangements avec Valérie et son avocat. Ce n'était pas le moment. Bientôt, la poussière retomberait et les cartes changeraient peut-être de mains.

Quand Vincent entra dans l'appartement, c'est le silence total et la pénombre qui l'accueillirent. Même si Valérie et Marie-Ève n'étaient pas des « brasseuses », leur présence s'inscrivait dans les odeurs du souper qui cuisait ou un jouet abandonné à l'entrée.

Jamais Vincent n'aurait cru que ces signes de la présence de sa femme ou de sa fille lui auraient manqué.

Mélancolique, il fit le tour des pièces. Leur chambre à coucher avait été désertée. La garde-robe était à moitié vide, les quelques objets de toilette de Valérie n'étaient plus visibles. La sculpture grecque et la toile de Lemieux avaient disparu, ainsi que les quelques bibelots hétéroclites que Valérie avait rapportés de ses voyages.

— Garde tous les meubles, lui avait dit Valérie. Je ne veux aucun souvenir de toi. Je prends nos vêtements, les jouets de Marie-Ève et mes objets personnels. Le reste, garde-le ou fais une vente de garage.

Vincent avait choisi de se marier, un peu pour mettre fin à sa solitude et au sentiment d'abandon qui avaient grugé son enfance et qui ne le quittaient jamais tout à fait. Quoique farouche aux premiers contacts, sa femme avait vite baissé les armes et s'était laissé apprivoiser. Ils avaient quand même une belle complicité tous les deux. Du moins, le croyait-il.

Ce soir, il avait l'impression de se retrouver à la case départ. Il se sentait perturbé et frustré. Il retrouvait ce sentiment oppressant qui l'avait tant troublé pendant toute sa prime jeunesse.

L'enfance de Vincent

Étant orphelin maternel depuis sa naissance, Vincent n'avait pas connu la douceur d'une femme, la tendresse gratuite motivée par l'amour. Sa petite enfance, il s'en souvenait très peu.

De sa naissance à six ans, il vivait chez sa tante Anita, la soeur de son père. Elle était célibataire et une infirmité de la jambe droite lui donnait une rente d'invalide. Mis à part le fait que cette jambe traînait derrière elle dans un frottement agaçant, elle était relativement active et s'était fait un devoir d'élever le fils de son frère, après la mort de sa belle-soeur.

C'était une femme froide, dure et puritaine. Chaque minute de sa vie était prétexte à des bondieuseries de toutes sortes. Si bien qu'à cinq ans, Vincent connaissait par coeur le Je vous salue Marie, le Notre Père et le Je crois en Dieu. Mais il ignorait totalement l'univers des lettres ou des chiffres, n'avait jamais vu de blocs Légo de sa vie, ni écouté, à la télévision, *Les sentinelles de l'air* ou *Passe-Partout*.

Sa vie avec sa tante Anita avait été ensevelie sous une cloche de verre et même s'il voyait son père quelques heures par semaine, celui-ci semblait bien dérouté devant son jeune fils. Si bien que lorsque sa tante décéda subitement d'un infarctus, alors qu'il avait six ans, il se retrouva chez son père, tout aussi subitement. Ce changement radical dans son existence lui donna tout un choc. Il avait l'impression de vivre avec un inconnu dans un lieu continuellement envahi de farine et d'une chaleur étouffante.

Arthur Gagné, le père de Vincent, était boulanger de son métier. Il travaillait douze heures par jour, six jours par semaine. Ils habitaient dans la paroisse Saint-Sauveur, à la basse-ville de Québec, dans une petite maison mal entretenue qui logeait la boulangerie au rez-de-chaussée et un petit logement de quatre pièces à l'étage.

La vie de Vincent fut bouleversée dès son arrivée chez son père. Alors qu'il avait l'impression de passer ses journées à genoux, à prier avec sa tante Anita, la vie chez son père était une course continuelle. Il travaillait jusqu'à tomber d'épuisement le soir dans son lit.

Il se levait à six heures pour faire le ménage de la boulangerie avant son départ pour l'école. Puis, il allait en classe toute la journée. À son retour, il effectuait les livraisons de pains, à bicyclette, hiver comme été. Il revenait vers 18 h 30, mangeait rapidement un souper peu appétissant et la plupart du temps complètement froid. Puis, il montait à sa chambre, faire ses leçons et ses devoirs.

Heureusement qu'il y avait ces moments magiques où apprendre était une fin en soi. Vincent était fasciné par l'école. C'est tout un monde qui s'était ouvert à lui dès sa première année. Il était vif d'esprit, curieux de connaître tout ce qu'on lui avait ravi dans son enfance. Il apprenait très vite et facilement. L'école devenait l'espérance dans sa vie, un magnifique soleil qui réchauffait son existence froide et frustrante.

Pendant des années, il trima dur et n'échangeait avec son père qu'une dizaine de mots par jour. Il détestait cet homme qui faisait de sa vie, un enfer. Il n'avait que quelques vêtements personnels qui tenaient dans un seul tiroir : deux paires de bobettes, deux paires de bas percés, un pantalon, deux chemises, une paire de souliers usés jusqu'à la semelle, une paire de bottes en caoutchouc qu'il bourrait de feutrine l'hiver, un manteau rapiécé à souhait et deux chandails.

Quand il pleuvait l'été, c'est avec un polythène usé sur le dos, dont il avait aménagé un trou pour la tête, qu'il faisait ses livraisons. D'ailleurs, c'est une voisine qui lui offrit son premier imperméable tout neuf. Elle prit pitié de lui, une journée où l'orage l'avait enrhumé et qu'elle s'aperçut qu'il était fiévreux. Ainsi son enfance lui donnait toujours des relents de froid, de fatigue perpétuelle, de honte et de solitude.

Son père, harassé par le travail et le calvaire qui était le sien, se préoccupait très peu des désirs et des espoirs d'un garçon de son âge. D'ailleurs, Vincent avait toujours été convaincu que s'il n'avait pas fait la livraison du pain lui-même, avec la facilité qui était la sienne de plaire aux gens, son père n'aurait jamais pu réussir à les faire vivre tous les deux.

Jusqu'à l'âge de onze ans, il subissait cette vie, docilement, sans se plaindre ouvertement. Il bouillait de rage et de rancoeur, néanmoins, il se taisait.

Mais un matin de décembre, alors que la tempête dehors faisait rage depuis plusieurs heures, il sentit la colère l'envahir subitement. Ses bottes étaient percées, sa bicyclette s'était écroulée la veille, rompue de trop d'abus, et il avait été incapable de dormir tellement ses pieds le faisaient souffrir.

Il réalisa tout à coup que sa vie était horrible et qu'il ne voulait plus que ça se passe ainsi. Il descendit rageusement à la boulangerie et cria à son père avant même d'ouvrir la porte :

— Le père ! J'en ai assez de votre esclavage !

— Quoi ? Qu'est-ce que tu dis ?

— J'ai dit que j'en avais assez de votre esclavage. D'abord, je veux des bottes d'hiver, un manteau chaud, un casque et des mitaines.

— Ah ! oui ? Ouais, c'est ben vrai hein, t'as grandi, j'pense ben.

Vincent voyait son père le regarder comme s'il le découvrait pour la première fois. C'était presque un vieil homme. Il n'avait que 43 ans, mais donnait l'impression d'être à bout d'âge. Il fut surpris d'entendre cet homme anéanti par la vie lui tenir des propos presque gentils.

— Ouais. J'vas aller voir Monsieur le Curé. J'pense qu'y pourra te trouver des nippes pour ton âge. J'm'en occupe. Mais là, fais ton ouvrage.

Vincent, sentant sa chance venir au monde, profita des bonnes dispositions de son père et continua :

— Pendant que vous y êtes, demandez donc pour une bicyclette. La mienne a rendu l'âme hier. Puis trouvez donc une sorte de charrette sur skis, avec un chien pour la tirer. Pour l'hiver, ce serait plus intelligent.

— Là, tu compliques pas mal les affaires.

— Vous n'avez pas le choix. Un jour comme aujourd'hui, avec deux pieds de neige, comment je voudrais livrer les pains avec la bicyclette, c'est impossible.

— Ouais, le pire c'est que t'as ben raison.

Jamais son père ne lui avait parlé si longtemps en une même journée. Et ce qui suivit ajouta la berlue à l'étonnement déjà vif de Vincent.

— Prend donc une journée de congé, tiens, aujourd'hui, mon gars. Ceux qui veulent du pain viendront le chercher.

Vincent n'en revenait pas et décida de déguerpir sur-le-champ, avant que son père ne change d'avis.

Le lendemain, c'était dimanche et en sortant de la messe, son père lui dit :

— J'vas aller voir M'sieur le Curé. R'tourne chez nous, pis va m'attendre.

Vincent reprit le chemin de sa mansarde, pendant que quelques gamins de sa classe se moquaient de lui. Il faisait la sourde oreille, comme d'habitude. Il avait appris très tôt, à se tenir loin des enfants de son âge.

Sa tante Anita lui avait toujours interdit de fréquenter des amis. Elle disait qu'ils avaient le diable dans leur coeur. Puis, plus tard, depuis qu'il habitait avec son père, il n'avait jamais eu le temps d'essayer de se lier d'amitié avec les garçons du voisinage. Si bien qu'il avait appris à se suffire à lui-même et à ne compter que sur sa volonté et sa détermination pour changer sa vie misérable.

Le lundi suivant, l'école lui sembla un repos mérité. Il s'endormit sur son pupitre, la tête appuyée sur ses deux bras. Son institutrice, une grande femme blonde et jolie, d'une grande douceur, le réveilla tranquillement. Les autres élèves étaient sortis pour la récréation. Elle lui offrit une belle orange comme collation. Il l'avait remercié et s'était appuyé sur le dossier de sa chaise afin de déguster ce rare fruit qui lui était donné de savourer.

De retour chez lui, en fin d'après-midi, quelle ne fut pas sa surprise de découvrir un véritable boghei, comme il en avait vu dans les livres parlant du Nord et des Esquimaux. Mais ce qu'il regardait avec une avidité sans pareille, c'était ce chien magnifique qui lui lava le visage de sa longue langue chaude. Il le nomma tout de suite Chance.

Des années plus tard, il se souviendrait de ce moment comme étant le premier bonheur de sa vie et son premier véritable cadeau de Noël.

Son père ne fut jamais pareil plus tard avec lui. Vincent travaillait toujours autant, mais il avait l'impression désormais que son père avait un certain respect pour lui. Leur relation ne fut jamais celle d'un père avec son fils. Pour cela, il était probablement trop tard.

Mais il y avait une certaine relation entre eux. Vincent en était bien étonné. Car il n'aimait pas cet homme. Son passé était trop douloureux pour qu'il puisse l'oublier. Vincent ne faisait rien de particulier pour plaire à son père, car il avait décidé, depuis déjà plusieurs années, de « faire son temps » et de quitter tout ça, le plus tôt possible.

Sa rage s'était amenuisée, car Chance devenait son premier compagnon et avec lui, il apprit à être un garçon de onze ans. Il commença à rire, à courir et à se confier. Et peu à peu, dans sa tête se forma un rêve.

— Un jour, Chance, je serai riche. Je porterai de beaux vêtements, je serai important et plus personne ne rira de moi.

Vincent adolescent

Pour atteindre ce sommet, dès le début de son secondaire, Vincent comprit que l'informatique serait la science de l'avenir. Il était convaincu que dans quelques décennies, les gens férus d'informatique seraient les décideurs de la société par qui le pouvoir passerait. Et il avait choisi d'être de ceux-là.

Son adolescence se passa donc très vite, occupé qu'il était à bâtir son avenir pour atteindre les plus hautes sphères. Il se retrouva adulte bien avant la plupart de ses congénères. Les filles le regardaient intensément, usaient de stratagèmes pour attirer son attention. Et il découvrit qu'il avait un talent qui lui servirait toute sa vie : il avait du charme, un pouvoir de séduction inné. Ce don allait lui permettre d'utiliser les gens à ses fins et à leur propre insu.

Il gagna des concours de science et d'informatique. On le considérait comme le bolé de l'école. Et en Secondaire IV, il gagna la Médaille Innovation de la Commission scolaire, doublée d'une bourse de 300 $.

Il n'en dit rien à son père et alla dans le plus grand magasin de vêtements pour homme de la rue Saint-Joseph pour choisir ses propres vêtements. Il passa des heures à toucher les tissus et à essayer les habits, vestes et pantalons « propres ». Il ressortit vêtu comme un sou neuf, muni de plusieurs sacs supplémentaires de vêtements à la mode.

Vincent Gagné venait de remporter sa première victoire et de mettre le premier pas dans l'escalier de la gloire. Il avait atteint la notoriété dans sa communauté. Car plus jamais on ne se moqua de lui à partir de ce jour. Par la seule force de son intelligence et de sa volonté, il venait de prouver qu'il irait beaucoup plus loin que la paroisse de Saint-Sauveur.

Son père mourut avant même qu'il connut Valérie. C'était une belle journée ensoleillée de printemps et Chance avait réveillé Vincent très tôt pour demander la porte. Quand Vincent s'était levé pour le faire sortir, il entendit gémir dans la chambre de son père et il lui sembla entendre celui-ci l'appeler. Intrigué, il ouvrit la porte doucement et du palier, il vit son père agoniser : les mains crispées sur sa poitrine, la bouche ouverte qui râlait bruyamment et les yeux exorbités reflétant une peur certaine. Immobile dans l'encadrement de la porte, Vincent était incapable de bouger. Il regardait son père, impassible, comme s'il voyait un quelconque film au cinéma. C'est le son rauque de la mort qui le fit réagir, mais trop tard. Son père venait de mourir.

Il ne s'approcha même pas de lui. Il téléphona pour qu'on vienne chercher le corps et il sortit s'asseoir sur les marches du perron en attendant.

Ce jour-là, il tourna une page triste de sa vie. Dans la même semaine, il vendit la maison et la boulangerie trois fois rien par rapport au marché courant.

Il n'avait nullement le sens des affaires en ce temps-là. Et même s'il l'avait eu, Vincent aurait certainement agi de la même façon. Il voulait clore cette partie de sa vie et laisser derrière lui, une bonne fois pour toutes, ses images de défaitisme, de misère et de honte.

Il désirait maintenant entreprendre sa route, son ascension vers les sommets. Le premier geste qu'il fit, après avoir encaissé la vente de son héritage, fut de déménager de la basse-ville à la haute-ville. Son nouvel appartement à Sainte-Foy avait été sa première action réelle vers son objectif ultime : la richesse.

C'est avec cette ambition et ce défi en tête qu'il fonça encore et toujours et qu'il obtint toutes les connaissances et les outils lui étant nécessaires pour faire sa place au soleil.

Son poste à l'Eastern Télécom lui fut accordé après plusieurs années de dur labeur. Maintenant, il était sûr de lui et compétent, les deux atouts essentiels à sa réussite. Il avait un poste de prestige et de pouvoir. Et son salaire lui faisait ressentir une grande fierté, surtout lorsqu'il se présentait au comptoir de la banque pour l'encaisser.

Mais rien n'empêchait qu'aujourd'hui, il essuyât un échec retentissant. Valérie l'avait repoussé, renié. Il était amer de revivre cette situation de paria, trop connue dans son enfance.

L'arrivée dans Charlevoix

Valérie se grisait de l'odeur du petit corps endormi de Marie-Ève, toute blottie contre elle. De nouveau, cette nuit l'horrible cauchemar de la jeune femme l'avait surprise avec ses cris menaçants qui l'avaient laissée, une fois de plus, toute tremblotante.

Son sommeil avait été tumultueux et peuplé d'angoisse et de soubresauts. Une ou deux fois, elle s'était réveillée essoufflée et mal à l'aise. Mais ce fut encore cet appel souffreteux et implorant qui avait réussi à l'éveiller complètement : « Ma caille ? Ma petite caille ? »

Elle avait donc, il y a une heure, rejoint sa fille dans son lit, espérant ainsi retrouver un sommeil plus calme. Mais celui-ci la fuyait. Elle n'avait pas encore perdu cette sensation d'oppression qui l'avait assiégée à son réveil.

Elle resserra davantage Marie-Ève contre elle, comme si elle espérait que cette proximité puisse lui transmettre la candeur de l'enfance. Le jour pointait déjà au coin de la fenêtre quand elle se laissa gagner par l'engourdissement du sommeil.

Elle était arrivée la veille, vers 20 h, complètement épuisée et vidée de toute énergie. Alors même qu'elle s'inquiétait comment elle allait trouver la force de quitter son véhicule et d'entrer chez Madeleine et Rosaire, elle avait entendu Marie-Ève s'écrier :

— C'est Mamichou !

Alors, son coeur avait fait un bond. Une renaissance soudaine l'avait habitée tout entière et elle était sortie comme une fusée de l'auto pour attraper sa fille qui courait vers elle comme une récompense. Et c'est en tournant, tournant sur elle-même, Marie-Ève devenant comme une deuxième peau, qu'elle avait retrouvé une sérénité depuis des jours disparue.

Déposant son trésor par terre et s'agenouillant devant l'enfant, elle avait pris son visage entre ses deux mains et l'avait regardée, les yeux embués de larmes.

— Ma puce, comme le temps a été long sans toi. J'avais si hâte de te revoir.

— Moi aussi, Mamichou. T'as pas oublié Canelle ?

— Bien sûr que non. Allons vite la délivrer de sa cage.

Et ensemble, elles retournèrent à l'auto pour saisir la cage de l'animal qui miaulait d'exaspération. Les yeux de Marie-Ève avaient grandi spontanément.

— Canelle ! En prison, Mamichou. C'est pas bien !

— Je sais, Marie-Ève. Mais pour conduire tout ce long chemin, je n'avais pas le choix.

Et rapidement, Valérie avait ouvert la porte et l'avait pris dans ses bras pour rassurer la bête. Marie-Ève trépignait d'impatience à ses côtés.

— Donne Canelle ! Donne.

Et Valérie avait cédé la chatte à sa petite fille qui la reçut dans ses mains comme un cadeau fragile. Aussitôt, elle s'était assise par terre et avait serré tendrement Canelle en s'enfouissant le visage dans son long poil soyeux. La chatte s'était mise à ronronner si fort que Valérie avait éclaté de rire en secouant la tête.

À cet instant, elle avait aperçu Rosaire et Madeleine souriant, bras dessus bras dessous, au pied du petit escalier, qui regardaient la scène, attendris. Valérie s'était approchée d'eux pour les embrasser, tout heureuse de retrouver son port d'attache stable et indéfectible.

Tous étaient rentrés à la maison et s'étaient installés dans le salon. Rosaire avait ouvert une bouteille de vin blanc Riesling, le préféré de Valérie, et ils avaient fini la soirée en bavardant tranquillement, comme s'ils ne s'étaient jamais quittés, comme si c'était la veille. Marie-Ève s'était endormie au creux de Valérie, la chatte sommeillant dans les bras de la petite.

Ce matin, c'est une chaude odeur sucrée de galette à la mélasse qui la sortit de son sommeil. Elle se tourna et constata que Marie-Ève n'était plus à ses côtés, pas plus que Canelle. Elle s'étira langoureusement et laissa cet arôme exquis l'envahir et lui rappeler les doux délices de ses étés à la ferme, où tous les matins Madeleine fricotait des muffins, des beignets ou des galettes. Valérie dévalait alors l'escalier en criant : « J'en veux ! »

Et Madeleine éclatait de rire en la voyant arriver ainsi tout excitée.

Valérie se retint de dégringoler l'escalier quatre à quatre comme dans ses souvenirs. Mais aujourd'hui, elle devait prendre de graves décisions. Tout d'abord, Marie-Ève : que devait-elle lui dire et comment ?

Valérie était déchirée. Elle ne pouvait ignorer le besoin de Marie-Ève et son amour pour son père. Mais ce qu'aurait souhaité Valérie plus que tout, c'est que Vincent n'ait jamais existé. Mais ce n'était pas la réalité. Alors, il lui fallait être raisonnable et cacher cette animosité qui la rongeait, pour l'amour de Marie-Ève.

Valérie se secoua et quitta le lit qui l'attirait trop fortement. Elle prit une douche rapide et descendit déjeuner, affamée comme dix. Tout pouvait attendre encore un peu. Elle entamait le début d'une vie nouvelle et elle entendait la vivre pleinement, sereinement, sans laisser quiconque en altérer la douceur.

L'avant-midi se passa à placoter, à rire avec Mado, Rosaire et Marie-Ève. Valérie était ravie des appartements prévus pour elle et sa fille. En effet, la maisonnette avait été aménagée de façon à ce que Marie-Ève et sa mère puissent avoir leur propre intimité.

Elles habitaient à l'étage, dans la partie est de la maison qui était comme un petit ilot de deux chambres avec une salle de bain commune. Un petit salon boudoir trônait juste en face de la chambre de Valérie. Si bien que la mère et la fille pouvaient s'isoler si le besoin s'en faisait sentir. Un couloir séparait ce petit havre du reste des pièces du haut.

Valérie n'avait pas eu connaissance de ces derniers aménagements et elle mesurait toute la finesse et la délicatesse de Rosaire et de Madeleine d'y avoir pensé.

Valérie emmena Marie-Ève diner au restaurant. Elle avait besoin de se retrouver seule avec sa fille. Ils s'étaient bien amusés et Valérie avait surtout ri des espiègleries de sa fille. Son dessein était de lui expliquer la situation, le plus simplement possible. C'est pourquoi elle l'amena se promener sur le bord de la plage, à Cap-à-l'Aigle.

Ensemble, elles tirèrent des roches sur l'eau, firent des châteaux et se trempèrent les pieds dans l'eau froide du fleuve.

Cette conversation était très pénible pour Valérie. Car a-t-on jamais les mots qu'il faut pour expliquer à un enfant de quatre ans, la dure réalité de la vie, des êtres qui s'écorchent et qui s'éloignent inexorablement?

Je n'ai pas su trouver les mots magiques qui lui auraient évité ce déchirement, se disait-elle amèrement sur le chemin du retour, alors que Marie-Ève avait encore des soubresauts d'avoir tant pleuré.

Elle doute maintenant de la beauté de la vie. Tout comme moi. N'aurai-je réussi qu'à entrainer Marie-Ève, que j'aime plus que tout, dans les méandres amers des déceptions, des peurs et des rages de mon enfance ? Comme j'aimerais que rien de tout cela ne soit arrivé. Comme je te déteste Vincent, d'avoir permis qu'une telle chose arrive dans sa petite vie.

À leur arrivée à la maison, Rosaire perçut tout de suite la détresse de Valérie et de Marie-Ève. Comme à son habitude, il tenta de faire diversion pour alléger l'atmosphère.

— Bon Marie-Ève, je t'attendais. Est-ce que tu viens avec moi peindre la falaise tout en bas ?

— Ouais, dit-elle sans enthousiasme. Tu veux bien maman ?

— Mais oui, ma puce. Va.

Rosaire avait donné un ensemble de pinceaux, de toiles et de tubes de couleurs à Marie-Ève. Celle-ci prenait beaucoup de plaisir à partir avec lui « jouer au peintre ». Valérie soupira une dernière fois, heureuse de voir que le grand chagrin de sa fille avait élu une trêve, malgré tout.

— Et toi, Valérie, ça va ? questionna Madeleine, un peu inquiète.

— Oui et non. Je suis si fatiguée. J'ai parlé à Marie-Ève et elle a tellement pleuré que j'aurais voulu disparaitre tellement j'avais honte de lui faire subir ce grand chagrin.

— Je sais Val. C'est bien difficile. Mais tu verras, le temps guérit bien des choses.

— Tu crois ? Permets-moi d'en douter sérieusement.

— Marie-Ève est jeune, Valérie. Tu verras, tout s'arrangera.

— J'étais jeune aussi, Madeleine.

Ces dernières paroles avaient fait réapparaitre le masque de froideur et de rage chez Valérie. Madeleine n'ajouta rien, ayant perçu la fermeture et l'isolement de sa nièce, dans ses yeux.

— Valérie, tu as vécu deux semaines bien éprouvantes pour toi. Et de plus, ta nuit n'a pas été très longue. Si tu allais dans ta chambre te reposer un peu. Rosaire s'occupe de ta fille. Va, profites-en.

— Tu as peut-être raison. Je crois que je vais aller faire une sieste.

Et elle monta à l'étage se couler sous les couvertures, espérant pouvoir seulement fermer les yeux et tout oublier, le temps de quelques minutes.

Une nouvelle étape commence

L'été commençait déjà à s'étirer vers l'automne. Le mois d'août dans Charlevoix donnait déjà des soirées fraiches et les chaleurs étaient moins torrides le jour, puisque l'air marin apportait toujours sa petite note froide.

Assise dans le petit bureau aménagé pour la paperasse de l'Auberge, Valérie passait à la loupe les livres de comptabilité de La Mitonnée dont la situation financière était excellente, pour une entreprise si jeune. Tout était très bien tenu, chaque élément était à sa place, tout était consigné.

Madeleine tenait même un journal où elle écrivait chacune des décisions qu'elle avait prises et à quel sujet. Toutes les discussions avec le personnel, les ententes avec les fournisseurs, le choix des menus, les aménagements effectués à l'Auberge et sur le terrain, enfin tout était écrit dans les moindres détails.

Madeleine tenait également ce qu'elle appelait le CV des clients. Ce livre comprenait tous les renseignements personnels de chaque client venu à l'Auberge La Mitonnée : ses préférences, ses désirs, ses loisirs, des petits détails de sa personnalité.

Mado lui avait expliqué qu'elle comptait ainsi connaitre personnellement chacun de ses clients beaucoup plus vite et pouvoir satisfaire leurs souhaits.

Elle s'arrêta quelques minutes aux notes concernant Jean-Pierre Turmel, ce client particulier du Chalet no 4, dont lui avait parlé Madeleine : Homme très chaleureux, dynamique, à l'écoute d'autrui, aimant la nature et les gens. Adore les mets exotiques, la tarte au sucre. Liqueur préférée : Amaretto.

Le petit protégé de Mado ne semble pas avoir de défauts, s'amusa Valérie en refermant le livre.

Satisfaite, la jeune femme songea comme elle aurait du plaisir à travailler avec Madeleine. Mais avant d'aller plus loin, elle devait parler à Rosaire.

Valérie quitta le bureau et partit à la recherche de son oncle. Comme il était tôt dans l'avant-midi, elle savait qu'il devait probablement se trouver dans le jardin. Passant par la cuisine, pour quérir un pot de thé glacé et deux verres, Valérie se dirigea vers la terrasse et aperçut tout de suite le chapeau de paille à travers les rosiers.

— Rosaire, tu as une minute ?

— Toujours pour toi ma belle.

Et s'essuyant les mains avec le chiffon sortant de sa poche arrière, il s'approcha de Valérie en souriant.

— Quelle bonne idée, du thé glacé! Ça me fera du bien. Même s'il n'est que 10 h, il fait déjà trop chaud pour un vieux plouc comme moi.

— Veux-tu cesser de dire des bêtises. Tu es en super forme Rosaire et tu le sais très bien.

— Il le faut bien, ma chère. La vie est si belle.

— J'aimerais te parler de l'Auberge La Mitonnée. Je veux savoir ce que tu penses de la proposition que m'a faite Madeleine d'être sa partenaire. Tu as ton mot à dire.

— Valérie, l'Auberge La Mitonnée appartient à Madeleine. Moi, j'ai pris ma retraite.

— Rosaire, tu ne réponds pas à ma question. Qu'en penses-tu?

— Écoute, l'Auberge La Mitonnée est l'unique propriété de Madeleine. Vois-tu, la ferme appartenait à ma mère et à moi. Mais quand maman est décédée, elle a légué sa part à Mado, pour la remercier de s'être occupée d'elle.

Donc, quand nous avons vendu la ferme, Madeleine a acheté l'Auberge La Mitonnée avec sa part. Elle a voulu que je sois son partenaire, mais j'ai refusé. Mon travail ici comme homme d'entretien est rémunéré comme un simple employé, vingt heures par semaine.

Ça me suffit et ça me convient parfaitement ainsi. Je n'ai donc rien à redire aux décisions et aux projets de Madeleine concernant l'Auberge La Mitonnée. Je suis un retraité et bientôt je me consacrerai à la peinture à plein temps.

Valérie eut un pincement au coeur de dépit. Dans son égoïsme des dernières semaines, elle en avait oublié la passion de Rosaire pour la peinture et ne s'était aucunement enquise de ses projets à cet égard, depuis son arrivée. Honteuse, elle demanda :

— Est-ce vrai ce que Mado m'a dit que l'on t'a offert une

exposition à la Galerie Bolduc à Baie-Saint-Paul ?

— Eh ! oui. Mais je n'ai pas encore pris de décision en ce sens. Mais je dois te dire que ça me flatte beaucoup.

— Je te comprends. C'est merveilleux. Tu devrais te lancer.

— J'y pense, ma belle, j'y pense.

— Alors, si tu me répondais, maintenant.

— Valérie, il est certain que d'emblée, je suis d'accord avec cette proposition. Tu es pour nous comme notre fille. Et Madeleine se fait une telle fête de ce partenariat. Comment peux-tu penser que je puisse être contre?

— Il me fallait savoir ton avis avant de m'engager. C'est une question de principe, tu vois.

— Oui, je vois très bien. Sois tranquille. Mais maintenant, je dois retourner à ce rosier et terminer sa coupe. Car il me faut tondre le gazon avant le diner.

— Ça me va Rosaire. Bonne journée.

— Bonne journée à toi aussi, jeune dame !

Valérie alla ensuite voir comment se portait Marie-Ève. Ce matin, la petite fille d'un client avait offert de s'en occuper pendant l'avant-midi. Elles devaient jouer au croquet et préparer ensuite les bouquets de fleurs pour garnir les tables de la salle à manger. C'est d'ailleurs tout près du potager, dans une talle de marguerites, que Valérie retrouva les deux filles qui riaient toutes les deux à gorge déployée.

— Alors, on s'amuse comme je vois ?

Au son de la voix de Valérie, Marie-Ève s'élança en courant, vers sa mère.

— Mamichou, t'as vu nos fleurs ?

— Oui, mon coeur, dit Valérie en flattant la tête de sa fille. Vous avez fait des bouquets superbes. Vous avez soif ? Une petite collation pour vous deux peut-être ?

Les deux filles acceptèrent et suivirent Valérie qui les amena à la cuisine pour déguster un jus de fruits et quelques beignets que sa tante avait faits la veille.

Madeleine fut soulagée que Valérie lui donne enfin une réponse définitive concernant leur projet de l'Auberge La Mitonnée. En fait, elle n'avait jamais douté de sa réponse, mais elle avait respecté le temps de réflexion nécessaire à Valérie.

Mais aussitôt cette décision connue, elles décidèrent sans tarder d'aviser le personnel de la nouvelle situation. Elles s'étaient toutes deux entendues sur l'essentiel : elles prendraient les décisions majeures ensemble, mais Valérie superviserait la gestion de l'établissement alors que Madeleine assurerait les relations avec les clients.

Vers 16 h 30, les deux associées descendirent à l'Auberge pour rencontrer le personnel. L'établissement était complet et l'on attendait 102 soupers ce soir. Elles se dirigèrent à la cuisine, où devaient les attendre la plupart des employés. Madeleine leur expliqua brièvement la situation et leur présenta Valérie. Celle-ci décida d'être franche tout de suite et de leur donner l'heure juste :

— Pour l'instant, je considère tout le monde comme faisant partie de l'équipe de La Mitonnée. Mais je veux être franche. J'exige que nous ayons tous le même souci de qualité et d'excellence pour notre clientèle. Je veux que notre auberge se démarque pour son confort, sa qualité et la chaleur de son personnel. Si le contrat vous intéresse, nous travaillerons ensemble. Mais je n'hésiterai pas à me séparer de ceux et celles qui ne répondront pas à ce profil. Ça vous va ?

Tous les employés acquiescèrent et des poignées de mains s'échangèrent dans une chaleureuse camaraderie. Madeleine et Valérie firent le tour de l'Auberge La Mitonnée, saluant ici et là les clients au petit salon ou au bar. La salle de jeu comprenait six personnes qui jouaient au Monopoly. Les cris et les rires laissaient croire à une partie enlevée.

Puis, Madeleine aperçut Jean-Pierre Turmel, près du foyer du bar qui lisait son journal. Elle poussa du coude sa nièce et lui dit :

— Viens que je te présente à notre charmant pensionnaire du Chalet no 4.

Les deux femmes s'approchèrent doucement et Jean-Pierre leva les yeux.

— Bonjour, Madeleine, vous allez bien ?

— Merveilleusement bien, Jean-Pierre. Permettez-moi de vous présenter ma nièce, Valérie Morin.

— Mais c'est un plaisir, Madame, dit-il en se levant. Vous savez Valérie, j'ai l'impression de vous connaitre depuis longtemps. Madeleine m'a tellement parlé de vous en des termes élogieux et chaleureux.

— Madeleine ! lança Valérie, un peu contrariée du manque de retenue de sa marraine.

— Ne soyez pas inquiète, Valérie, précisa Jean-Pierre. Rien d'indiscret n'a été dit, soyez sans crainte. C'est juste que nous avons partagé de bons moments au bar ou sur la terrasse, discutant de tout et de rien. D'ailleurs Madeleine, je trouve que vous me négligez. Je m'ennuie un peu de nos conversations amicales.

— Il faut me pardonner, Jean-Pierre. Mais ces derniers jours ont été très occupés. Mais si vous veniez souper à la maison, demain soir. Qu'en dites-vous ?

— Mais, je ne voudrais surtout pas vous déranger.

— Aucunement. Je vous attends, disons, à 19 h ?

— Très bien. Si vous êtes certaine que je ne serai pas importun.

— Mais non, pas du tout. À demain, cher.

— À plus tard, Madeleine. Valérie, je suis heureux de savoir que j'aurai l'occasion de vous reparler très bientôt.

— En effet, Monsieur Turmel. À demain.

Aussitôt sortie de l'Auberge, Valérie ne put s'empêcher de dire à sa tante :

— Madeleine, je ne suis pas certaine qu'une telle familiarité avec un client soit une bien bonne idée.

— C'est l'exception qui confirme la règle, Valérie. Attends de le rencontrer. C'est un homme absolument charmant.

L'engouement de Madeleine pour ce Jean-Pierre agaça Valérie. Mais elle n'ajouta rien de plus. Elle devança sa tante dans l'allée menant à la maison, celle-ci s'étant arrêtée pour cueillir quelques fleurs.

Alors qu'elle pénétrait dans le salon, son corps se figea et refusa de continuer à lui obéir. Ses yeux lui transmettaient un tableau qui la paralysa. Assis confortablement sur le sofa, sa fille Marie-Ève bien calée sur ses genoux, Vincent lui souriait avec un air résolument arrogant.

— Bonsoir Val. Je viens chercher Marie-Ève. Nous partons quelques jours faire de l'escalade !

Combativité à l'oeuvre

La panique traversa Valérie comme un éclair. Un long frisson de peur l'assaillit et telle une lionne pressentant le danger imminent pour ses petits, elle prit d'assaut l'ennemi devant elle :

— Il n'est pas question que tu emmènes Marie-Ève faire de l'escalade.

— Et pourquoi pas ?

— Vincent Gagné, ta fille a quatre ans. Tu es fou ou quoi ?

— Ce serait justement l'occasion de lui expliquer les dangers et la sécurité de la chose et ainsi, elle ne chercherait peut-être plus à faire de la parapente sur la falaise.

Valérie sentait la rage décupler son esprit de combativité et l'assurance calme de Vincent ne faisait qu'ajouter à l'exaspération qui l'envahissait.

— Tu es complètement irresponsable. Je t'ai toujours exhorté de prendre du temps pour ta fille et tu as toujours refusé. Maintenant, tu te découvres tout à coup une fibre paternelle?

— Peut-être, après tout !

— Je sais très bien ce qui te passe par la tête et je ne te laisserai pas me l'enlever.

Le visage calme de Vincent changea complètement. D'un geste, il écarta Marie-Ève et se leva comme un ressort tendu qui jaillit abruptement.

— Mais pour qui te prends-tu ? Si tu refuses que je vois ma fille, j'irai au tribunal demander un partage légal de la garde de Marie-Ève.

En entendant son nom, Marie-Ève se recroquevilla dans un coin du sofa, levant des yeux apeurés vers ses parents qui criaient maintenant, sans retenue.

— Non, mais tu veux rire ? Tu crois qu'avec tout ce que je sais maintenant de tes greluches, de ta vie désordonnée et irresponsable, tu pourrais gagner quoi que ce soit en cour ?

— Tu veux te venger. C'est ça ? Ah ! les femmes ! Vous vous plaignez de vivre dans un monde d'hommes et vous jouez les petites victimes. Si je refuse de m'occuper de ma fille, je suis un beau salaud et toi la pauvre victime. Mais si je veux m'occuper de ma fille, je suis encore un salaud, parce que je veux te l'enlever. Et te revoilà la victime. Nous les pères, nous sommes toujours piégés avec vous.

Marie-Ève commençait à gémir, toute tremblotante, la tête enfouie dans ses petits bras. Madeleine qui était entrée, resta paralysée sur le pas de la porte. Les deux antagonistes n'avaient conscience que de leur joute.

— C'est contre ce que tu es et le sens de l'éducation que tu as, que je m'insurge.

— Je n'ai pas ton sens de l'éducation. C'est tout. Tu aurais le monopole de la vérité ?

— Tu n'as aucune stabilité, aucune structure.

— J'ai toujours été comme ça, dans ma vie. Sans structure. Et pourtant, me voilà à 35 ans, numéro 3 de la Eastern Télécom, l'une des plus importantes compagnies d'informatique au Québec. J'ai plein d'amis, j'aime ma fille et elle m'aime. C'est quoi le problème ? Moi, je vais te le dire : c'est que la famille, c'est votre fief, vous les femmes, et vous refusez qu'on y entre de toutes les façons.

— Vincent Gagné, je te l'ai dit, il n'est pas question d'amener Marie-Ève faire de l'escalade. Et si tu persistes dans ta connerie, j'appelle mon avocat.

— C'est ce qu'on verra. Pour l'instant, demandons à Marie-Ève de décider.

— Ça suffit !

Rosaire avait crié si fort que Valérie et Vincent se turent instantanément. Le silence aurait été total, n'eut été les sanglots déchirants de Marie-Ève.

Réalisant l'horreur du trouble de sa fille, Valérie se rua vers elle mais Rosaire la précéda. Marie-Ève s'agrippa à Rosaire comme à une bouée de sauvetage. Elle refusa de tourner son visage vers sa mère qui ne cessait de lui dire :

— C'est fini, ma puce. Viens, viens trouver Mamie.

Mais Madeleine, sortie de sa torpeur, s'approcha de Valérie et lui mettant la main sur l'épaule, lui dit le plus calmement possible, alors que Rosaire et Marie-Ève quittaient le salon :

— Inutile Valérie, ce n'est pas le moment.

Valérie tourna le regard vers sa marraine et celle-ci vit les larmes et le ravage de la douleur sur le visage de sa nièce.

— Qu'avons-nous fait, se lamenta Valérie, avant d'éclater en sanglots.

— Un beau gâchis, j'en ai peur, ne put s'empêcher de répondre Madeleine.

Vincent se passa la main dans les cheveux, en baissant la tête. Il était furieux contre lui-même. Il n'avait réussi qu'à se mettre en disgrâce aux yeux de Madeleine et de Rosaire. Valérie aussi lui en voulait, mais ça, Vincent s'en balançait totalement.

Valérie se tourna vers lui, furibonde.

— Fous le camp d'ici, tout de suite !

— C'est mieux ainsi, Vincent, ajouta Madeleine. Je le crains.

— Sans que je revois Marie-Ève ? Que je lui explique ?

— Lui expliquer quoi ! Espèce de crétin, jeta Valérie.

— C'est assez Valérie ! coupa Madeleine, en haussant le ton. Ça suffit pour aujourd'hui. Vincent, laissez-nous. Prenez rendez-vous l'un et l'autre avec vos avocats pour régler tout ça. Mais je ne veux plus jamais qu'une telle scène ne se produise sous mon toit et surtout devant Marie-Ève. Vous avez bien compris ?

— Oui, dit faiblement Valérie. Il faut penser à Marie-Ève.

— Bien sûr. Mais je ne renoncerai pas Valérie. Je t'avertis. Mon avocat contactera le tien. Non, laissez Madeleine, je connais le chemin.

Et Vincent quitta les deux femmes sans se retourner.

Soudainement fatiguée, Madeleine prit un fauteuil et s'y engloutit en soupirant. Valérie se promenait de long en large dans la pièce, essayant de reprendre son calme et de retrouver son esprit rationnel qui régissait toujours sa vie.

Honteuse d'elle-même, elle n'osait plus regarder Madeleine, de peur de revoir dans ses yeux toute la déception qu'elle y avait lue, quelques minutes plus tôt. Vincent et elle, avaient commis l'acte le plus condamnable qui soit, comme parents : placer leur enfant entre eux, comme une balle de ping pong, dans un jeu cruel d'adultes.

Oui, quels adultes ! pensa-t-elle.

Comment avait-elle pu croire que leur deux pans de vie tout aussi amer et cruel l'un que l'autre, aurait pu faire une relation saine et belle.

— J'aurais dû le savoir que c'était un rêve impossible, dit-elle à voix haute. Regarde-nous aujourd'hui : deux panthères affamées à mort, prêtes à tuer l'autre pour sa propre survie. Quand donc finira cette lutte sans fin ?

— Il est encore temps de réagir, Valérie. Tout n'est pas perdu.

Tu as Marie-Ève. Elle seule devrait te permettre de trouver des trésors d'ingéniosité pour faire de votre vie un recommencement, une belle vie.

— Il veut m'enlever ma fille. Il veut maintenant me prouver que Marie-Ève a besoin de lui. Je ne veux pas de cet homme dans notre vie, Mado. Je veux qu'il disparaisse !

— Valérie, c'est le père de ta fille et tu dois apprendre à vivre avec ça.

— Non ! cria-t-elle en se levant. Je ne veux pas ! ajouta-t-elle en se dirigeant vers la fenêtre, laissant courir son regard dans le vide.

Et ses pensées se bousculèrent dans sa tête, toute cette rage qui la minait prenait enfin forme dans la certitude que cet homme ne devait plus faire partie de leur vie. Vincent était l'homme le plus désagréable, le plus pénible, le plus sinistre que Valérie eut connu.

Cet homme n'aimait rien, ni personne à part lui-même. Toute sa vie était toujours orchestrée avec un but précis d'avantages personnels.

Mais Valérie ne se laisserait pas duper cette fois-ci. Marie-Ève n'était encore pour lui qu'un prétexte pour afficher sa réussite. Tout ce qui comptait dans la vie de cet homme, c'était la performance, le pouvoir, l'argent et son image.

Vincent avait choisi l'informatique pour l'avenir prometteur qu'elle annonçait ; il préférait les sports audacieux pour l'image culottée qu'ils montraient de lui. Il avait épousé Valérie parce qu'elle représentait l'indépendance et la liberté, cette image de modernité qu'il brandissait comme un trophée.

Mais elle ne laisserait pas Marie-Ève entre ses griffes. Valérie ne savait pas comment elle y arriverait, mais elle ne permettrait pas que l'esprit morbide de Vincent n'atteigne l'âme joyeuse et agréable de Marie-Ève. Corneille avait dit : « D'un jeune audacieux, punissez l'insolence". Valérie s'y attaquerait. La mante religieuse n'avait pas fini ses ravages. Son mâle l'apprendrait très bientôt.

— Bon, je monte à ma chambre. C'est assez d'émotions pour aujourd'hui, lança une Madeleine épuisée, alors qu'elle joignait le geste à la parole.

Apaiser Marie-Ève

Quand Valérie entra dans la chambre de Marie-Ève, elle la trouva encore éveillée, soudée à Canelle, les yeux bouffis et encore les joues rouges d'avoir trop pleuré. Marie-Ève leva un regard courroucé vers sa mère. Valérie sentait que sa fillette saisissait mal la gravité de la situation et que son petit coeur chaviré ne voyait pas d'issue au drame dont elle avait été témoin.

Valérie la berça longtemps, lui chanta ses chansons favorites, malgré la boule qui obstruait sa gorge. Calmée, Marie-Ève flatta la main de Valérie, tout doucement, comme un pardon à peine formulé. Puis, levant ses yeux éplorés vers ceux de sa mère, elle demanda :

— Alors, je n'aurai plus de papa ?

— Mais oui, ma puce. Vincent est ton papa et il le sera toujours.

— Non, répondit énergiquement l'enfant. Il ne voudra plus venir me voir, parce que tu l'as chicané très fort. Il ne m'aimera plus !

Valérie ne sut que répondre. Elle embrassa sa fille tendrement, la borda gentiment en lui disant les seuls mots qui lui venaient à l'esprit :

— Tout s'arrangera, ma puce. Tout s'arrangera.

Et Marie-Ève, épuisée par trop d'émotion, ferma ses grands yeux noisette bordés de grands cils et s'endormit. Valérie resta longtemps près de son lit, à la regarder dormir. Sa peau blanche semblait encore plus pâle qu'à l'accoutumée. Ses cheveux d'un blond cassonade étaient longs et épais, parsemés de boucles rebelles qui donnaient un air fripon à son visage.

Valérie caressa la tête de l'enfant, comme si elle voulait chasser, dans ce geste, tous les mauvais souvenirs de cette journée abominable.

Valérie retourna à sa chambre, se dévêtit et s'allongea dans la pénombre. Canelle vint la trouver à son tour et se blottit tout contre ses cheveux, à la tête de son oreiller. Elle retrouvait enfin la chaleur et la quiétude d'un nid bien douillet. Le ronronnement de la chatte apaisa Valérie qui se laissa couler, elle aussi, au pays des rêves.

Le lendemain, une journée splendide se profilait dès le lever du jour. Aucun nuage ne venait cacher le bleu d'acier du ciel. Le fleuve était étincelant et plusieurs bateaux se trouvaient au large, accrochant l'oeil comme une tache dans une vitre limpide.

Madeleine était déjà à l'Auberge quand Valérie pénétra dans la cuisine. Rosaire avait laissé un mot disant que Marie-Ève et lui étaient allés peindre au quai de Pointe-au-Pic. Elle attrapa un muffin sur le comptoir de la cuisine et rejoignit Madeleine à l'Auberge.

— Viens faire une tournée avec moi, dans la salle à manger, lui dit celle-ci dès son arrivée. Tu verras le personnel à l'oeuvre.

Et les deux femmes picochèrent d'une table à l'autre. Valérie déplaçait un bouquet trop encombrant ou une chaise abandonnée. Madeleine échangeait quelques civilités ou un sourire. Celle-ci était très à l'aise dans ce contact direct et chaleureux avec la clientèle.

Valérie, quant à elle, jetait des regards sur la célérité des serveurs et des serveuses, évaluait l'efficacité, l'organisation. Ses observations étaient plutôt cérébrales, vues de l'extérieur. Madeleine était au coeur de l'action. Ce sont les gens qui la faisaient agir. Un peu comme un joueur vedette d'une équipe de hockey qui, faisant partie intégrante de la partie, en était le coeur, l'axe central.

Valérie était plutôt comme le coach qui analysait la situation générale, les jeux de chacun, qui en tirait des leçons et préparait les stratégies. Valérie constatait encore une fois qu'elles faisaient toutes deux, une sacrée équipe !

En fin d'après-midi, alors que Valérie jouait une partie de Monopoly junior avec Marie-Ève, Madeleine rappela à tout le monde qu'ils avaient un invité ce soir : Jean-Pierre Turmel.

Un invité

Valérie l'avait complètement oublié. Elle monta donc avec Marie-Ève pour se rafraichir. Madeleine et Rosaire mettaient la dernière main au repas : potage aux légumes, lasagne et gâteau au fromage.

Rien de mieux qu'un simple menu familial, s'était dit Madeleine.

Jetant un regard vers Rosaire, dont le visage affichait un sérieux inhabituel, Madeleine hasarda :

— On dirait que tu fais la tête, Rosaire.

— Je suis encore en colère d'hier soir. Je n'y peux rien.

— Ne sois pas si sévère avec elle. Elle en connait des dures, présentement.

— Et Marie-Ève, là-dedans ?

— Justement Rosaire. Essayons d'oublier cette catastrophe pendant quelques heures. Marie-Ève aime beaucoup Jean-Pierre et celui-ci est vraiment d'agréable compagnie. J'espère justement que cette maison retrouve sa sérénité au plus tôt. Et je compte d'abord, sur toi.

Rosaire regarda Madeleine dans les yeux. Elle avait raison, évidemment. Dans sa grande sagesse, elle savait trouver le bon côté des choses, même dans les pires moments.

— Ça va, Mado. J'ai compris. Je te promets que tu seras fier de moi. OK ?

Rosaire afficha un grand sourire lumineux avant de chatouiller Madeleine aux hanches, par derrière. Celle-ci se retourna vivement en criant :

— Arrête vieux fou ! Tu vas me faire échapper les pains par terre.

La regardant tendrement dans les yeux, il lui prit le menton de sa grosse main, attira vers lui ses lèvres pour lui donner un baiser. Valérie entra dans la cuisine au moment où Madeleine caressait doucement la joue de son mari. Valérie détourna la tête, gênée de cette démonstration d'amour.

Pourtant, ce comportement n'était pas une surprise pour elle. Combien de fois les avait-elle surpris dans son enfance, Madeleine assise sur les genoux de Rosaire qui l'étreignait, leurs têtes appuyées l'une contre l'autre, se berçant comme un seul corps, les yeux fermés.

Un pincement au coeur lui rappela que cette harmonie des coeurs, qu'elle avait vu pourtant si souvent, lui était désormais intolérable, comme une provocation.

Valérie toussa un peu et Rosaire en riant prit le panier de pains baguette et le déposa sur la table. Avant même qu'ils puissent dire un mot, la sonnette d'entrée tinta et on entendit Marie-Ève qui criait, de l'escalier :

— J'y vais.

— Valérie, tu veux bien recevoir Jean-Pierre ? J'arrive dans une minute.

Comme Valérie entrait dans le salon, elle vit Jean-Pierre dans le hall, muni d'un gros bouquet de ballons dans une main et une bouteille de vin blanc dans l'autre.

— Wow ! s'écria Marie-Ève. Quelles belles balounes !

— C'est pour toi, jeune fille, dit Jean-Pierre en lui offrant.

Enchantée, Marie-Ève s'en empara avec célérité, lançant un joyeux « merci » au jeune homme.

— On dit ballons, ma puce, pas balounes.

— Bonjour Valérie. Vous savez des balounes, c'est bien plus beaux que des ballons, pas vrai Marie-Ève ?

Et il fit un clin d'oeil complice à Valérie qui ne put s'empêcher de rire suivie aussitôt de Marie-Ève. Puis, la fillette courut montrer son précieux cadeau à Rosaire et Madeleine, emportant également la bouteille de vin. Valérie fit asseoir Jean-Pierre au salon, lui offrit un apéritif alors que les autres venaient les rejoindre au salon. Une conversation amicale s'engagea.

Pendant le souper, une atmosphère familiale planait au coeur du repas. Chacun était gai, à l'aise et Valérie était agréablement surprise de la simplicité de ce jeune homme. Elle ne pouvait dire autrement que Madeleine : Jean-Pierre était vraiment sympathique.

Bel homme, élégamment vêtu, même si ce soir il avait opté pour des vêtements sports. Tous ses traits étaient bien dessinés. Des yeux bleus au regard tendre et doux, une bouche charnue et un menton pointu. Ses cheveux châtain clair laissaient retomber quelques mèches sur son front qui lui donnaient un air gavroche.

Pendant tout le repas, Valérie vit Marie-Ève attirer l'attention de Jean-Pierre, s'approcher de lui tout doucement, le touchant une fois, une autre, et de fil en aiguille, finalement aboutir sur ses genoux, au grand plaisir évident de Marie-Ève.

Jean-Pierre conversait avec tous les convives, mais tout en taquinant Marie-Ève ou lui faisant une brève caresse. Valérie ne les quittait pas des yeux, un peu surprise, mais contente tout à la fois, de la facilité de sa fille à conquérir le coeur d'autrui.

Puis, alors que les adultes finissaient leur café, Marie-Ève s'installa par terre avec ses crayons de couleur, et sur un grand carton jaune, elle dessina son chat Canelle qui venait de s'étendre juste sous son nez.

Valérie remarqua que Jean-Pierre jetait des regards furtifs vers sa fille, tout en conversant avec Rosaire. Puis, elle le vit se lever et s'asseoir par terre à côté de sa fille. Ils se mirent à parler tout bas et à rire ensemble, complices.

La conversation à la table se tut, tous regardant attendris ce petit conciliabule. L'enfant montrait des signes évidents de grande fatigue avec ses grands baillements aux corneilles.

Rosaire et Madeleine s'offrirent pour aller coucher Marie-Ève qui n'opposa aucune résistance. Elle embrassa Jean-Pierre spontanément avant de rejoindre Rosaire. Celui-ci la prit sur ses épaules et Marie-Ève appuya sa tête tout contre celle de Rosaire, presque endormie déjà.

Valérie se rappela alors, les tendres couchers de son enfance à la ferme, où Rosaire la montait aussi sur ses épaules jusqu'à sa chambre alors que Madeleine venait l'embrasser et la border avant qu'elle ne s'endorme. Tout comme sa fille aujourd'hui.

Confidences

C'est le sourire aux lèvres et le coeur attendri que Valérie commença à ramasser la vaisselle du souper, aidé par Jean-Pierre, malgré ses protestations. Celui-ci alléguait qu'il avait l'habitude chez lui, depuis sa plus tendre jeunesse, tout la famille ramassant et lavant la vaisselle dans de longues discussions agrémentées de rires et même de chansons.

— Vous avez une grande famille ?

— Nous sommes cinq enfants. Et vous ?

Dédaignant sa question, Valérie demanda aussitôt :

— Vous avez l'air d'aimer les enfants.

— Oui, beaucoup. J'étais le troisième et j'avais onze ans quand le bébé de la famille est née. J'emmenais Jacinthe partout avec moi. Mes amis se moquaient souvent, mais je les ignorais. J'aimais l'avoir près de moi, elle me faisait rire. Je me sentais important, car elle m'adorait.

— Vous avez des enfants ?

— Non. Mais j'ai été marié, il y a 5 ans. Ma femme est morte dans un accident de voiture, alors qu'elle était enceinte de 4 mois.

— Oh ! je suis désolée.

— Ne le soyez pas. Je suis guéri maintenant. Ce fut long et difficile, je l'avoue. Mais on guérit de tout !

— Vous croyez ? demanda Valérie sans vraiment solliciter une réponse.

— Pourquoi ? Vous en doutez ?

— Non, pas du tout, dit-elle cavalièrement en se fermant comme une huitre.

Empressée de faire avorter cette conversation qui tournait un peu trop aux questions et réponses sur l'intimité de l'autre, Valérie lui offrit un digestif.

— Volontiers.

— Amaretto ? suggéra-t-elle, se souvenant du petit C.V. des clients de Madeleine.

— Parfait. Nature, s'il vous plaît.

Ils quittèrent la cuisine où tout était bien rangé. Valérie se dirigea vers le petit bar en coin, opposé au foyer, pendant que Jean-Pierre s'installait dans la berceuse de Madeleine. Durant la préparation des digestifs, Valérie sentait le regard de Jean-Pierre brûlant son dos et un malaise l'envahit. Comme elle lui offrait son verre, Jean-Pierre lui demanda :

— Vous êtes séparée depuis peu, je crois. Marie-Ève m'en a jeté un mot.

— Elle vous a parlé de Vincent et moi ? Quand ça ? demanda Valérie, stupéfaite.

— Hier, en fin d'après-midi. Elle avait l'air bien malheureuse, la pauvre.

— Je sais, dit Valérie, un peu sèchement. Ce n'est pas que j'aie vraiment voulu cette situation. Si j'avais pu lui éviter cette peine...

— Je le sais, vous savez. Vous êtes une bonne mère.

Qu'est-ce que vous en savez ? eut envie de lui jeter à la tête, une Valérie sur la défensive, le trouvant condescendant tout à coup.

— Je vous ai souvent observée avec Marie-Ève. Et elle m'a souvent parlé de sa Mamichou.

Valérie était de plus en plus décontenancée. Son bébé de quatre ans avait déjà des amitiés qui lui étaient étrangères, des confidences qui ne lui étaient pas destinées. Son coeur se serra.

— Vous semblez contrariée, Valérie.

Valérie ne put répondre. D'ailleurs, elle n'avait plus envie du tout de répondre. Elle ne voulait pas se livrer à cet homme qui lui semblait bien curieux des détails de sa vie. Que n'avait-elle choisi des sujets inoffensifs comme la température, Charlevoix ou son travail. Elle soupira d'aise quand Rosaire et Madeleine entrèrent au salon.

— Ah ! je vois que tu as offert à Jean-Pierre un digestif, Valérie. Merci beaucoup. Excusez-moi mon garçon, je manque à tous mes devoirs d'hôtesse. Mais quand je suis avec Marie-Ève, j'en oublie très souvent le temps.

— Il n'y a pas de faute, Madeleine. Je vous comprends très bien, c'est une enfant très attachante. Mais de toute façon, j'étais en très agréable compagnie.

Évitant le regard de Jean-Pierre, Valérie se leva en disant :

— Veuillez m'excuser. Je dois vous quitter. J'ai quelques notes à prendre avant la fin de la soirée. Je vous souhaite le bonsoir à tous.

Et elle quitta le salon sans attendre qu'on veuille la retenir. Elle devait se retrouver seule au plus vite, sans trop savoir pourquoi. Elle grimpa l'escalier quatre à quatre, comme une voleuse.

Se réfugiant dans sa chambre, essoufflée, elle ferma la porte, comme pour se protéger. Cette conversation lui avait donné le vertige. Quelque chose au fond de son ventre la pinçait.

Elle sentit un besoin pressant d'être auprès de sa fille. Elle s'y rendit aussitôt. La chambre de Marie-Ève était imprégnée de l'odeur tant connue de son bébé qui dormait profondément, son vieux lion serré entre les bras, le nez enfoui dans ce qui lui restait de crinière.

Valérie caressa ses cheveux et l'embrassa. L'enfant ne bougea pas, au grand désarroi de Valérie qui avait l'impression que même dans son sommeil, Marie-Ève s'éloignait d'elle. Un serrement aigu secoua ses entrailles de mère.

Mon bébé, je t'aime tant. Je ne suis pas prête encore à te perdre. Pas toi aussi !

Prendre du recul

C'était aujourd'hui la rentrée scolaire. Valérie et Marie-Ève avaient passé la semaine à faire les achats nécessaires pour ce grand moment. Valérie se sentait déchirée. Son bébé la quitterait pour la maternelle, l'école, la vraie vie. Elle savait que rien ne serait pareil ensuite.

Mais Marie-Ève, elle, était très excitée d'aller à l'école des grands et d'avoir maintenant un sac à dos, rempli de cahiers, de crayons, de règle, ciseau et gomme à effacer.

Le jour venu, Valérie revint de l'école en larmes, sous l'oeil intrigué de Madeleine.

— Si tu avais vu ce petit bout de chou m'envoyer la main, toute souriante et fière. J'ai eu l'impression qu'elle me disait adieu, qu'elle n'avait plus besoin de moi. Je me sens comme vide, inutile.

Et les larmes qui roulèrent sur ses joues émurent Madeleine. Elle s'approcha de Valérie, la prit dans ses bras, comme un halo protecteur. Cette tendresse calma Valérie et ses larmes se tarirent peu à peu.

— Valérie, tu n'es sûrement pas la seule maman à ressentir ça ce matin. C'est la première fois, la plus difficile. Après, tranquillement, tu t'y feras et la vie reprendra son cours. Viens prendre un café avec moi, à la cuisine. Je voudrais te parler.

— Tu as sans doute raison. Vitement que je retourne travailler un peu.

Et docile, Valérie suivit Madeleine, comme tout à l'heure ces petits enfants agglutinés autour de leur professeur de maternelle.

— J'aimerais que tu prennes quelques jours de repos, Valérie. Après tout ce charivari des dernières semaines, un recul te fera un grand bien.

— Non, c'est trop tôt, Madeleine.

— Trop tôt pour quoi ? Qu'est-ce qui t'en empêche ?

— ... je ne sais pas.

— Valérie, écoute-moi. Ce n'est pas une vie. Tu travailles 15 heures par jour à l'Auberge, tu donnes beaucoup de temps à Marie-Ève. Mais, toi là-dedans ? Tu dois avoir une vie sociale, une vie privée, Valérie. Tu es jeune...

— Je t'en prie Madeleine. Tu ne me feras pas le coup du « Tu peux refaire ta vie ? »

— Et pourquoi pas ?

— Ne sois pas ridicule. Si tu penses que j'ai envie de retomber en amour, c'est la dernière chose que je me souhaite.

— Valérie, je veux simplement que tu prennes quelques jours de congé. Que tu penses à toi.

— ...

— C'est la dernière fin de semaine d'Expo-Québec ce vendredi. Tu n'as jamais manqué une seule année depuis l'âge de 6 ans. Tu ne trouves pas que cette tradition est l'occasion rêvée ?

Madeleine avait touché une corde sensible. Expo-Québec dans la Capitale avait toujours signifié l'incontournable pour Valérie. Elle s'y coulait comme dans une vieille pantoufle. Ce bain de foule et cette foire annuelle l'attiraient toujours autant, avec la même ardeur.

Puis, ce serait peut-être l'occasion de classer les événements récents dans les tiroirs de sa raison pour repartir à neuf, dans une nouvelle vie bien réglée.

— Mado, tu as raison. Je partirai vendredi après-midi, mais je reviendrai samedi. C'est la grosse fin de semaine de la Fête du travail et je veux être présente à l'Auberge.

— Bon, ça va. Il faut croire que je ne peux pas espérer mieux de toi ?

— Non, en effet. Un peu plus de 24 heures, pas davantage. Juste le temps de m'imprégner une fois de plus à Expo-Québec et de revoir quelques copines du Château Frontenac. Mais... si j'amenais Marie-Ève, elle adorerait ça !

— Non, Valérie. Pas question. Tu as besoin de te retrouver.

— Oui, peut-être... Bon. C'est entendu comme ça !

Comme prévu, elle partit donc enchantée de cette petite incartade non prévue. Elle fit le voyage lentement, goutant le paysage, s'arrêtant aux aires de repos de Baie-Saint-Paul pour scruter les forêts qui commençaient déjà à offrir leur palette d'automne.

Elle arriva vers 19 h 30 à Québec. Elle voulait se rendre à Expo-

Québec le plus tôt possible, pour gouter aux fééries des lumières, la nuit. Elle prit donc rapidement sa chambre au Château Frontenac, déposa ses bagages puis quitta aussitôt l'hôtel au moment où nombre de clients se bousculaient à l'entrée, faisant courir les portiers plus que de coutume.

Et alors que Valérie venait ici pour oublier les vicissitudes de sa vie de couple, elle ne put s'empêcher de penser que ses parents s'étaient connus ici même.

Sa mère qui était femme de chambre y avait rencontré son père, qui lui, était portier. Ils tombèrent amoureux l'un l'autre, rapidement. Valérie sentit en elle une grande tristesse en pensant à sa mère, chassée aussitôt par la rage qui l'habitait au souvenir de son père.

Non, s'imposa-t-elle. *Pas aujourd'hui. C'est à moi que je veux penser aujourd'hui.*

Et elle s'engouffra dans sa voiture, faisant main basse sur ce qui demandait à surgir à sa mémoire, mais qu'elle relégua aux oubliettes, pour une millionième fois.

Où est Marie-Ève ?

Pendant ce temps, c'est une Madeleine blanche de peur qui frappait au Chalet no 4, alors que Jean-Pierre Turmel s'était assoupi sur le lit, après le trop copieux repas de La Mitonnée. Quand il alla ouvrir, c'est sans préambule que l'aubergiste lui demanda :

— Est-ce que Marie-Ève est avec vous, Jean-Pierre ?

— Non, Madeleine. Que se passe-t-il ?

— Elle a disparu. J'ignore où elle est. Je suis folle d'inquiétude. Rosaire et moi avons fait le tour de la maison, de l'auberge, du terrain. Rien. Elle n'est nulle part.

L'esprit aux aguets, Jean-Pierre prit rapidement son chandail sur la chaise et rejoignit aussitôt Madeleine qui était déjà sortie.

— Retournez à la maison, au cas où elle reviendrait. Je vais chercher à mon tour. Elle ne peut pas être très loin. Elle est peut-être avec Valérie ?

— Non. Valérie est partie à Québec, jusqu'à demain.

— On la retrouvera, Madeleine. Soyez sans crainte.

Madeleine s'empressa de rejoindre sa maison, heureuse de savoir que Jean-Pierre les aidait à la retrouver. Marie-Ève aimait Jean-Pierre. Ils s'attireraient peut-être l'un l'autre...

Jean-Pierre descendit près de la route et fit le tour des terrains environnants. Il demanda à quelques voisins s'ils avaient aperçu la fillette, mais toutes les réponses étaient négatives. Puis, après une demi-heure de recherche aux alentours, alors qu'il revenait bredouille et inquiet, Jean-Pierre passa près de la cabane à bois et entendit une petite voix qu'il reconnut sans peine.

S'approchant lentement de la petite fenêtre près de la porte, il vit Marie-Ève assise bien au fond de la cabane, cachée par les cordes de bois, son chat Canelle dans les bras, lui parlant sérieusement, tout en larmes. Jean-Pierre s'avança tout doucement et vint s'asseoir près de Marie-Ève, qui se tut et ne fit aucun geste pour s'enfuir, semblant accepter l'approche du jeune homme.

— Bonjour Marie-Ève. Ça va ?

— Non, dit-elle catégoriquement, en reniflant.

— Qu'y a-t-il ? Tu as du chagrin ?

— Non.

— Tu ne veux pas me parler ? Alors, très bien. On ne parle plus, dit-il doucement.

Et Jean-Pierre imita la fillette, mettant ses deux bras autour de ses genoux en regardant par la fenêtre. Marie-Ève cessa de pleurer. Elle jouait de sa petite main avec les longs poils de Canelle, les entourant autour de son index, relâchant la boucle pour en reprendre une autre ensuite. La chatte, immobile, semblait s'être endormie.

Après plusieurs minutes d'un long silence, Marie-Ève regarda Jean-Pierre et lui demanda :

— Ta maman et ton papa à toi, est-ce qu'ils t'ont laissé aussi ?

— Tes parents ne t'ont pas abandonné Marie-Ève. Pourquoi dis-tu cela ?

— Je le sais bien. Ils ne me disent rien, mais j'ai compris, tu sais. Papa ne viendra plus me voir. Et ma maman, elle est partie aussi.

— Mais Valérie revient demain, Marie-Ève, ajouta rapidement Jean-Pierre, heureux que Madeleine lui ait fait part de ce voyage. Elle n'est pas partie pour toujours.

— Non, je sais qu'elle ne reviendra pas non plus. Elle était pas contente après moi. Elle voulait pas que j'aille à « la scalade » avec papa. Puis, elle voulait pas non plus qu'il vienne à ma fête. Alors, elle est partie.

Jean-Pierre était bouleversé par les conclusions de la fillette qui disait les choses avec tant de résignation. Il eut un pincement au coeur, ayant une folle envie de prendre cette enfant dans ses bras et de l'embrasser pour la consoler et lui redonner l'innocence qu'elle semblait avoir perdue, quelque part entre son père et sa mère. Mais il s'abstint du moindre geste, de peur d'effaroucher Marie-Ève.

— Écoute, je crois que tu t'es fait de bien mauvaises idées dans ta petite tête. Valérie revient demain, elle me l'a dit, mentit-il, et moi, j'ai confiance en sa parole.

— Tu crois ? demanda Marie-Ève, les yeux brillants d'espoir.

— J'en suis certain. Et tu penses que Madeleine ou Rosaire t'auraient menti ?

— Non...

— Alors, tu vois ? Viens un peu ici, ma belle.

Et Jean-Pierre tendit la main à Marie-Ève qui grimpa sur ses genoux et le prit par le cou. Il n'ajouta rien tout en laissant ses mains parler à l'enfant, lui dire qu'elle était en sécurité, qu'elle n'avait pas de raison de se faire tant de souffrances au coeur.

Puis, Jean-Pierre se leva, installa Marie-Ève sur ses épaules et dit gaiement :

— Allons prendre une bonne collation avec Madeleine. J'ai une faim de loup, pas toi ?

— Oh oui alors. Tu parles. Ça fait bien trois jours que je suis dans la cabane à bois !

Et Jean-Pierre éclata de rire, pendant que Madeleine, de la fenêtre de la maison, venait de les apercevoir et affichait un visage triomphant et heureux.

À Expo-Québec

À peine arrivée aux guichets d'Expo-Québec, Valérie sentit une vive frénésie l'envahir. Il faisait nuit, mais elle ignorait si les étoiles étaient au rendez-vous tellement les lumières magiques des bâtiments et des manèges excitaient son oeil.

Déjà, ses oreilles s'emplissaient des musiques diverses entrecoupées des cris apeurés des gens de la grande roue. Des milliers de personnes faisaient comme elle, ce soir. Avides de tout voir, ils se laissaient baigner dans la foule animée et anonyme, se donnant l'impression de ne pas être seuls et de faire partie de quelque chose.

Année après année quand elle était enfant, Valérie était venue ici prenant d'assaut ce terrain immense, magique, exotique, ayant toujours l'impression d'être un peu chez elle. De la galerie de sa maison de petite fille, elle voyait la grande roue pointer à travers les pignons des maisons, comme un phare la nuit.

Tel un chemin de croix, Valérie suivait toujours le même itinéraire dans sa visite. Tout d'abord, le Pavillon des congrès abritant les marchands ou les organismes communautaires. Puis, celui de l'Armée canadienne, ce lieu sombre, rigide et austère qui lui donnait toujours un petit frisson dans le dos. Ensuite, elle se donnait une pause agréable dans les étables et les écuries.

La section des manèges, c'était son dessert. Lorsqu'elle passait la porte qui séparait la grande place de ce lieu magique de l'enfance, elle ressentait instantanément une profonde euphorie. Tout était cacophonique. La musique assourdissante, les hurlements de peur venant des manèges et les appels des tenanciers de roues de fortune, des stands de palettes, de tirs à la carabine ou à fléchettes :

— Approchez ! Approchez ! Mesdames et Messieurs. Tentez votre chance ! On gagne à tous les coups ! Approchez, approchez !

Valérie réalisa qu'il était tard et qu'elle n'avait rien avalé depuis midi. Elle mit donc le cap sur le coin restauration, complètement congestionné, où des dizaines de restaurants et de casse-croutes étaient empilés les uns sur les autres, mêlant leurs odeurs sucrées ou salées, de graisse chaude ou d'épices.

La foule était dense et Valérie adopta le pas lent et fouineur des marcheurs. Elle avait l'impression que si elle s'arrêtait volontairement d'avancer les pieds et qu'elle s'immobilisait, la foule se chargerait de la faire marcher, sans effort, lentement, malgré elle.

Elle s'offrit un bon hot dog garni comme elle les aimait, une frite bien graisseuse et un café trop brûlant. Elle se retira sur un banc, un peu à l'écart, où non loin de là, une petite famille de deux jeunes enfants et leurs parents s'amusaient follement en savourant des barbes à papa.

Son repas terminé, elle entreprit de se rendre près du grand chapiteau, où à 22 h, une prestation de benji devait avoir lieu. Elle commençait à accélérer le pas, quand l'orage éclata tout d'un coup, avec une folle violence. Des cris s'échappèrent de toutes parts et les gens se mirent à courir rapidement de tous les côtés, cherchant un abri de fortune.

C'est alors que tout se passa très vite. Bousculée sauvagement par un homme très grand, vêtu de noir, elle n'eut pas le temps de réagir quand il lui donna un grand coup de poing dans le dos qui lui coupa le souffle. Elle fut même incapable de crier quand il la poussa par terre, lui arrachant son sac à main, avant de s'enfuir en courant.

Valérie s'écroula dans une flaque d'eau vaseuse et perdit conscience. Elle était cernée de toutes parts et bousculée par une foule hurlante qui continuait à fuir l'orage, ignorant complètement la jeune femme inerte qui n'avait heureusement pas conscience de la froideur du monde.

Quand Valérie revint à elle, c'est l'odeur d'antiseptique qui assaillit ses narines. Prenant une grande respiration, elle se sentit complètement fourbue. Tout était obscur dans sa tête, elle se demandait ce qui venait de se passer quand une jeune femme surgit au pied de son lit.

— Où suis-je ? demanda-t-elle, la bouche bête, la langue pâteuse.

— Vous êtes à l'infirmerie d'Expo-Québec. Vous avez été retrouvée évanouie, par des policiers. Il semblerait qu'on vous ait agressée, pour vous voler votre sac à main.

— Oh ! j'ai mal à la tête !

— C'est normal. Votre chute au sol a dû être assez violente, car vous avez un peu de sang séché sur la tête, des éraflures au visage et aux jambes et une foulure au poignet. Le médecin viendra vous voir dans quelques minutes.

Valérie se souvint que quelqu'un l'avait fortement poussée, par-derrière. Puis, son sac à main avait glissé de son épaule et la courroie s'était enroulée à son poignet. On avait alors tiré très fort et une vive douleur était apparue à son poignet. Elle avait perdu l'équilibre et s'était effondrée, au milieu des gens, des cris, de la musique tonitruante et du tonnerre qui rythmaient cette course effrénée de la foule.

Un grand gaillard vêtu de blanc s'approcha de Valérie et la fit sursauter.

— Bonjour madame Morin. Nous avons retrouvé votre sac à main et un peu plus loin, votre porte-monnaie. L'argent ne s'y trouvait plus, évidemment.

Mais déjà, Valérie n'écoutait plus. Elle se moquait éperdument de l'argent qui avait disparu de son porte-monnaie. Ce qui avait vraiment de l'importance maintenant, c'était le désarroi profond qui l'étouffait tranquillement.

J'aurais pu mourir seule, comme une bête abandonnée.

Et qu'est-ce que ma vie aurait laissée ? Bien peu de choses. Comme c'est absurde l'existence. On est heureux un instant. On laisse tomber la vigilance. On se fait agresser. Tout s'écroule. On n'est plus rien et plus rien n'a de sens.

Et Valérie se mit à pleurer, comme une enfant complètement brisée, repliée sur elle-même, mais beaucoup plus sur les pièges de la confiance qui l'avaient encore une fois appâtée.

Un chauffeur improbable

Valérie regardait le paysage défiler par la fenêtre de l'automobile. Le haut clocher de Saint-Hilarion et sa croix illuminée qui pointait vers les étoiles, les lumières qui jaillissaient des fenêtres des maisons indiquant la présence d'une famille, d'enfants peut-être. Que faisait Marie-Ève présentement ?

Elle n'en revenait pas. Alors qu'il y a un peu plus d'une semaine, elle disait à Madeleine qu'elle souhaitait que Vincent disparaisse de sa vie, elle était maintenant assise près de lui dans sa voiture et il la reconduisait dans Charlevoix. Miville suivait derrière, conduisant sa propre voiture.

— C'est Opération Nez Rouge en plein septembre, avait dit Vincent en riant, n'écoutant aucunement ses protestations horrifiées.

Et il était 1 h 30 de la nuit, ce même vendredi où elle était partie joyeuse de cette escapade à Expo-Québec. Il lui semblait pourtant que des jours et des jours s'étaient écoulés.

Il était arrivé à l'infirmerie alors qu'elle était en larmes et au bord de la crise de nerfs. Il avait tenté de la prendre dans ses bras, dans un moment de sollicitude, mais elle avait crié après lui, comme une folle, si bien que l'infirmière et le médecin s'étaient approchés, inquiets. Mais elle s'était vite calmée et ils s'étaient à nouveau retrouvés seuls.

— Qu'est-ce que tu fous ici ? lui avait-elle grossièrement demandé.

— Mais je suis ton sauveur, ma belle, avait-il répondu un sourire obscène de contentement accroché à ses lèvres. On a appelé ton gentil mari à la rescousse.

— Je n'ai pas besoin de toi, tu peux retourner d'où tu viens.

— Tu ne peux probablement pas te passer de moi, puisque mon nom est toujours sur tes papiers. Alors me voilà !

Valérie enrageait. Quelle idiote elle était !

— Je te fais remarquer que tu es toute seule ici, avec personne d'autre que moi qui accourt à ton secours. Le seul disponible pour être ici, à l'infirmerie, avec toi.

Il a raison, pensa tristement Valérie. *Quelle ironie! Je lui suis redevable maintenant. Et quoi encore ?*

— Je sais que tu aimerais que je ne sois pas là. Mais il faut que tu retournes à La Malbaie, tu ne peux pas conduire, interdiction du médecin pour 48 heures et ton automobile est ici, à Québec. Alors, laisse donc ton orgueil de côté pour une fois, et regarde le côté pratique de la chose.

La gentillesse soudaine de Vincent lui avait fait presque peur.

Que devrais-je payer en retour ? s'était-elle demandé.

Mais elle voulait revenir le plus tôt possible dans Charlevoix. Retrouver sa fille, la paix, la sécurité. Pour la première fois depuis des dizaines d'années, elle se sentait vulnérable, déstabilisée.

Habituellement, son apparente détermination la protégeait contre Vincent. Mais, ce soir, elle se sentait comme un oisillon apeuré de son premier envol. Elle aspirait au giron maternel et à son port d'attache : Charlevoix. Vite que finisse ce mauvais rêve. Si bien que lorsque le médecin lui avait donné son congé, elle avait accepté l'offre de Vincent, mais avec beaucoup de contrariété, toutefois.

Elle avait prévenu Madeleine de la situation et l'avait rassurée sur son état. Madeleine lui dit qu'elle préparerait la chambre d'amis pour Vincent et Miville, qu'il n'était pas question qu'ils reprennent la route aussitôt. Valérie dut avouer, à son grand déplaisir, que c'était effectivement plus sage.

Toutefois, il faut le dire, Valérie ne put s'empêcher de penser que Vincent avait été vraiment parfait. Il argumenta longtemps sur son refus de passer par l'hôpital pour une vérification supplémentaire, comme lui avait suggéré le médecin d'Expo-Québec. Il passa récupérer ses bagages à l'hôtel et régla la note. Ils partirent vers minuit. Valérie était déjà complètement épuisée.

Le trajet se déroulait trop lentement. Avant même de partir, Valérie aurait voulu déjà être rendue chez elle. Elle était silencieuse depuis leur départ. Vincent gardait également le silence, ou sifflotait doucement. Mais, quand ils descendirent la côte de Baie-Saint-Paul, Vincent lui demanda :

— Ah ! J'oubliais de te dire que pendant quelques jours à la fin du mois, je ne serai pas disponible. Je prends six jours de vacances et je vais faire une descente en canot sur une rivière. Les grands frissons sont garantis !

Valérie ne répondit rien. Elle avait appuyé sa tête sur le dossier de son siège et fermé les yeux, comme pour se protéger et éviter ainsi d'avoir à parler ou à répondre. Vincent la regarda et n'ajouta rien.

Elle fut d'ailleurs surprise qu'il n'intervienne pas à nouveau. Puis, comme agacée par sa gentillesse qui lui tapait sur les nerfs, elle lui répondit, quelques longues minutes plus tard.

— Il faut que ça bouge, hein, Vincent ? Tu sais pourquoi tu as tant besoin de te sentir vivant ?

— Dis-moi donc ça, madame la psychologue, répondit-il, un peu agressif.

— Tout simplement parce que tu es mort en dedans. Tu es rongé par la colère, la haine et l'amertume. Sans parler de ton ambition démesurée. Tu ne veux pas réussir, tu veux battre tous les autres ! Tu es malsain, Vincent Gagné. Je ne sais pas pourquoi il m'a fallu si longtemps pour le comprendre.

— Que m'importe ce que tu crois. Moi, je mords dans la vie, chaque jour. Je ne suis pas comme toi, si réfléchie, si longue à choisir que tu passes à côté de tout ce qui vaut la peine d'être vécu.

— Notre famille n'en valait pas la peine, Vincent ?

— Tu sais très bien ce que je veux dire. C'est justement ça le problème avec toi. Tu esquives toujours le coeur des choses.

Valérie se tut. Elle ne voulait plus écouter, ne voulait plus parler. C'était plus qu'elle ne pouvait en supporter. Elle était si fatiguée. Elle ferma les yeux, abandonnant le poids de son crâne contre l'appui-tête. Mais une petite voix dans sa tête ne cessait de lui demander :

Et s'il avait raison ? Et si tu faisais l'autruche ?

Alors Valérie, épuisée, ne put que souffler à la petite voix :

Mais quand ça fait trop mal, est-ce qu'on a le choix ?

Retour au bercail

Vincent et son ami étaient installés dans la chambre d'amis pour le reste de la nuit. Au matin, Valérie n'en revenait pas de l'incongruité de la situation. Les deux hommes déjeunant à la même table qu'elle-même et sa fille. Madeleine et Rosaire qui faisaient des politesses. Valérie aurait voulu leur hurler :

Non, mais ça va pas la tête ? Qu'est-ce que ça veut dire que ce cirque inouï ? La belle petite famille modèle peut-être ?

Mais elle s'était tue, car le sourire de Marie-Ève et ses yeux lumineux lui disaient tout le bonheur qu'elle éprouvait d'être avec son père. Il faut dire que celui-ci se surpassait. Il n'avait jamais été aussi gentil avec sa fille : prévenant, drôle, presque chaleureux. Marie-Ève était aux anges. Alors, Valérie avait joué le jeu, elle aussi.

Mais une autre partie d'elle-même aurait voulu dire à Marie-Ève :

Arrête. Ne l'écoute pas. Ça sonne faux. Ce n'est pas un homme à aimer. Il te fera souffrir. Il ne fait pas ça pour toi. Il n'agit que pour lui-même.

Mais en même temps, Valérie espérait se tromper. Le mari et le père étaient peut-être différents après tout. Si le mari était un salaud, peut-être Marie-Ève lui ferait-elle comprendre le vrai sens de la vie, le vrai sens de l'amour et que le père chez Vincent naitrait pour toujours.

De son côté, Valérie voulait fermer à tout jamais le tombeau de sa vie où pourrissaient ses émotions d'enfant, son amour de femme, sa sérénité à peine retrouvée. Mais s'ouvrait devant elle un long tunnel noir sans fond, sans lumière, qui l'engloutissait complètement. La mante religieuse pouvait-elle se dévorer elle-même ?

Miville et Vincent étaient repartis pour Québec. Et Valérie essayait de repousser bien loin ce pan de vie trop dérangeant, cette agression qui n'avait pas de sens et qui avait réveillé en elle trop d'insécurité. La jeune femme tentait de reprendre pied, rapidement, pour plonger vers demain, un jour nouveau.

Une sorte d'instinct de survie fouetta Valérie. Elle se leva d'un bond et prenant un chandail dans son placard, elle décida de partir en trombe dehors, comme une adolescente qui quitte ses parents après une dispute stérile.

Une rencontre inattendue

Elle endossa son gilet et sortit d'un pas rapide vers le village. Elle songea qu'elle devrait se remettre à l'exercice physique qui lui avait toujours servi à équilibrer son bon sens et à éclaircir ses pensées.

Alors qu'elle s'apprêtait à entrer dans le sous-bois pour se réfugier près de la petite chute Noire, elle croisa Jean-Pierre Turmel ou plutôt, ils faillirent se percuter, tellement ils étaient l'un et l'autre concentrés en eux-mêmes.

— Bonjour Valérie, quelle belle surprise !

— Bonjour monsieur Turmel.

— Je vous en prie, pas de cérémonie, appelez-moi, Jean-Pierre. Vous allez mieux, j'espère ? Votre poignet ?

— Je vais très bien, répondit-elle un peu sèchement. Ce n'était qu'une petite foulure sans importance. Tout est rétabli.

Menteuse, entendit-elle dans sa tête.

— Vous profitez de cette journée magnifique ? Si l'on faisait quelques pas ensemble ?

Valérie était contrariée de cette ingérence dans sa bulle, mais ne pouvait quand même pas le rabrouer trop carrément sans le blesser. Elle se devait d'afficher un minimum de politesse. C'était tout de même un client de l'Auberge.

Alors qu'elle se tournait vers lui, pour lui répondre poliment que sa suggestion était excellente, elle buta sur une racine un peu trop orgueilleuse et perdit l'équilibre. Jean-Pierre, qui la suivait de près derrière, la rattrapa d'un geste alerte, une main sur son bras et l'autre autour de sa taille pour la soutenir.

— Attention Valérie, dit-il doucement.

Le contact ferme de sa main contre sa hanche la gêna. Malgré l'épaisseur de son gros chandail, elle sentait la chaleur de cette main et en ressentait de l'embarras. Il y avait longtemps qu'on l'avait soutenue de la sorte. L'instant de quelques secondes, elle prit plaisir au charme d'une main secourable la protégeant.

Mais la méfiance revint au galop.

— Ça ira, je vous remercie.

— Vous êtes certaine ? Vous n'avez rien aux pieds ?

— Non, ça va. Ça va très bien.

Et comme pour prouver son dire, elle se détacha de lui et accéléra le pas pour mieux faire sentir son désir de se détacher de son emprise. Elle regretta déjà d'avoir eu cette idée d'une bonne promenade vivifiante. Pourquoi ne s'était-elle pas enfouie dans le travail ? Une petite voix dans sa tête lui demanda :

De quoi donc as-tu peur, Valérie ?

Elle secoua la tête, comme pour faire tomber cette intrusion dérangeante dans son esprit. Elle n'avait peur de personne. Elle était maitre de sa vie après tout !

Allons donc, continua la petite voix. *Tu n'es pas maitre de grand-chose. Souviens-toi de ce qui s'est passé à Expo-Québec.*

Un moment, elle se sentit translucide, sans prise sur rien, comme faisant partie de l'air qui frappait ses joues. Elle se tourna vers Jean-Pierre qui la regardait à son insu et fut surprise d'apprécier la beauté de ses yeux.

— Vous restez longtemps, à l'Auberge La Mitonnée ? demanda-t-elle abruptement, faisant fi des pensées qui voulaient la troubler.

— Je n'en sais trop rien. Je n'ai pas eu beaucoup de temps pour chercher un logement. J'ai beaucoup de préparation de classe à faire.

— Vous enseignez le français au Cégep, m'a dit Madeleine ?

— Oui, effectivement. Et comme c'est un cours obligatoire et que tous les étudiants n'ont pas la même passion que moi pour la magie des lettres, j'essaie de créer un cours vivant, qui les émousse un peu et leur donne le gout d'apprendre au moins l'essentiel.

Les derniers mots de Jean-Pierre piquèrent sa curiosité.

— Et c'est quoi l'essentiel ?

— Tout et rien. Je voudrais que mes étudiants comprennent que le français ce n'est pas une langue aride, difficile, en perte de vitesse et mourante en Amérique du Nord.

Je veux leur dire toute la fierté qu'avaient nos ancêtres à la parler, à la ponctuer de singularité dans leur quotidien. Je veux leur dire que la langue est l'image d'un peuple. Il faut se faire confiance et forger nous-mêmes notre langue qui reflètera notre culture nord-américaine.

C'est la seule façon de ne pas être assimilé ni par les Américains ni par la France. La langue française est une pure merveille. Il faut aller au-delà de son utilité pour y sentir toute la vie qui y grouille.

Valérie était captivée.

Quel engouement, quelle passion ! s'étonna-t-elle.

Et tout à coup, un souvenir la frappa. Étonnée, elle s'entendit raconter à Jean-Pierre, le sourire aux lèvres :

— Vous me rappelez quelque chose alors que j'avais 16 ans. J'étais chez le dentiste. Et tout à coup, celui-ci s'est exclamé : « Que c'est beau ! » Et je lui ai demandé : « Qu'est-ce qui est beau comme ça dans une bouche ? » Et il m'avait répondu : « Mais vos dents, madame ! Elles sont belles, étincelantes, harmonieuses. C'est vraiment beau. »

Jean-Pierre éclata de rire en écoutant Valérie. Celle-ci continua :

— Je n'en revenais pas. Il ne m'était jamais venu à l'esprit qu'on put s'émerveiller devant une dentition, d'y trouver une beauté quelconque. Car si l'on parle de la beauté des dents, on fait référence à la santé de celles-ci. Une dent est une dent !

— Vous avez raison, Valérie. Mais votre dentiste était amoureux de ce qu'il faisait. Mon frère André est dentiste. Mais il est trop pragmatique pour trouver de la beauté dans une dentition. Mais votre dentiste était un artiste dans son genre.

— Absolument. Et votre enthousiasme m'a fait soudainement penser à ce dentiste.

— Je trouve merveilleux de réussir à trouver une intériorité, une beauté aux choses banales. C'est un peu ce que j'essaie de faire avec mes étudiants. Si je pouvais seulement leur transmettre le gout et le besoin de lire, j'aurais atteint mon but.

Pourquoi Valérie avait-elle l'impression de le connaitre depuis longtemps ? Elle ne lui avait parlé que quelques fois et pourtant, elle était bien à ses côtés. Elle aurait eu le gout de l'interroger encore et encore, pour déchiffrer sa vie et s'y infiltrer un peu.

Elle se sentait si fatiguée d'être forte, indépendante, combattive. Elle aurait aimé, quelques instants, se reposer et savoir que quelqu'un de sûr, de franc, de confiant prendrait la situation en mains et lui dirait quoi faire. Elle avait envie tout à coup qu'on décide pour elle, qu'on la prenne en charge.

Mais qu'est-ce qui me prend ? se secoua-t-elle intérieurement. *Je suis masochiste, ma foi !*

Apeurée d'être touchée par ses paroles, par le ton de sa voix, par ses yeux, Valérie sut qu'elle devait rentrer avant de perdre le peu de défense qu'il lui restait.

— Excusez-moi, Jean-Pierre. Il faut que j'aille travailler maintenant.

— Mais oui, moi aussi. Mais nous pourrions peut-être refaire ce genre de promenade. C'était très agréable, Valérie.

— Oui, peut-être. À bientôt !

Et elle partit en direction de l'Auberge, sans regarder derrière elle. Jean-Pierre avait tourné les talons pour se diriger vers la Route du Quai, comme pour noyer le trouble qui l'habitait.

Il revoyait le visage de Valérie passant de l'émotion à l'indifférence et ses yeux qui laissaient poindre des notes de colère.

Pourquoi ? pensa-t-il. *C'est pourtant une femme plein de soleil qui me semble avoir barricadé sa fenêtre, de peur d'être touchée par des rayons ardents. Que craint-elle ?*

Et c'est l'âme triste qu'il marcha encore pendant longtemps. Cette femme semblait si fragile. On décelait une grande vulnérabilité dans ce regard déterminé. Depuis la mort de Sylvie qu'il avait éperdument aimée, c'est la première fois que son coeur sentait qu'il trouvait à nouveau, la femme de son espèce.

Émotionnellement parlant, Jean-Pierre avait toujours eu des antennes. Il ne s'était jamais trompé. Et il croyait aujourd'hui que Valérie faisait partie de son destin. Il y avait trop de bien-être qui lui collait à la peau maintenant, après quelques instants d'intimité avec elle.

Mais je sens que sa vie l'a trahie. Je dois parler à Madeleine. Elle seule peut m'expliquer contre quoi je devrai me battre pour l'atteindre, pour annihiler sa froideur et toucher son âme.

Et c'est d'un pas décidé qu'il rejoignit son chalet pour faire une courte toilette et souper dès le premier service. Il pourrait ainsi risquer de voir Madeleine et essayer d'en savoir davantage.

L'Auberge La Mitonnée était calme, voire silencieuse. Les semaines lourdes de touristes nombreux tiraient à leur fin. Ce soir, à part Jean-Pierre, il n'y avait que sept clients dans la salle à manger. Il est vrai que le premier service, tenu à 18 h, n'était pas l'heure préférée des gens. De plus, c'était aujourd'hui mercredi et la vie de tous les jours reprenait son emprise sur le quotidien.

Jean-Pierre avait choisi au menu un potage parmentier, une salade César et un filet de doré. Le poisson était fréquent et varié à la table de La Mitonnée et Jean-Pierre en profitait largement.

Quel est le problème ?

Alors qu'on venait de lui apporter sa salade, Jean-Pierre aperçut Madeleine près de la desserte. Elle apporta un nouveau panier de pains à un couple dans la cinquantaine qui était installé à l'Auberge La Mitonnée depuis deux jours.

Puis, Madeleine quittant leur table après leur avoir dit quelque chose qui les fit rire, mais qu'il n'entendit pas, elle se dirigea vers lui, le sourire aux lèvres.

— Bonjour Jean-Pierre. Comment allez-vous ? Il y a longtemps que je vous ai vu.

— Je vais très bien. Mais je crois que je serais mûr pour une conversation avec mon aubergiste préférée. Venez donc vous asseoir un peu.

— Tiens, c'est une bonne idée. Je ne peux résister à une si belle invitation.

Elle s'assit à la table de Jean-Pierre après avoir commandé un potage à Nadine, la serveuse de cette section. Ils parlèrent un peu des étudiants du jeune homme, de l'affluence de l'Auberge La Mitonnée pour en arriver à parler du sujet qui brulait les lèvres de Jean-Pierre.

— J'ai vu Valérie, ce matin, près de la chute en bas. Elle semble bien remise.

— En effet. Heureusement, il n'y a pas eu trop de séquelles. Elle aurait pu être sérieusement blessée, la pauvre.

— Dites-moi, Madeleine, quel est le problème de Valérie ?

— Que voulez-vous dire, jeune homme ?

— Je n'ai jamais rencontré une femme autant sur la défensive, comme si elle se refusait de communiquer vraiment avec autrui.

— Ah, vous m'étonnez. Valérie est pourtant très sociable. Elle aime le monde...

— Vous savez ce que je veux dire, j'en suis certain. Oui, elle est ouverte aux relations sociales, mais dès qu'une conversation devient un peu personnelle, elle se rebiffe et se replie sur elle-même. Pourquoi ?

— Vous savez, Valérie a vécu beaucoup de choses difficiles, tout au long de sa vie. C'est un tour de force qu'elle en soit ressortie aussi saine. Mais il reste sûrement des stigmates de tout ça.

— Lesquelles, dites-moi ?

— Jean-Pierre, si Valérie a quelque chose à vous dire, elle le fera. Ce n'est pas à moi de livrer ses secrets.

— J'essaie de comprendre. Elle est fermée comme une huitre. J'ai parfois l'impression qu'elle va se livrer, puis, l'instant d'après, elle se replie sur elle-même.

— Vous êtes un grand observateur, jeune homme. Mais pourquoi devrait-elle se livrer à vous, dites-moi ?

Jean-Pierre devint tout à coup gêné. Madeleine était vive d'esprit et il sentit qu'elle assurait un rôle d'ange gardien auprès de Valérie. Il regarda l'aubergiste dans les yeux et lui sourit.

— Valérie me plait énormément, Madeleine.

Un petit sourire narquois s'étira aux lèvres de Madeleine. Mais elle n'ajouta rien.

— Il y a comme une froideur, une colère chez elle qui l'empêche d'être spontanée. J'ai parfois l'impression que la seule façon de la percer, de la rejoindre vraiment serait de me mettre en guerre contre elle.

— Tiens, vous n'avez peut-être pas tort. Valérie est une combattante. C'est pour cela qu'elle est encore sur pied aujourd'hui. Mais ne brusquez pas les choses. Il est parfois difficile de guérir en quelques mois des plaies qui naissent et se multiplient depuis plusieurs années.

— Elle a beaucoup souffert. Ça se voit. Ça se sent. Vous avez surement raison, Madeleine. La patience me manque. Depuis la mort de Sylvie, j'attendais une femme comme Valérie.

— Valérie a dû survivre, Jean-Pierre. Son assurance, sa détermination lui furent très utiles. Mais l'indépendance est quelquefois un refuge contre les carences affectives ou la souffrance accumulée.

— Mais alors, pourquoi semble-t-elle se fermer à une relation qui pourrait justement la nourrir d'amour et d'affection ?

— Vous savez, à chercher son propre chemin lorsqu'il n'y a pas de pancartes, on aboutit parfois dans des culs-de-sac, et l'on ignore comment en sortir.

Jean-Pierre sourit de cette comparaison comique, mais si vraie.

— J'aimerais l'en sortir. Je ne souhaite que cela d'ailleurs. Mais elle refuse de me laisser ma chance. Si elle m'expliquait...

— Cette conversation devrait avoir lieu avec Valérie, mon garçon, plutôt qu'avec moi.

— Je le sais. J'ai essayé pourtant. Mais elle dirige si bien la conversation, que je n'ai aucune chance.

— À vous de trouver la bonne manière.

Et sur ces mots, Madeleine laissa Jean-Pierre terminer son repas. Celui-ci était perplexe. Faisait-il fausse route ? Valérie était-elle cette femme riche intérieurement même si les apparences montraient tout le contraire ? Il devait faire une autre tentative, donner enfin à croire à Valérie qu'il ne voulait pas jouer avec elle, mais bien vivre une relation franche et sincère.

Quelques jours plus tard, c'est la fille de Valérie qui lui en donna l'occasion. On fêtait l'anniversaire des cinq ans de Marie-Ève et celle-ci invita Jean-Pierre pour l'occasion. Il fut enchanté que les circonstances placent sur son chemin le moyen d'atteindre Valérie et de lui parler. Ce serait peut-être plus facile sur son terrain à elle. Du moins, l'espérait-il.

Valérie a peur

— Valérie, Jean-Pierre est un gentil garçon.

— Tu parles comme quand j'avais 17 ans, Mado. Il est peut-être gentil, mais je le trouve un peu trop souvent sur ma route.

— Le hasard n'existe pas. Ne refuse pas sans raison ceux qui croisent ton chemin.

— Oh ! Madeleine. Ne joue pas les entremetteuses, veux-tu ?

Les deux femmes étaient assises au salon et elles avaient allumé un feu de foyer. Valérie sirotait un café qui n'était plus vraiment chaud tandis que Madeleine s'était servi un verre de vin blanc.

Elle regarda sa nièce et son coeur se serra. Elle ne savait plus que faire. Sa filleule la troublait beaucoup. Depuis son agression, elle ne parlait plus ouvertement avec Madeleine. Celle-ci ignorait même ce que sa nièce avait ressenti à Expo-Québec. Et cette attitude inquiétait sérieusement Madeleine.

Quand elle en avait parlé avec Rosaire, celui-ci lui avait suggéré de laisser décanter. Il est vrai que Valérie n'était pas du genre à étaler ses problèmes et ses peines spontanément. Elle aimait plutôt intérioriser les choses et les événements avant d'en parler.

Mais cette fois-ci, Madeleine avait un mauvais pressentiment. Valérie niait, refusait la réalité et elle renforcerait peut-être encore sa carapace.

Des fois, elle me fait peur, pensa Madeleine, alarmée. *J'aurais préféré qu'elle crie, qu'elle pleure, que ça sorte !*

Rosaire lui avait dit : « Tu n'y peux rien pour l'instant. Laisse le temps faire son oeuvre ». Et elle avait fait confiance à Rosaire, une fois de plus.

Madeleine ne pouvait s'empêcher de souhaiter que Valérie

trouve une âme soeur, comme elle avait trouvé Rosaire. C'était bon d'avoir confiance en quelqu'un, de savoir que quoi qu'il arrive, quoi qu'on fasse ou pense, l'amour de l'autre reste indéfectible. Mais Valérie se permettrait-elle ce cadeau ?

— Valérie, je ne joue pas les entremetteuses, avait continué Madeleine. Mais je trouve dommage que tu te refuses la possibilité d'avoir des amis.

— Je n'ai jamais eu d'amis. On ne m'a jamais laissé le temps ni le loisir de m'en faire.

Et les yeux de Valérie se mouillèrent. La jeune femme reniflait et ne semblait pas réaliser qu'elle pleurait. C'est comme si les vannes étaient ouvertes après être restées enrayées pendant des années et que tout le système de fermeture déraillait, sans contrôle.

— Il n'y a que toi qui es mon amie. Et Rosaire aussi.

— Je sais, ma douce. Je sais.

Madeleine n'osait pas intervenir davantage. Elle sentait que Valérie avait fait une brèche dans son armure et elle voulait la laisser dire à son rythme, sans la brusquer.

— Je suis si fatiguée. J'aurais le gout que ce soit ma fête à moi, demain. Et qu'on fête mes cinq ans, comme Marie-Ève, que je puisse tout recommencer. Je suis si fatiguée.

— Je comprends, Valérie. Mais, tu dois réapprendre à faire confiance. Les gens francs et beaux, il y en a. Et si tu veux, il y en aura autour de toi.

— Facile à dire. S'ils existent, ils me fuient comme la peste !

Madeleine percevait Valérie comme une gamine apeurée. Pourtant, elle se devait de lui dire ce qu'elle pensait. Parfois, il y avait des mots qu'il fallait dire, même si l'on savait, avant de les prononcer, qu'ils pouvaient perturber grandement. Madeleine aimait trop Valérie pour esquiver son devoir.

— Es-tu certaine, Valérie, que ce sont les gens qui te fuient ? N'est-ce pas plutôt toi qui fuis ?

Les pleurs de Valérie redoublèrent. Pas plus bruyants, mais plus intenses, accompagnés d'une souffrance blanche, inscrite sur son visage.

— Je n'ai rien à donner, tu le vois bien. Tous ceux que j'aime disparaissent de ma vie. Et chacun à leur tour, ils emportent une partie de moi. J'ai l'impression que bientôt, je ne serai plus rien.

— Ne dis pas ça ! Je t'interdis de te punir pour des actions dont tu n'es pas responsable. Tu as un coeur d'or, Valérie, tu donnes de ton temps, de toi-même sans compter. Tu es intelligente, tu sens les choses et les événements avec le coeur.

Tu es une compagne adorable, car tu vis intensément, Valérie.

Mais tu n'as pas le droit d'arrêter de croire aux gens. Sinon, c'est toi que tu tueras.

Soudain, Valérie cessa de pleurer, instantanément. Un souvenir fugace de sa mère revint flotter dans sa tête. Valérie avait 11 ans. Au retour de l'école, une image désolante l'attendait toujours. Elle revoyait sa mère, les coudes appuyés sur la table sale et encombrée, en pleurs, les cheveux hirsutes emmêlés dans ses doigts, les vêtements toujours négligés, chaque jour davantage.

Sa mère était malade, triste et désabusée. Valérie prenait la maison en mains : les courses, les repas, le ménage. Elle maternait sa mère, la consolait, la couchait, la bordait, se préparait une bouchée qu'elle finissait par manger du bout des lèvres, toute seule, sans faim. Le souvenir s'estompa et Valérie chassa le désespoir qui cherchait à l'envahir.

— Vincent m'a dit que j'aurais besoin d'une thérapie.

La jeune femme se leva et prit le tisonnier pour attiser le feu. Les flammes montaient insolentes dans l'âtre, crépitant joyeusement dans des pirouettes d'étirements jaunes et rouges.

Valérie aimait cette chaleur outrée qui rougissait ses joues et lui donnait envie de tendre la main pour caresser tant de chaleur grisante.

— Tu sais Mado, c'est vrai que j'ai peur. Jean-Pierre me trouble et je ne voudrais pas. J'aimerais pouvoir affirmer que je n'ai plus besoin d'hommes dans ma vie. Mais j'en suis incapable. Et cette attirance que j'éprouve envers cet homme me déstabilise.

Madeleine se sentait bercée par les mots qu'elle venait d'entendre. Le coeur de Valérie n'était pas éteint. Il étouffait peut-être, par manque d'oxygène, mais il trouverait le moyen de s'élancer à nouveau pour renaitre.

— Tu ne dois pas avoir peur. Laisse-toi le temps d'apprivoiser tous les changements de ta vie. Fais-toi confiance, Valérie. Sois douce avec toi-même. La vie nous apporte toujours ce qu'on doit vivre. Laisse-toi un peu guider par les événements de ta vie. Ils ne sont pas là pour rien. C'est comme les gens. Ceux qui passent dans notre vie n'y apparaissent pas sans raison d'être.

Valérie s'approcha de Madeleine qui était sagement assise sur le divan. Elle s'agenouilla devant celle-ci, posa la tête sur ses genoux, ferma les yeux et se détendit. Pendant que Madeleine, silencieuse, lui caressait les cheveux, tout doucement, Valérie continua ses confidences.

— Tu as raison, Mado. Tu as toujours raison.

Valérie repensa à cette autre réflexion que lui fit Vincent : « Vas-tu trainer tes bibittes toute ta vie et les repasser à notre fille ? »

Puis, elle ajouta, pour Madeleine cette fois :

— Tout le monde s'accorde à dire que je dois changer.

— Tu dois changer pour toi, Valérie, si tu n'es pas bien comme tu es. Pas parce que les autres te disent que tu dois le faire.

— Crois-tu que Marie-Ève saura être plus confiante que moi dans la vie ?

— Mais bien sûr, ma douce. Marie-Ève est entourée d'amour et c'est l'essentiel, tu verras. Et toi, sous peu, tu reprendras le contrôle de ta vie. Ta peur disparaitra et tu vas connaitre à nouveau la confiance.

— J'aimerais te croire, Mado.

— Crois-moi, ma douce. Crois-moi.

Les cinq ans de Marie-Ève

Le lendemain matin, Valérie se leva tôt. Elle prit un long bain arrosé d'algues et se laissa aller au bien-être que lui procurait cette eau chaude apaisante.

Aujourd'hui, Marie-Ève fêtait ses cinq ans. Valérie devait partir avec la fillette jusqu'à l'heure du diner. Madeleine avait insisté pour décorer la maison avec Rosaire puis préparer le diner qu'avait choisi Marie-Ève.

— Prends l'avant-midi avec Marie-Ève, lui avait-elle dit. Payez-vous une virée du tonnerre.

— Tu es certaine que tu ne souhaites pas que je t'aide ? C'est beaucoup de préparation.

— Non, Valérie. Laisse-nous ce plaisir.

Ainsi, Valérie avait prévu d'aller déjeuner chez Mikes, de faire une visite au Musée de Charlevoix qui présentait une exposition de sculptures et de photos de chats, qui plairait assurément à Marie-Ève. Puis, elles iraient au parc pour prendre une collation et s'amuser.

Elle avait fait un mensonge pieux à Marie-Ève, lui expliquant que même si c'était son anniversaire vendredi, à cause des clients de l'Auberge, on la fêterait le samedi. Après une petite déception d'usage, Marie-Ève avait accepté le compromis. Si bien que leur arrivée à la maison devait être une surprise complète puisque les invités seraient sur place, mais bien cachés.

Quand Valérie sortit du bain et qu'elle revint dans sa chambre pour s'habiller, Marie-Ève était assise sur son lit, l'air un peu penaud.

— Bonjour ma puce.

— Dis Mamichou, demanda-t-elle, dis-moi encore pourquoi papa ne sera pas là à ma fête.

— Il a un voyage de prévu depuis très longtemps. Il n'a pas pu l'annuler. Il t'appellera pour te souhaiter bonne fête et viendra te chercher la semaine prochaine, pour trois jours.

Valérie détestait avoir à mentir à Marie-Ève. Mais dans l'organisation de son voyage, Vincent avait oublié que c'était l'anniversaire de sa fille le 27 septembre. Ils avaient donc convenu de ne pas lui dire la vérité pour ne pas lui faire de peine.

— Va vite t'habiller, Marie-Ève. On va déjeuner au restaurant ce matin, tu te rappelles ?

— Oh ! oui, c'est vrai. J'y vais. Je serai prête dans pas longtemps.

— OK !

Après une matinée bien chargée et très agréable, Valérie et Marie-Ève revinrent à la maison. Quand elles entrèrent par l'avant, une ruée de petits pieds joyeux les accueillit et tout ce petit monde s'écria :

— Bonne fête, Marie-Ève !

Marie-Ève immobile sur le palier du salon, la bouche ouverte et les yeux ronds comme des billes, était plus que surprise. Elle se retourna vers Valérie :

— Mais tu m'avais dit...

— Eh oui ! On en dit des choses, ajouta Valérie, en riant.

Et l'enfant se mit à courir vers tous ses amis, embrassa Madeleine et Rosaire tout excitée et fut très heureuse de voir le visage rayonnant de Jean-Pierre. Tant de joie exprimée faisait plaisir à voir.

La maison avait revêtu ses couleurs de fête. Plein de guirlandes, de ballons et de chapeaux s'étiraient partout sur les murs et les poutres du plafond, en bouquet de cinq. Une grande banderole dorée face à la porte du salon lançait ce souhait : « Joyeux anniversaire Marie-Ève » et était entourée d'innombrables 5.

Il y avait plein de joie à travers tout ce maquillage de fête. Même Valérie était subjuguée de l'opulence et de l'effervescence qui se profilaient autour d'eux. Les enfants se mirent à chanter spontanément, faisant une ronde autour de Marie-Ève :

« Chère Marie-Ève, c'est à ton tour, de te laisser parler d'amour.

Chère Marie-Ève, c'est à ton tour de te laisser parler d'amour. »

La fête battit son plein pendant plusieurs heures. Avec quatre adultes et six enfants, les rires, les cris et les chants firent vibrer la maison comme jamais. Les cadeaux étaient nombreux, et plus différents les uns les autres.

Tout y passa : du casse-tête au livre-cassette, en passant par le

Ya-Ki, la corde à danser ou le petit bracelet porte-bonheur. Marie-Ève s'extasiait autant devant les cartes d'anniversaire que devant les cadeaux eux-mêmes.

Madeleine et Rosaire lui offrirent un atelier complet de bricolage comprenant un nécessaire à bijoux, à poterie, à collants. Jean-Pierre lui avait apporté un livre intitulé : « Que faire, que dire, que croire ? » ainsi qu'une boule magique pour faire des ombres chinoises aux murs.

Valérie lui avait acheté un lecteur radio avec un assortiment de ses musiques préférées. Mais lorsque sa mère lui présenta le cadeau que lui avait fait parvenir Vincent, Marie-Ève le regarda comme une pierre précieuse. Une ombre de tristesse passa dans ses yeux et elle s'empressa de l'ouvrir.

— Un Nintendo ! s'écria-t-elle. Un vrai Nintendo, Mamichou ! Je veux qu'on joue, maintenant.

Alors, Rosaire se leva pour aller installer l'appareil sur le téléviseur du salon. Madeleine, Valérie et Jean-Pierre, se retirèrent un peu plus loin, afin de laisser l'espace aux jeunes.

— Le Nintento de son père vient de battre tous les autres cadeaux, je crois bien, dit amèrement Valérie, malgré elle.

— C'est normal, Valérie, répondit Jean-Pierre. Son père est absent. Son cadeau est un peu comme un ambassadeur.

Valérie le regarda et s'étonna qu'il dise une telle chose. Même si elle savait qu'il avait raison, elle aurait eu le gout d'ajouter des remarques désobligeantes au sujet de Vincent, mais les yeux de Jean-Pierre qui la fixaient l'en empêchèrent.

Il lui sourit et elle répondit à son sourire, pendant qu'un petit pincement au coeur la fit frissonner de satisfaction.

Me voilà aussi émue qu'une adolescente ! se dit-elle.

La fête se continua avec les traditionnels jeux de l'âne, de la chaise musicale et de la pomme dans un bac d'eau. Pour finalement se terminer par un petit spectacle de vingt minutes donné par un clown que Rosaire avait retenu.

Valérie ne s'était pas autant amusée depuis des mois. Elle avait ri, chanté et même dansé avec la même ardeur que les jeunes amis de sa fille. Elle ignorait si la présence de Jean-Pierre ajoutait à ce plaisir. Mais elle décida de ne pas en tenir compte, et pour une fois, de profiter du moment présent.

À 14 h 30, tous les amis de Marie-Ève étaient retournés chez eux et la maisonnée avait retrouvé son calme. Les adultes étaient sur la terrasse, à prendre une limonade, pendant que Marie-Ève, au salon, jouait toujours au Nintendo. Jean-Pierre se leva et s'adressant à Madeleine, il lui dit :

— Je crois bien que je vais y aller. J'ai abusé de votre hospitalité.

— Mais non Jean-Pierre, s'entendit dire Valérie. Restez encore un peu.

Madeleine, surprise, tenta de ne rien en laisser paraitre. Elle était heureuse de constater que Valérie s'était donné une trêve et elle n'avait aucunement l'intention d'en briser le charme.

— Valérie a raison, Jean-Pierre. Si vous n'avez pas d'urgence, pourquoi ne pas profiter de ce bel après-midi de septembre, avec nous ?

Jean-Pierre regarda Valérie, le visage resplendissant. Que s'était-il passé pour qu'elle lui fasse une pareille invitation ? Le jeune homme était ravi et trop content d'étirer le moment de sa compagnie pour s'interroger davantage. Il accepta.

Une promenade

En fin d'après-midi, alors que Rosaire s'était retiré pour faire une sieste, Madeleine partit faire une tournée à l'Auberge, accompagnée de Marie-Ève. Valérie se retrouvant seule avec Jean-Pierre se sentit un peu gênée.

Son invitation avait comme donné à leur relation un tour nouveau qui l'inquiétait un peu. Mais la simplicité du jeune homme permit qu'aucun malaise ne s'installe entre eux.

— Que diriez-vous d'une petite marche de santé ?

— Que diriez-vous si l'on se tutoyait, Jean-Pierre ?

— Mais bien sûr. Je nous trouvais un peu moyenâgeux avec notre vouvoiement. On y va ?

— Avec plaisir. Juste un moment que je prenne un chandail.

Et la jeune femme partit vers sa chambre, toute légère, surprise de trouver facile d'être seulement soi-même, sans voir au-delà.

Ils marchaient depuis dix minutes, silencieux tous les deux, quand Jean-Pierre se retourna vers Valérie pour lui dire :

— Je suis heureux que tu acceptes de me faire confiance.

— N'allons pas trop vite, Jean-Pierre. Je te connais peu, et le moment n'est pas vraiment choisi pour une idylle dans ma vie.

— Je sais Valérie. Je veux juste te dire que je suis bien avec toi. Et que si tu veux, nous pourrions avoir de bons moments ensemble. Pas davantage pour l'instant, si c'est ce que tu désires.

— Merci de me comprendre. Je ne peux rien promettre, tu sais.

— Nous n'en sommes pas là encore. Prenons chaque chose en son temps. C'est tout.

— Parfait. Ça me convient, lui dit-elle en souriant.

— Tu es très belle, quand tu souris.

— Oh non ! S'il te plait !

— Quoi ? Tu ne sais pas que tu es belle, et même très belle?

Valérie ne répondit pas. Où voulait-il en venir ? Une alerte sonna en elle et elle comprit que ses quelques moments d'abandon lui étaient interdits et qu'elle devait vite se ressaisir. Mais avant que l'engrenage prévu en elle ne se mette en marche, Jean-Pierre lui prit le bras et l'arrêta :

— Valérie, s'il te plait, ne te ferme pas. Je t'ai simplement exprimé ce que j'avais envie de te dire depuis des mois. Quel mal y a-t-il à cela ?

Elle le regarda et vit des yeux si limpides qu'elle en frémit d'émotion. Il est vrai que de tels yeux ne pouvaient contenir que franchise et honnêteté. Beaucoup de tendresse aussi. Valérie n'avait vu de tels yeux dans sa vie que chez une seule personne : Madeleine. Et elle avait tellement envie de lui faire confiance.

— Restons-en là, Jean-Pierre. Je ne suis pas fâchée. Peut-être ai-je perdu l'habitude des compliments, tout simplement.

— Tu en retrouveras le gout. C'est la crème du coeur et il ne faut pas s'en priver.

Valérie éclata de rire devant cette répartie. Ils continuèrent leur promenade, plus allégés l'un et l'autre, puisqu'ils avaient d'ores et déjà établi que leur relation pouvait en être une.

C'est déjà pas mal, se dit Valérie satisfaite.

En fin de soirée, Valérie se préparait à dormir, ses pensées revenant à la journée magnifique qu'elle venait de passer, quand elle entendit des pleurs venant de la chambre de Marie-Ève.

Elle s'y dirigea vitement et trouva sa fille, le visage tourmenté qui geignait dans un sommeil agité. Elle s'approcha du lit et se pencha pour caresser Marie-Ève, l'appelant doucement pour qu'elle émerge de son cauchemar :

— Ce n'est rien, ma puce. Doux, doux, tu rêves, Marie-Ève.

L'enfant ouvrit les yeux d'un seul coup. Voyant sa mère tout près d'elle, elle se jeta dans ses bras et la serra très fort.

— Tout va bien, Marie-Ève, lui dit doucement Valérie pour la rassurer. Tu as fait un mauvais rêve.

— C'était terrible, Mamichou. Papa m'appelait et j'essayais de le rejoindre, mais mes jambes bougeaient pas.

— C'est fini, ma puce. Chut, chut.

Et Valérie enlaçant Marie-Ève la berça tendrement jusqu'à ce que sa respiration reprenne un rythme normal et apaisé.

— Viens, lui dit Valérie, amène ton lion. Viens dormir avec moi.

Et elles se dirigèrent dans la chambre de Valérie, suivi de Canelle qui la première, sauta sur le lit, prenant ses aises afin de s'installer pour la nuit. La mère et la fille se blottirent l'une contre l'autre, se laissant bercer par le ronronnement apaisant de Canelle, déjà endormie.

Une visite imprévue

Deux jours plus tard, toute la petite maisonnée était attablée dans la cuisine et mangeait avec appétit les gaufres maison qu'avait concoctées Rosaire. Ils reparlaient de la fête de Marie-Ève. Comme il était à peine 9 h, ils furent tous étonnés d'entendre sonner à la porte avant.

— J'y vais, dit Valérie en se levant et se dirigeant vers la porte.

Marie-Ève la suivait et sautillait derrière elle, tout en offrant une bouchée de gaufre à Canelle qui miaulait d'impatience.

Valérie ouvrit la porte et entendit sa fille crier :

— Oncle Miville ! Où est papa ?

Mais Valérie, agressive, attaqua d'elle-même, sans attendre de réponse :

— Vous êtes un peu en avance. Vincent ne devait venir qu'après-demain chercher Marie-Ève. D'ailleurs, où est-il que je lui parle ? Il avait promis d'appeler Marie-Ève pour sa fête et il ne l'a pas fait, évidemment. Ses promesses sont toujours comme lui : extravagante, mais éphémère.

Miville blanchit à la suite des derniers mots de Valérie. Il baissa les yeux et Valérie sentit qu'il se passait quelque chose. Elle vit que Miville affichait un malaise évident et que ses mains trituraient un coin de son chandail.

Madeleine apparut derrière Valérie et pria Miville d'entrer. Celui-ci esquissa un faible sourire et suivit les deux femmes à l'intérieur de la maison, pendant que Marie-Ève haussant le ton demanda à nouveau :

— Mais, où est papa, oncle Miville ?

— Il n'est pas là, Marie-Ève. Je suis venu tout seul.

L'enfant, déçue, vira les talons et laissa les adultes seuls. Les yeux de Miville se voilèrent et Madeleine comprit que la situation n'avait rien de normal.

— Êtes-vous porteur de mauvaises nouvelles, Miville ?

— J'en ai bien peur, madame Tremblay.

— Qu'est-il arrivé, Miville, parle, lança Valérie, impatiente.

Mais Miville semblait pris au piège. Il regarda Marie-Ève qui s'était retirée sur le divan avec Canelle, surement un peu déçue de l'absence de Vincent. Miville se tourna vers Valérie, et ajouta, plus bas :

— Il est arrivé un accident à Vincent, Valérie.

Valérie comprit avant même qu'il n'ajoute d'autres explications. Vincent était parti avec Miville et quelques autres amis, faire la descente en canot de la rivière Rouge. Il lui en avait amplement parlé pendant son retour d'Expo-Québec.

Il était très emballé et même surexcité, expliquant qu'il attendait cette aventure depuis des années. Mais à voir Miville, Valérie sentait que tout ne s'était pas passé comme Vincent l'avait espéré.

— Il vaudrait mieux soustraire Marie-Ève de cette conversation, annonça Madeleine. Je l'emmène à l'Auberge, Valérie.

— Non, Madeleine, répondit Rosaire qui venait de les rejoindre. Reste ici. Je m'en occupe.

— Venez, Miville. Allons à la cuisine. Une tasse de café chaud vous fera du bien.

Valérie regarda Miville et la tristesse qu'elle voyait dans ses yeux disait bien davantage que tous les mots qu'il aurait pu dire. Miville et Vincent étaient des amis depuis toujours. Quand elle avait connu Vincent, il lui avait présenté Miville très tôt, car il faisait partie de sa vie, lui avait-il expliqué. Et aujourd'hui, l'abattement de Miville prouvait que c'était réciproque.

C'est devant un café que Miville, les mains accrochées à sa tasse comme à une bouée de sauvetage, commença à raconter son histoire. Hier en fin de journée, alors qu'ils descendaient l'un des plus tortueux rapides, Vincent s'était retourné vers le canot arrière pour dire quelque chose à Miville et il ne vit pas la branche basse qui émergeait de l'eau et qui l'assomma du coup.

Il tomba hors de l'embarcation et disparut dans les rapides. L'équipe prit plusieurs minutes à immobiliser leurs canots et à revenir au point de chute. Mais ils ne virent rien, ni au fond ni ailleurs. Ils le cherchèrent pendant des heures, attendant l'aide des secouristes et des policiers déjà alertés.

La Sûreté du Québec avait fait des recherches jusqu'à la tombée de la nuit, mais sans résultats. C'est ce matin à l'aube qu'on avait retrouvé son corps, qui flottait à peu près à l'endroit où il avait plongé, emprisonné dans des lierres aquatiques qui le retenaient.

— Mais n'avait-il pas une ceinture de sécurité ? demanda Madeleine.

— Oui, évidemment, mais le choc de la chute l'a fait remonter par-dessus la tête de Vincent. On avait retrouvé la ceinture, non loin de là. C'est le poids de son corps, gorgé d'eau qui l'a fait surgir à la surface. Du moins, c'est ce que les secouristes nous ont expliqué.

Miville était épuisé. Plus il parlait, plus sa voix faiblissait. On entendait à peine un filet de voix maintenant, et cela semblait lui demander une énergie surhumaine pour la propulser hors de sa bouche.

Ses mains tremblaient et son dos se courbait à vue d'oeil. Valérie avait croisé ses bras autour de son tronc, comme pour se protéger contre quelques mauvais souvenirs. Elle soupira et enfouissant son visage dans ses mains, s'écria :

— Mais est-ce que ça va finir un jour ?

Tout allait trop vite. Valérie avait peine à réaliser que Vincent, celui-là même qui était la source de sa colère et de ses piques quelques instants plus tôt, avait quitté la vie. Vincent était mort.

Abasourdie, elle répétait ces mots dans sa tête, pour bien réaliser l'exactitude de la situation. Sa fille n'avait plus de papa. Marie-Ève était à son tour abandonnée par son père, tout comme Valérie l'avait été elle-même. Le destin des uns influait sur celui des autres : les vases communicants.

À penser qu'elle devrait annoncer une telle nouvelle à Marie-Ève, le coeur de Valérie s'étreignait dans sa poitrine. Elle avait mal. Une grosse boule commença à se faire un chemin, de son coeur à sa gorge et il semblait à Valérie que l'air se raréfiait.

Elle se leva brusquement, ce qui fit sursauter Madeleine. Cette dernière leva un regard inquiet vers Valérie. Miville sembla sortir de sa torpeur :

— Quand ils ont amené le corps de Vincent, dit Miville plus fortement, je suis venu ici, aussitôt. Tu devais être avertie tout de suite et je ne voulais pas que ça se produise par téléphone. Ils m'ont donné ces noms et ces numéros de téléphone que tu dois contacter aujourd'hui.

Il s'arrêta de parler, essoufflé et tout pâle.

Valérie le regarda et lui dit :

— Merci Miville. C'est chic de ta part.

Celui-ci la regarda et lui fit un sourire qui tenait davantage de la grimace, mais qui semblait sincère.

Il ne m'a jamais aimé, pensa Valérie. *Pourtant, il a eu cette considération pour moi, pour Marie-Ève aussi.*

— Marie-Ève ! dit Valérie tout haut.

Et la jeune femme tourna ses yeux affolés vers Madeleine, semblant chercher une solution qui ne lui apparaissait pas évidente.

— Nous lui annoncerons ensemble, Valérie, ne t'inquiète pas.

Puis, se tournant vers Miville, dont les épaules sursautaient et qui laissait libre cours à son chagrin, Madeleine posa les deux mains sur ses épaules et lui parla doucement :

— Miville, mon garçon, vous allez d'abord venir prendre un bon bain et dormir quelques heures. Vous êtes épuisé. Avez-vous faim ?

— Non, merci Madame Tremblay, dit-il péniblement, dans un grand soupir. Je ne pourrais rien avaler.

— Allons, venez jeune homme, suivez-moi, dit-elle fermement. Je lui donne le Motel no 9, Valérie, c'est le plus tranquille derrière les arbres.

Et Valérie se retrouva seule.

Je ressens une grande tristesse. Pourtant, je n'aimais plus Vincent, et probablement depuis des années déjà. Mais je n'ai jamais souhaité qu'il meure ! J'ai souvent dit que je voulais qu'il disparaisse de nos vies, mais jamais de cette façon-là ! J'aurais tant voulu que Marie-Ève connaisse la joie d'une relation avec un père. Il faut un père à un enfant. Qu'importe comment il est, l'essentiel c'est qu'il existe, qu'il soit là.

Valérie ferma les yeux et se revit alors qu'elle avait à peine 8 ans. Elle revenait de l'école. Sa mère terminait la permanente de ses cheveux et l'odeur forte du peroxyde était encore très vive à la mémoire olfactive de la jeune femme. Sa mère se lavait les cheveux, à l'évier de la cuisine. Elle n'avait pas pris la peine de se retourner et lui avait appris, de butte en blanc, sans aucune préparation :

— Ton père est parti. Il nous a quittés pour toujours. Il ne reviendra jamais.

Valérie était alors entrée dans sa chambre et s'était approchée de la commode où des photos de sa mère, de Philippe, de son père et d'elle-même reposaient dans plusieurs cadres roses.

Elle avait pris celui de son père et l'avait lancé rageusement contre le mur. La vitre s'était fracassée et alors qu'elle voulait prendre la photo pour la détruire, elle s'était coupé les doigts et s'était mise à saigner abondamment.

Ses cris et ses pleurs avaient alerté sa mère. Valérie se souvint que les bras de celle-ci avaient été particulièrement chaleureux et rassurants à cet instant. Mais aucune parole n'avaient été échangée, du moins Valérie n'en avait aucun souvenir.

Elle ne revit jamais son père qui semblait avoir quitté la ville. Il ne chercha jamais à les revoir ni à dire où il était.

Le réconfort de Jean-Pierre

À travers le brouillard de ses souvenirs, Valérie entendit son nom lancé avec tendresse et douceur. Elle ouvrit les yeux et vit Jean-Pierre sur le seuil de la cuisine.

— J'ai frappé, mais il n'y avait pas de réponse. Madeleine vient de me dire ce qui se passe.

Il s'approcha et toucha sa joue tout humide du doigt, comme pour prendre part à sa peine, refusant qu'elle demeure encore seule dans ce pénible moment.

— Viens, Valérie. Viens dans mes bras.

Et il la prit par la main, l'attira à lui et docilement Valérie se blottit contre lui, laissant ses bras l'étreindre doucement et ses larmes mouiller son épaule, cavalièrement.

Pendant quelques instants, Valérie se laissa aller, sans questions, sans recherche de réponses, simplement comme un être troublé qui réagit comme il peut à l'agression des sentiments qui l'assaillent. Elle n'avait plus de défense, était complètement à découvert, et laissait la vie régir son corps et sa tête, pour la première fois depuis des dizaines d'années.

Après ce trop-plein jaillissant, Valérie se sentit mieux et un calme étrange l'enveloppa. Elle ne bougea pas, goutant encore la sécurité que lui procurait la proximité de Jean-Pierre. Puis, elle continua sa réflexion, mais à voix haute cette fois-ci, acceptant en lui, un témoin à sa vie :

— Je crois que je pleure davantage sur moi-même que sur Vincent. Je trouve ça un peu scandaleux dans les circonstances.

Jean-Pierre ne répliqua pas, mais caressa de sa main le dos de Valérie, comme un geste tout simple de complicité et de compréhension. La jeune femme continua, confiante :

— J'aurais tant voulu que Marie-Ève ne vive pas tout cela, elle aussi. J'aurais voulu la protéger et tu vois, le destin a forcé nos vies et s'est installé, malgré nous, comme il l'avait prévu. C'est trop injuste. Il faut que ça cesse, je n'en peux plus !

Puis, Jean-Pierre se recula un peu pour prendre le visage de Valérie entre ses deux mains et la regarder dans les yeux.

— Tu as beaucoup de choses à me dire, Valérie. Je veux partager tout ce qui te fait tant mal. Tu ne peux pas garder pour toi seule toute cette souffrance.

— C'est probablement vrai. Mais pour l'instant, il faut que je m'occupe de Marie-Ève. Je crois que c'est le moment le plus difficile de ma vie. Je sais qu'elle aura mal et je dois tout lui dire. J'ai la mission d'un bourreau.

— Je sais.

Valérie le regarda et baissant les yeux, elle lui dit, tout bas :

— Merci, Jean-Pierre.

— Ne me dis pas merci. Surtout pas. J'ai besoin d'être ici, avec toi, probablement plus que toi.

Madeleine entra à cet instant dans la cuisine. Elle regarda les deux jeunes gens et leur sourit, simplement.

— Miville dort comme un bébé. Je n'ai même pas eu le temps de fermer les stores qu'il était endormi, complètement épuisé, le pauvre !

Puis, se tournant vers Valérie, Madeleine lui demanda :

— Tu es prête, Valérie ?

— Peut-on vraiment être prête pour un moment pareil ?

— Non, ma douce, jamais. Mais il le faut.

— Tu veux que je reste, Valérie ? demanda Jean-Pierre, inquiet.

— Non, ça ira.

Le long regard reconnaissant qu'elle lui lança en dit long sur ce qu'elle ressentait. Jean-Pierre s'approcha et lui donna un baiser sur le front avant de quitter les deux femmes qui sortirent par-derrière, pour aller retrouver Marie-Ève qui désherbait le jardin avec Rosaire.

La riposte de Marie-Ève

Marie-Ève leva les yeux et aperçut Valérie et Madeleine qui s'approchaient.

— Mamichou, lança-t-elle, on aura nos tomates rouges pour le ketchup en fin de semaine. C'est Rosaire qui l'a dit !

Celui-ci leva un regard sur Madeleine et courroucé, il comprit toute l'ampleur de la situation. Il prit son mouchoir, s'épongea le front et dit à Marie-Ève :

— Allons nous reposer un peu, jeune fille.

Et le petit groupe s'installa dans la grande balançoire, Marie-Ève juchée sur les genoux de Valérie qui avait peine à lui sourire et cherchait le moyen d'annoncer la mort à une enfant de 5 ans. Elle prit une profonde respiration et commença doucement :

— Ma puce, ton papa a eu un gros accident.

Alertée par la gravité du ton de sa mère, Marie-Ève leva les yeux vers Valérie. Celle-ci n'attendit pas davantage et lui raconta toute la vérité, comme Miville leur avait appris, une heure plus tôt.

Plus Valérie ajoutait les éléments de l'histoire, moins Marie-Ève ne bougeait. Mais son visage se durcissait un peu plus à chaque ajout, la consternation passait dans son regard et quand Valérie eut épuisé tous ses moyens d'amenuiser l'horreur, Marie-Ève se leva d'un bond.

Et debout sur le marchepied de la balançoire, les deux mains sur les hanches, elle cria au visage de sa mère, furibonde :

— Je le savais. Dans mon rêve, il m'appelait. Il avait besoin que je l'aide. Mes jambes bougeaient pas, mais toi tu aurais pu l'aider, mais t'as rien compris !

Et l'enfant se mit à pleurer, à gémir, à taper du pied, à refuser l'inéluctable. Valérie était muette d'étonnement. Elle se rappela le cauchemar de sa fille, la veille, mais elle ne comprenait pas ce que voulait dire Marie-Ève. Quant à Madeleine et Rosaire, ils étaient encore plus éberlués. Il y avait un inconnu à leur équation. Puis, la dernière tirade de Marie-Ève, lancée avec fureur, les glaça d'impuissance :

— Tu m'avais dit que mon papa allait toujours être mon papa. Tu m'as menti.

— Mais... je ne savais pas, ma puce.

— Tu sais jamais rien. C'est à cause de toi qu'il est mort. Il était trop malheureux. Tu lui as fait de la peine. Et il s'est noyé.

Valérie était paralysée, presque en état de choc. Elle entendit à peine Madeleine répondre à sa fille.

— Non, Marie-Ève. Ce n'est pas la faute de ta maman. Ton papa est mort dans un accident.

Le regard de Marie-Ève qui se tourna vers Madeleine, avait quitté la colère et affichait maintenant un profond désarroi.

— Non. Mon papa est mort parce que... parce que...

Puis, son corps se raidit et se retournant vers Valérie, les yeux étincelants et pleins de larmes, elle lui jeta comme du fiel :

— Pourquoi c'est pas toi qui es morte ?

Et elle s'enfuit comme une furie, laissant là les adultes sidérés et Valérie pantelante d'épouvante.

— Mon Dieu ! Elle veut que je sois morte, lança-t-elle, stupéfaite d'horreur.

— Mais non, Valérie, intervint pour la première fois Rosaire. Elle crie sa douleur. Les mots n'ont pas de sens pour elle.

— C'est vrai Valérie, ajouta Madeleine. C'est la souffrance, le chagrin qui lui dicte ces mots. Tout ce qu'elle voit, c'est qu'on lui a enlevé son père et il lui faut un coupable. Elle ne comprend pas.

Valérie était pâle et courroucée. Plus rien n'avait de sens. Sans l'amour de sa fille, plus rien n'existait pour elle. Et c'est une douleur incommensurable qui lui tenaillait le coeur et la faisait étouffer.

Rosaire se leva et mettant sa grosse main sur la tête de sa nièce, lui dit de sa voix la plus douce :

— Je vais lui parler, Valérie. Laisse-moi faire.

Incapable de réagir, Valérie ne fit que regarder Rosaire avec dans les yeux une telle souffrance qu'il la prit dans ses bras et la serra tendrement.

— Aie confiance,Val. Ce n'est que passager. Crois-moi.

Et il partit vers la maison, tel un chevalier mordant dans le défi de sa conquête.

Valérie était terrassée. Ces pénibles moments lui renvoyaient au visage toute son enfance et les cauchemars qu'elle y vécut. Tous la fuyaient, l'un après l'autre : son père, son frère Philippe, sa mère et maintenant Vincent, le père de sa fille.

Valérie se sentait enlisée dans une boue étouffante, sans issue. Et rien ni personne ne semblait pouvoir l'en extirper. Elle éclata en sanglots comme si un déluge cherchait à surgir et à l'engloutir toute entière. Elle avait l'impression qu'elle ne pourrait jamais cesser de pleurer, qu'elle finirait peut-être noyée elle-même, par ses propres larmes.

Les heures qui suivirent furent nébuleuses pour Valérie. Elle se souvenait toutefois de Madeleine qui s'approchait de son lit, alors qu'elle s'y était réfugiée, comme on ressent un vif désir de plonger aux sources. Alors que Valérie était repliée sur elle-même comme un foetus, Madeleine lui dit :

— Marie-Ève s'est enfin calmée. Elle dort maintenant. Rosaire est resté près d'elle. Comment te sens-tu, ma douce ?

— Je ne sais pas.

— Jean-Pierre vient d'appeler. Il était inquiet. Il m'a dit de t'aviser qu'il ne quitte pas l'Auberge, que si tu veux le voir, tu n'as qu'à le prévenir, il viendra.

— ...

— Repose-toi, Valérie. Je ne serai pas loin si tu as besoin de moi.

Comme Madeleine se préparait à quitter la pièce, Valérie bougea sur le lit.

— Madeleine ?

— Oui.

— Quand il nous a abandonnés, ma mère l'aimait-elle encore ?

Madeleine sursauta. Il y a des années que Valérie n'avait pas parlé de son père, le dénommant « il », sèchement, comme toujours. Madeleine s'assit sur le lit, près de Valérie qui la regardait, le regard implorant.

— C'est difficile à dire, Val. Mais je ne crois pas, répondit Madeleine, mal à l'aise. Il y avait plusieurs années que ton père jouait aux cartes, aux courses et qu'il perdait beaucoup d'argent. Il avait beaucoup changé pendant toutes ses années. Vous étiez très endettés.

Il tentait de cacher cela à ta mère, allant dans les banques, chez les bookmakers. Mais un jour, ta mère apprit le pot aux roses. On l'avait appelé et on l'avait menacée. Elle a eu peur et c'est alors qu'elle m'a mise au courant.

C'était difficile pour ta mère. Il disparaissait plusieurs jours, sans donner de nouvelles. Elle était toujours seule, avec très peu d'argent. Elle devait se débattre avec les créanciers. Ta mère était fragile, démunie, apeurée.

— Ça n'a jamais été ton cas, Madeleine. Tu as toujours été une femme forte.

— Ta mère a beaucoup souffert, Valérie. Et c'est toi et Philippe qui l'empêchiez de sombrer. Elle a commencé à faire ses dépressions à l'hiver 1965. Je m'en souviens très bien, car c'est l'année où madame Tremblay est morte. C'est cette année-là qu'elle a commencé à faire des ménages, la nuit. Mais c'était trop pour elle.

Valérie ferma les yeux. Madeleine ignorait si elle voulait clore l'échange ou si elle replongeait dans le passé, pour retrouver des éléments qui lui manquaient. Elle se préparait à quitter la chambre pour ne pas nuire au calme de sa nièce quand Valérie la retint par un geste.

— Madeleine ?

— Oui, ma douce ?

— Tu as été et tu es encore une mère pour moi. Je t'en remercie.

— Valérie, tu es notre soleil à Rosaire et à moi. Et depuis de nombreuses années. Repose-toi maintenant. Je ne serai pas loin.

Bouleversée, Madeleine quitta la chambre de Valérie. Elle se dirigea vers celle de Marie-Ève. Rosaire était allongé tout contre la fillette. Elle s'approcha du lit et lui chuchota :

— Rosaire, tu dors ?

Il se retourna et lui sourit.

— Elle a tellement pleuré qu'elle était complètement à plat. Je me suis couché près d'elle et elle s'est endormie.

Rosaire se releva, remonta la couverture de Minnie sur Marie-Ève, tout doucement pour ne pas l'éveiller. Ils sortirent de la chambre sans bruit.

— Que de souffrances dans une si petite journée, se plaignit Madeleine.

Rosaire entoura de son bras la taille de Madeleine et lui donnant un baiser sur les cheveux, il ajouta :

— Et Valérie, ça va ?

— Je crois que oui. Mais j'ai bien l'impression que notre petite famille aura besoin de nous désormais.

— À qui le dis-tu ! répondit Rosaire, songeur.

Une escapade

Marie-Ève fuyait Valérie. Toutes les tentatives de rapprochements de la jeune femme s'étaient soldées par un échec retentissant. Valérie avait comme perdu le fil lui permettant de rejoindre sa fille. Celle-ci jouait au Nintendo, mais sans jamais réussir à finir un seul tableau, comme si le jeu lui-même n'avait aucune importance, mais que Marie-Ève espérait que Mario Bros. lui permettrait de rejoindre son père.

La détresse de sa fille tourmentait Valérie. Elle aurait tellement voulu pouvoir anéantir cette noirceur et cette rage qu'elle lisait dans ses yeux. Ou si au moins elle avait pu la serrer dans ses bras et bercer son chagrin pour que l'enfant sache qu'elle n'était pas seule. Mais Marie-Ève esquivait tout contact physique avec elle.

Alors que Valérie s'était assise au salon, tout près de Marie-Ève, celle-ci se leva et se dirigea vers l'escalier, refusant même que Valérie soit à proximité.

— Si l'on allait prendre une crème glacée, Marie-Ève ?

— Non, merci, répondit l'enfant.

— Ma puce ? Ne reste pas toute seule. Viens.

— Non. Je vais trouver Canelle. Elle dort sur mon lit.

Et Marie-Ève grimpa les marches sans hâte, mais sans se retourner. Quand Madeleine apparut dans la porte, elle entendit un grand soupir triste et remarqua le visage désabusé de Valérie.

— Ça ne va pas mieux avec Marie-Ève ?

— C'est le moins qu'on puisse dire, Mado. Elle me fuit comme si j'avais la peste.

— Le temps arrange bien des choses, Valérie. Sois patiente.

— Mais elle souffre tellement. Et elle refuse que je l'aide. Elle m'en veut terriblement. Et je n'y peux rien. Comment puis-je me défendre contre un mort béatifié ?

Madeleine ne répondit pas. Elle savait que Valérie tentait de garder la tête hors de l'eau et que ses efforts lui étaient pénibles, surtout avec la froideur de Marie-Ève qui perdurait, cruellement.

— Jean-Pierre s'en vient. Il veut t'emmener souper.

— Je ne crois pas que ce soit une très bonne idée.

— C'est une excellente idée, au contraire. Et tu le sais très bien. Ce n'est pas avec l'acharnement que tu gagneras Marie-Ève. Va avec Jean-Pierre.

Sur ces entrefaites, Jean-Pierre sonna et Madeleine alla lui répondre.

— Elle fait des manières, Jean-Pierre.

Le jeune homme s'approcha de Valérie et lui caressant la joue, il lui sourit.

— J'ai une surprise pour toi. Je te vole.

— Je ne pense pas que ce soit le bon moment, tu sais...

— Aucune défaite ne sera tolérée, Madame. Vous me suivez. C'est un ordre !

Valérie, amusée malgré tout, se demandait bien quelle surprise il lui réservait. Mais elle n'avait pas le coeur aux devinettes.

— Où m'emmènes-tu ?

— C'est une surprise. Allez, viens.

La prenant par la main, il la tira derrière lui et Valérie, attrapant un chandail sur une chaise près de l'entrée, le suivit à l'extérieur, intriguée.

— Je ne t'emmène pas au restaurant, car ton rôle d'aubergiste prend souvent le dessus et tu essaies toujours de comparer, d'évaluer, de juger.

— Ah, tu critiques l'aubergiste, maintenant. Dis-moi où nous allons.

— Je t'emmène dans un endroit merveilleux où je t'aurai tout à moi, sans interférence.

Le fleuve miroitait au soleil et l'on voyait danser sur sa surface de couleurs lumineuses en bataille. Ils dépassèrent Saint-Fidèle et Valérie devint de plus en plus curieuse. Puis, le paysage se succéda toujours plus merveilleux. Valérie réalisa encore une fois combien elle aimait Charlevoix.

Port-au-Saumon, Port-au-Persil, Saint-Siméon, tous ces villages pittoresques qui l'émouvaient toujours. Quand Valérie réalisa qu'ils roulaient depuis plus de trente minutes, elle vit une petite indication annonçant « Baie-des-Rochers ». Jean-Pierre ralentit avant de klaxonner, pour saluer un vieil homme, la pipe à la bouche.

— C'est monsieur Albert, lui expliqua Jean-Pierre. Je n'ai jamais compris son nom de famille, car il a toujours la pipe au bec, allumée ou éteinte. Mais je viens ici depuis mon arrivée. J'y achète des oeufs frais, du lait et de la crème d'habitant. Une vraie merveille ! Et il m'a fait découvrir ce lieu magique, unique. C'est cette oasis que je veux partager avec toi, aujourd'hui.

Puis, Jean-Pierre bifurqua à droite. Ils s'engagèrent sur une terre cultivée de part et d'autre d'une petite route étroite et rocailleuse. Jean-Pierre arrêta l'auto sur le bord de la chaussée. Il la regarda, le sourire aux lèvres, avec dans les yeux, un petit quelque chose de coquin.

— Viens voir mon paradis. On doit faire quelques pas, l'auto ne peut se rendre plus loin.

Valérie sortit de la voiture et l'air salin chatouilla ses narines. Profondément intriguée, elle prit les devants sans attendre son compagnon. Elle vit le fleuve en contrebas, mais ce qui lui sauta aux yeux n'avait nulle pareille.

Elle pénétra dans une espèce de caverne à ciel ouvert. De hautes falaises rocheuses s'étiraient en demi-cercle, majestueuses. On se demandait s'il n'y avait pas une partie des Appalaches qui s'était perdue ici, il y a des millénaires.

Pris en étau dans ce canyon particulier, un petit ruisseau semblait donner la direction de la baie, pour mieux admirer le fleuve dans toute sa splendeur. L'embouchure étroite de ses rochers donnait une visée réduite du fleuve et la Rive Sud au loin semblait toute proche à la fois. Le jeu d'ombre et de lumière sur les rochers et sur le fleuve donnait un caractère éthéré à ce tableau.

Le souffle coupé, Valérie buvait ce spectacle avidement. Jean-Pierre s'approcha d'elle et entoura sa taille de ses bras, tout doucement.

— Voici mon paradis magique !

— Quelle merveille ! s'exclama Valérie. Comment ai-je pu ignorer ce site extraordinaire ?

— C'est le hasard qui m'a fait le découvrir. Mais je le trouve paradisiaque. Et cette petite ile que tu vois, on peut y accéder à marée basse. Attends-moi quelques minutes, je reviens.

Jean-Pierre retourna à la voiture et en ressortit une glacière, que lui avait prêtée sa complice, Madeleine. Il s'approcha d'une immense pierre plate, près du ruisseau, et installa le pique-nique champêtre : du pâté de foie gras, une terrine de lièvre aux noisettes, des champignons farcis, des feuilletés aux asperges, des petites quiches au thon, une mousse au saumon, un pain baguette et une bouteille de vin.

Jean-Pierre avait même apporté les couverts et les coupes à vin.

Puis, il prépara un feu pour rendre ce repas plus agréable, même si la température était très douce.

Valérie s'exclama, tout excitée :

— C'est une idée merveilleuse, Jean-Pierre !

— Je sais, dit-il d'un air enjoué.

Valérie épiait chacun de ses gestes, et une bouffée de tendresse la traversa soudain. Jean-Pierre avait des idées audacieuses et ça lui plaisait. Depuis la mort de Vincent, Jean-Pierre était omniprésent dans la vie de Valérie. Elle en ressentait une grande paix, comme si c'était la première fois qu'on la tenait par la main dans un moment houleux.

Précédemment, c'était Madeleine qui avait assumé ce rôle. Valérie avait toujours pu compter sur sa marraine et autant sur Rosaire. Mais aujourd'hui, Jean-Pierre prenait toute la place et étrangement, Valérie en était heureuse. Il avait un bon sens de l'analyse et l'aidait, tout particulièrement ces jours-ci, à démêler l'écheveau de ses interrogations et de ses angoisses intérieures.

Des confidences

Ils étaient assis sur une couverture de laine, à même le sol, dégustant avec gourmandise chacun des mets étalés devant eux. Valérie était silencieuse. Son sourire et son enthousiasme l'avaient désertée depuis quelques minutes. Aux aguets, Jean-Pierre lui dit :

— Parle-moi, Valérie. Je te vois très songeuse. Laisse-moi partager ta vie.

Valérie se plongea dans ses yeux et se laissa boire leur profondeur et leur douceur. Ces yeux recélaient la franchise et la bonté, en absolu. Que c'était merveilleux d'être deux ! Ne l'avait-elle jamais été avec Vincent ?

Pourquoi avait-elle l'impression de vivre une relation amoureuse véritable pour la première fois ? La seule chose profonde qu'elle avait partagée avec Vincent, c'étaient leurs silences vides. Valérie sourit à Jean-Pierre.

— Tu sais, j'ai l'impression que j'ai été seule tellement longtemps avec mes ennuis, que j'ai perdu le sens du partage. Seule Madeleine réussit à m'atteindre de temps en temps. J'étais, et je suis encore si seule avec moi-même qu'il m'arrive d'avoir une grande difficulté à m'y soustraire et à revenir à la réalité.

— Je comprends. Mais dis-moi, que voulait dire ce voile qui a traversé ton regard, tout à l'heure ? À quoi pensais-tu ?

— Je pensais à Marie-Ève. Depuis la mort de Vincent, elle fait de drôles de rêves. La veille de la mort de Vincent, elle a fait un cauchemar. Ou plutôt non, la veille de la visite de Miville nous annonçant la nouvelle. C'est donc, au soir de sa mort.

— Ah oui ! Ça m'intéresse. Raconte.

— Elle rêvait que Vincent l'appelait à l'aide. Mais elle ne pouvait pas bouger. Et elle m'a reproché de ne pas l'avoir aidé, moi, puisque lorsqu'elle s'est réveillée en pleurs, et qu'elle m'a raconté son rêve, je savais qu'il avait besoin d'aide. « Tu n'as rien compris », m'a-t-elle dit. Et ça me trotte dans la tête. Je ne comprends pas, effectivement.

— Tu sais, quand ma femme est morte, j'ai fait un drôle de rêve aussi. Mais je dois te dire d'abord dans quel état d'âme je me trouvais. Après la mort de Sylvie, j'étais révolté, enragé. J'avais l'impression qu'on m'avait enlevé la vie de la façon la plus cruelle qui soit. Sans me demander mon avis, on extirpait de moi ce qui me faisait agir, sentir, vibrer, aimer.

Mon quotidien perdait tout son sens : manger ou dormir, le contact aux autres, le sens de la fête, plus rien ne justifiait mon existence. Seul, je ne réussissais plus à retrouver un ressort qui me donne la signification des choses.

Tout ce que j'aimais me faisait penser à elle, car nous avions découvert la vie ensemble. Et ma souffrance était si intolérable, que j'étais convaincu que quelque chose de tangible, tout noir et tout gluant, allait sortir de mes tripes et m'écraser complètement. J'étais anéanti.

Mais, une nuit, j'ai fait un rêve. J'ai traversé une grande plaine et j'ai volé dans les airs, avec une facilité et une envergure extraordinaires. Puis, j'ai vu une grande lumière et je me suis approché mû par je ne sais trop quoi. Tout l'espace était lumineux, éblouissant même.

Et j'ai vu Sylvie. Elle s'est approchée de moi et m'a souri. Elle rayonnait et une grande chaleur m'a envahi. Elle était toute proche, mais elle me semblait comme inaccessible. Et j'ai entendu en moi des mots que je ne comprenais pas, mais j'ai ressenti une grande joie et une urgence de mordre à la vie. Puis, je me suis réveillé. Et à partir de ce moment-là, j'ai su qu'il me fallait réagir et recommencer à vivre.

— Mais que signifiait ce rêve ?

— Je ne sais trop. Appelle ça un voyage cosmique, un voyage astral, une visite dans l'au-delà. Qu'importe. Je sais seulement que Sylvie était là, qu'elle m'a parlé, sans mot, et que j'ai compris qu'il me fallait vivre. Je sais seulement que ça existe, parce que je l'ai vécu.

— Mais quoi ? Qu'est-ce qui existe ? Que veux-tu me dire Jean-Pierre ?

— Je crois que j'ai fait une expérience de ce qu'on appelle « la vie après la vie ». Et que l'on n'est peut-être pas si séparé de cette dimension. Et je pense que c'est ce que Marie-Ève a vécu.

— Tu es sérieux ?

— Oui. Je crois que Vincent a parlé à sa fille. Mais elle n'a peut-être pas compris vraiment. Elle a peut-être oublié d'autres éléments de son rêve et ne s'est souvenue que d'éléments qui correspondaient à son état d'être : le cauchemar. Il est peut-être tout simplement venu lui dire au revoir.

— J'ai des difficultés à donner foi à ce que tu me dis. Mais j'aimerais croire que c'est vrai.

— Est-ce vrai ? Est-ce faux ? Quelle importance ! Si ça nous donne la lumière, c'est l'essentiel. Sinon des réponses, au moins de nouvelles questions pour continuer à sourire à la vie.

Il y aura toujours quelqu'un pour dire que c'est idiot ou irréel. Mais si ça me remplit, me satisfait et enlève à tout jamais cet écran opaque devant ma vie, alors c'est vrai ! C'est ça finalement la vérité : ce qui nous fait vivre. Car tant qu'on est ici, il faut vivre. Alors pourquoi pas avec la joie et le bonheur ?

« Tant qu'on est ici, il faut vivre. » Oui, Valérie connaissait cela. Elle avait passé une grande partie de sa vie à continuer à vivre, envers et contre tout. Elle savait ce que parfois ça demandait d'énergie et le sentiment de vide et d'impuissance qui nous attrapait quand les moments de vie n'avaient pas trop de sens.

Oui, peut-être ce qui lui avait manqué, c'était justement la joie. Où avait-elle perdu ce sentiment merveilleux qu'est la joie ? Depuis quelques semaines, avec Jean-Pierre, elle retrouvait ces moments magiques où le rire nous remplit et rend la vie plus simple, plus légère, moins oppressante. La joie ! Oui, c'était peut-être tout simplement ça, la joie. Valérie regarda Jean-Pierre avec un oeil nouveau. Puis, elle ajouta :

— J'aimerais bien vivre ce genre d'expérience. Et revoir ma mère pour qu'elle m'explique enfin le black-out de mon enfance.

— Justement, Valérie, raconte-moi.

— Je voudrais bien, mais j'ignore par où commencer.

— Par le début, ou la fin. Par ce qui te tente. Raconte-moi, simplement.

— Si tu veux...

Valérie se leva, secoua ses cuisses des miettes de pain qui s'y étaient agglutinées et descendit vers la baie, tout doucement. Jean-Pierre la suivit, silencieux, avide de connaitre enfin ses secrets.

— Nous étions deux enfants dans la famille. Mon frère Philippe était de dix ans, mon ainé. Quand j'étais jeune, il jouait beaucoup avec moi. Je l'adorais. Mon père était un parieur, il jouait aux cartes, aux courses, à tout ce qui était à sa portée.

Il devint incapable de s'arrêter, nous perdions de plus en plus d'argent jusqu'à devenir une famille pauvre parce qu'il ne rapportait plus rien à la maison. Mes parents se querellaient sans arrêt, ma mère pleurait, mon père criait, mon frère partait.

Oui, Philippe se fit alors de plus en plus absent. Il rejoignait sa gang d'amis et pouvait disparaitre plusieurs jours. Il faisait régulièrement des fugues et ma mère ne savait plus quoi faire. Mon père était également absent, la plupart du temps. Et ça m'arrangeait bien, car quand il était à la maison, c'était la chicane continuelle entre mes parents.

Valérie se pencha et ramassa une pierre toute ronde qu'elle caressa du doigt, comme si elle avait besoin de faire des gestes à travers cette révélation qui l'embarrassait.

Puis, un beau jour, mon père nous a abandonnés. J'avais 8 ans. Ma mère me l'a appris un beau jour, froidement, en me disant qu'il ne reviendrait jamais. Sur le coup, j'étais terrifiée, j'ignore pourquoi d'ailleurs.

Mais peu à peu, je me confinai à notre petite vie, à ma mère et à moi. Et de me retrouver seule avec ma mère m'a donné l'impression d'être libérée. Peut-être était-ce parce qu'elle était différente, joyeuse, enjouée, et que le climat à la maison devenait de plus en plus agréable. Je ne sais pas.

Valérie lança au loin sa roche qui fit quelques bonds sur l'eau et s'engloutit dans un petit bruit froissé.

Un an plus tard, ma mère s'effondra. Du jour au lendemain, elle devint dépressive, pleurant sans arrêt, ne mangeant plus, ne dormant plus. Le médecin lui prescrivit des médicaments et alors ma mère devint l'ombre d'elle-même.

Je n'ai plus jamais entendu son rire ni son chant, elle ne souriait plus. Elle semblait complètement anéantie. Plus rien n'avait d'importance pour elle. J'avais 9 ans. C'est à ce moment précis que mon enfance est morte.

Mais c'est aberrant ! pensa Jean-Pierre. *Quel drame pour une fillette de 9 ans !*

Mais il se retint d'intervenir, car Valérie était si concentrée dans son récit qu'il ne voulait pas briser la magie de ces confidences, si longtemps attendues.

— Curieusement, reprit Valérie, jamais rien de tout cela ne transparaissait aux yeux des autres, et ce, pendant plusieurs mois. C'est Madeleine qui, la première, a senti qu'il y avait quelque chose qui n'allait pas.

Lors d'une visite chez nous, elle découvrit tout. Ma mère était complètement dépendante de moi, elle ne faisait plus rien. J'avais dû la prendre en charge, comme un bébé. Souvent, en arrivant de l'école, je la trouvais en pleurs, qui se lamentait sur son fils absent, sur sa vie : « C'est trop cher à payer. Je n'y arriverai pas ».

Alors je la couchais, la bordais et préparais le souper que je prenais seule, presque toujours. Nous avons vécu ainsi pendant plusieurs années. Pendant que j'allais à l'école, une voisine venait voir aux besoins de maman.

Et pendant ce temps, je travaillais comme une forcenée à l'école pour pouvoir me sortir de cette misère qui était la nôtre. Mes seuls beaux souvenirs de cette époque sont mes séjours à la ferme de Rosaire et de Madeleine. Sans ces moments-là, je ne crois pas que j'en serais sortie indemne.

— Et ton frère, est-il revenu ?

— Non. Nous avons su qu'il vivait en Ontario, mais c'est tout. Pendant des années, nous n'avons plus eu de nouvelles de lui. Puis, un beau matin, j'avais alors 17 ans, un policier vint nous apprendre à la maison qu'il avait eu un grave accident de voiture où il avait trouvé la mort.

L'autopsie a indiqué qu'il était drogué et qu'il avait un taux d'alcool élevé dans le sang. Ma mère devint alors hystérique et quelques heures plus tard, complètement catatonique. Elle ne bougeait plus, ne parlait plus.

C'est Rosaire et Madeleine qui durent prendre toutes les procédures pour rapatrier le corps de Philippe et préparer les funérailles. Ma mère a été amenée à l'église et au cimetière, en fauteuil roulant. Encore aujourd'hui, je me demande si elle n'en a jamais eu conscience.

— C'est effroyable avoir eu à subir tout cela alors que tu étais si jeune.

— J'ai l'impression qu'à ce moment-là, j'étais très vieille. Je n'avais pas le choix, j'agissais malgré moi et je devais continuer. Je ne pouvais pas me permettre de me poser des questions. Il me fallait agir. C'est tout.

— Et ta mère, comment est-elle morte ?

Un voile passa devant les yeux de Valérie et son visage devint grave. Une profonde détresse se lisait dans son regard et alors même que Jean-Pierre regrettait d'avoir posé cette question, Valérie répondit dans un murmure :

— La veille du service anniversaire de Philippe, ma mère s'est ouvert les veines des deux poignets. C'est moi qui l'ai trouvée morte, en rentrant.

Jean-Pierre, terrassé, prit les deux mains de Valérie dans les siennes. Elle s'était mise à trembler légèrement et ce simple geste de Jean-Pierre avait calmé peu à peu ses tremblements.

Il se sentit si triste, si troublé par cette histoire qu'il ne trouva rien à dire. Il regarda tendrement cette femme qu'il aimait et il aurait voulu pouvoir enlever toutes les horreurs de sa tête et de son coeur.

Voyant le visage ravagé de Valérie, discrètement, il caressa ses mains. Après quelques instants d'un silence chargé de souffrances, elle leva ses yeux embués vers lui.

Jean-Pierre comprit qu'elle n'en dirait pas davantage pour l'instant. Il comprenait que tout cela lui était très pénible. Et il respecta son silence.

« Maman, qu'est-ce que tu as ? »

Depuis son escapade avec Jean-Pierre, à Baie-des-Rochers, Valérie ressentait une sourde colère en son ventre. Le fait d'avoir ravivé ce qui sommeillait en elle depuis des années, la laissait pantelante de rage. D'ailleurs, son cauchemar horrible la visitait régulièrement depuis quelques nuits. Elle s'éveillait, horrifiée, en sueurs et ne pouvait retrouver le sommeil que le jour bien installé dans sa fenêtre.

Elle regrettait donc son épanchement et voulait à nouveau refermer à double tour sa boîte à secrets. Car, loin dans ses souvenirs renaissants, ce cauchemar venait la hanter, la secouer, jusqu'au tréfonds de ses entrailles qui lui faisaient mal et l'empêchaient même parfois de respirer normalement.

La distance qu'avait prise Marie-Ève avec sa mère ajoutait malheureusement à l'oppression qui envahissait la jeune femme. Un matin, alors que son cauchemar habituel l'avait tirée abruptement d'un sommeil agité, Valérie tentait en vain d'avaler un déjeuner qui lui donnait la nausée.

Marie-Ève était assise devant sa mère, silencieuse, comme toutes les fois où celle-ci se trouvait près d'elle. Mais quand Valérie s'étouffa bêtement et que debout, elle cherchait à retrouver en vain sa respiration, Marie-Ève se leva d'un seul coup en hurlant :

— Maman, qu'est-ce que tu as ?

Dans sa détresse respiratoire, Valérie réussit à lever les yeux vers sa fille et la panique extrême qu'elle lut dans les yeux de la fillette, lui donna une peur incommensurable.

Les cris de Marie-Ève qui continuaient à ponctuer chacun des essais désespérés de Valérie pour retrouver l'air qui lui manquait finirent par alerter Rosaire qui se trouvait dans la cour, non loin des fenêtres ouvertes de la cuisine.

Celui-ci entra vivement pour voir les raisons de ces cris et d'un seul coup d'oeil comprit la situation. Il s'empressa auprès de Valérie, la prenant à bras le corps, par-derrière et fit une pression à l'estomac de Valérie de ses deux poings refermés. Du coup, Valérie expulsa une petite boule de melon d'eau qui était la cause de cet étouffement.

Alors que Valérie, épuisée, sentait ses jambes la trahir, Rosaire la soutint et l'aida à se rasseoir. Marie-Ève se jeta au cou de Valérie en pleurant, la serrant si fort que des gouttes de sueur perlèrent au front de sa mère.

— Doucement, Marie-Ève, dit Rosaire pour calmer la fillette. Laisse un peu respirer ta maman.

Et Marie-Ève, affolée, se recula, tout en gardant ses yeux fixés sur le visage de sa mère, comme pour s'assurer que celle-ci respirait bien encore.

— Ça va, Marie-Ève, réussit à articuler péniblement Valérie.

Puis, quelques toussotements réussirent à éclaircir la voix éraillée de Valérie.

— Ça va, ma puce. Je me suis simplement étouffée. C'est fini maintenant. Viens là, contre moi.

Et Marie-Ève vint se blottir docilement contre Valérie, pleurant encore de peur et d'angoisse, alors que sa mère affichait un sourire resplendissant.

— Ça va mieux, Val ? demanda Rosaire à moitié rassuré.

— Oui, Rosaire. Ça va, merveilleusement bien, lui dit-elle, en éclatant de rire.

Rosaire regarda successivement Valérie, puis Marie-Ève et se mit à rire lui aussi, d'abord d'un rire nerveux de soulagement, mais rapidement gagné par un rire extraordinaire de ravissement.

La mère et la fille étaient désormais réconciliées. Marie-Ève s'était jointe à Rosaire et Valérie et tous les trois riaient maintenant à gorge déployée et ce mélange de rires apportait à l'oreille de Valérie une musique nouvelle qu'elle avait cru ne jamais réentendre.

Quelques heures plus tard, alors que Valérie racontait à Madeleine l'histoire merveilleuse de l'étouffement matinal, sa marraine, à son tour, fut prise d'un éclat de rire phénoménal. Elle avait du mal à s'arrêter et ses yeux larmoyaient, lamentablement.

— Ça va, Madeleine ? demanda Valérie, alors que les rires de sa tante s'amenuisaient peu à peu.

— Oh! oui, ça va, ma belle. Et toi, maintenant ?

— Je suis ravie, Mado. Tu te rends compte ? Trois semaines,

qu'elle me faisait la tête et que j'étais impuissante à la rejoindre !
C'est merveilleux !

— Tu sais quoi, Valérie ?

— Non, dit Valérie, curieuse.

— Rien n'arrive jamais pour rien. Je te l'avais dit !

Et Valérie et Madeleine repartirent de plus belle à rire, comme des complices libérées d'un fardeau insoutenable.

Marie-Ève reprit gout à rire et à jouir à nouveau de sa jeune vie de cinq ans. Valérie reçut toutes les confidences du désarroi de sa fille causé par la mort de Vincent.

Mais sa plus grande surprise fut d'apprendre, par la bouche même de Marie-Ève, que Jean-Pierre avait été présent auprès d'elle et l'avait aidée à traverser cette période difficile du décès de son père. Il ne lui en avait rien dit ! Quelle discrétion ! Marie-Ève n'était donc pas si seule. Jean-Pierre avait été là.

Valérie ressentait une profonde tendresse pour cet homme qui avait tenu la main de sa fille dans un moment si amer. Elle ne se sentait plus jalouse de lui, comme au premier jour où il était venu souper chez Madeleine et qu'elle avait appris que Marie-Ève lui faisait des confidences. Au contraire. Elle aimait qu'il se sente concerné par la détresse d'une enfant qui n'était pas la sienne. Elle aimait cela beaucoup.

Comment peut-il comprendre ?

L'intérêt particulier de Jean-Pierre pour Marie-Ève provenait du tout début de leur rencontre. Il avait toujours été attiré par sa fille. Il avait un don avec les enfants et elle était émerveillée de le voir déployer tant d'affinités et de génie avec Marie-Ève. D'ailleurs, Valérie en avait parlé à Madeleine.

— Comment peut-il comprendre Marie-Ève à ce point ? Il n'a jamais eu d'enfant.

— Valérie, tu sais, ça n'a rien à voir ! Même s'il n'a pas eu d'enfant, pourquoi ne pourrait-il pas savoir ? Je ne pourrais pas comprendre ce que tu vis en tant que mère parce que je n'ai pas eu d'enfant ? Voyons, c'est ridicule.

Ce n'est pas seulement la similitude de l'expérience qui donne la compréhension. C'est la sensibilité, le désir pressant de se mettre à la place de l'autre et de ressentir la joie, la peine, la douleur de l'autre. Il ne suffit pas d'avoir le cancer pour saisir ce que vit un mourant du cancer.

Quand tu aimes assez le genre humain et que tu te mets dans la peau de l'autre avec toute ta sensibilité et ta tendresse, tu peux tout deviner, Valérie. Ce sont les gens de ton espèce qui peuvent te comprendre, pas nécessairement ceux et celles qui vivent la même chose que toi.

Valérie sourit de bonheur. Aujourd'hui était un jour béni. Sa fille lui était revenue. Elle avait la chance inouïe de connaitre la beauté et la sagesse de Madeleine. Et de surplus, elle avait la preuve que Jean-Pierre était quelqu'un de merveilleux même si son coeur lui avait déjà donné, depuis quelques semaines, cette même certitude.

Marie-Ève avait quitté la maison toute joyeuse, comme il y a très longtemps que ça ne lui était pas arrivé. Elle embrassa même

Valérie tendrement en lui lançant, comme ces retrouvailles officielles :

— Bonne journée, Mamichou !

— Bonne journée, ma puce, répondit une Valérie tout émue.

Le mois d'octobre finit donc en beauté pour Valérie et elle fut toute heureuse de retrouver peu à peu chez Marie-Ève, sa joie de vivre, son impétuosité et surtout, sa grande chaleur.

Les feuilles des arbres avaient perdu leur verdeur et se paraient de leurs chaudes teintes automnales : jaune, orangé et rouge. Le déclin du jour s'installait plus rapidement et la froideur des soirées annonçait de plus en plus l'hiver en préparation.

Novembre fut un mois pluvieux, comme il l'était souvent, pensa Valérie, ce « mois des morts », comme elle l'appelait quand elle était petite. Mais cela ne l'empêcha pas de se remettre à la forme.

Elle avait recommencé à faire son jogging, une heure tous les matins, avant le déjeuner. Elle enfilait son ensemble de molleton, buvait un grand verre de jus d'orange et partait, seule, faire le tour complet du village pour revenir par la grand-route. Elle était contente d'avoir retrouvé cette discipline du corps qui la remplissait d'énergie et semblait, par la même occasion, évacuer toutes ses bibittes.

Ce matin-là, revenue en nage de sa course matinale, elle plongea avec délice sous une douche plus chaude qu'à l'ordinaire, ayant besoin tout à coup d'un contact chaud et ferme. Peu à peu, elle baissa la chaleur pour terminer sa douche sous un jet d'eau froide qui la laissa échapper, malgré elle, un petit cri de surprise.

Revigorée, elle s'habilla vitement et descendit l'escalier en courant, heureuse de cette nouvelle journée qui s'offrait à elle. Elle retrouva Rosaire et Madeleine à la cuisine, qui bavardait en riant, comme deux tourtereaux. Valérie sourit à leur vue et les embrassa spontanément tous les deux.

— Tu sembles dans une forme extraordinaire, Valérie, lui fit remarquer Madeleine.

— En effet, Mado. Et le jogging y est pour beaucoup. Je ne sais pas pourquoi j'ai arrêté cette merveille pendant toutes ses années. J'ai l'impression d'avoir rajeuni de dix ans.

— Merveilleux, ma belle, s'exclama Rosaire. Continue comme ça, et l'on fêtera tes dix ans bientôt.

Et sur cette taquinerie, il plaqua un baiser sonore sur ses cheveux et salua les deux femmes pour aller à son travail. Avant même que Valérie ne se soit assise, le téléphone sonna.

Un téléphone bouleversant

— Je vais répondre, dit Valérie, empressée. Ce doit être Jean-Pierre. Il devait m'appeler tôt ce matin.

Et Valérie se dirigea vers le petit salon alors que la sonnerie accusait déjà cinq coups.

— Oui, allô.

— Madame Valérie Morin, je vous prie, demanda une voix d'homme inconnue.

— C'est moi-même.

— Bonjour, Madame Morin. Vous êtes bien Valérie, la fille de Huguette Tremblay et de Robert Morin ?

Valérie inquiète refusa de laisser l'angoisse l'envahir, mais cette question personnelle la fit frissonner de la tête aux pieds. Après quelques minutes de silence, elle répondit :

— Oui, c'est bien moi. Qui est à l'appareil, je vous prie ?

— Mon nom est Dave McNicoll, madame Morin. Je suis détective privé.

— Que me voulez-vous, demanda-t-elle sur la défensive, sentant une coulée de sueurs froides lui parcourir le dos.

— Madame, ce que j'ai à vous dire risque peut-être de vous secouer un peu, mais…

Affolée, Valérie referma le téléphone, sans laisser ce monsieur McNicoll finir sa phrase. Elle tremblait comme si la maladie de Parkinson venait de la frapper à cet instant même. Elle refusait d'en entendre davantage.

Elle refusait qu'on s'insère dans son existence de cette façon. Elle refusait qu'on viole encore aujourd'hui sa vie qui avait enfin trouvé une sérénité espérée depuis près de vingt-cinq ans. Elle refusait qu'on ose lui jeter son passé au visage et l'obliger à refaire sa vie à rebours. Elle ne savait que trop ce qu'on allait lui dire et elle refusait. Un point c'est tout.

Retrouvant une parcelle de lucidité, elle brancha rapidement la boîte vocale et effrayée, elle mit ses deux mains sur ses oreilles, refusant d'entendre quoi que ce soit de plus. Elle avait la certitude qu'elle allait exploser si elle continuait de vivre ce moment présent. Il lui fallait fuir, partir, quitter ce lieu où son passé la rejoignait.

Elle n'eut pas conscience des gémissements qu'elle proférait ni entendait davantage ce « non » douloureux qu'elle psalmodiait sans arrêt en secouant la tête brusquement.

Intriguée par ces lamentations à peine exprimées, Madeleine s'était approchée et regardait, interdite, sa nièce qui semblait tout à coup perdre la raison.

— Que se passe-t-il, Valérie ? demanda Madeleine d'un ton un peu haut perché, causé par l'inquiétude ressentie.

— NON ! cria Valérie avant de s'enfuir dans l'escalier menant aux chambres.

Madeleine suivit Valérie sans tarder.

— Valérie, qu'est-ce qui se passe ?

Mais Valérie ne cessait de hurler ce NON, d'un ton toujours plus fort et toujours plus douloureusement. Elle atteignit sa chambre, s'y engouffra et ferma à clé. Ce geste radical d'isolement troubla Madeleine, mais ne l'arrêta pas pour autant. Elle frappa à la porte de sa nièce :

— Valérie. Ouvre-moi. Dis-moi ce qui se passe !

— Non. Laisse-moi, cria Valérie quasi hystérique.

— Tu dois me dire ce qu'il y a. Qui était au téléphone ? Est-il arrivé quelque chose à Marie-Ève ? Valérie, réponds-moi.

Et Madeleine eut beau hausser le ton, prendre un ton ferme, rien ne réussit à faire fléchir Valérie qui avait maintenant installé le silence entre elles.

Madeleine était persuadée qu'il y avait quelque chose de grave, de très grave. Elle tourna les talons et descendit rapidement à la recherche de Rosaire. Affolée, elle semblait avoir de la difficulté à penser intelligemment. Il lui fallut dix bonnes minutes pour trouver son mari qui cordait le bois dans la petite cabane près de l'Auberge.

— Rosaire, viens vite !

— Qu'est-ce qui se passe encore ? questionna-t-il, inquiet, alerté par le ton de Madeleine.

— C'est Valérie. Je n'y comprends rien. Quelqu'un lui a téléphoné et elle a crié : non ! et elle s'est enfermée dans sa chambre. Elle refuse de m'ouvrir et de me parler. J'ai peur, Rosaire. S'il était arrivé quelque chose à Marie-Ève…

— Allons-y.

Rapidement, ils atteignirent la maison et alors qu'ils se dirigeaient vers l'escalier pour rejoindre la chambre de Valérie, celle-ci les interpela de la cuisine, d'un ton calme, ferme, presque inquisitoire :

— Madeleine, où est mon père ?

Madeleine, soulagée de voir sa nièce, n'entendit pas ce qu'elle dit et s'exclama :

— Enfin, Valérie! Vas-tu nous dire ce qui se passe ? C'est Marie-Ève?

— Mais non, Madeleine, répondit sèchement Valérie. Marie-Ève va très bien. Réponds à ma question : où est mon père ?

Madeleine interloquée ne sut que répondre et se tourna, démunie, vers Rosaire.

— Qu'y a-t-il, Valérie ? Pourquoi poses-tu cette question ? enchaina Rosaire, calmement, s'avançant vers sa nièce.

— Je veux que vous me disiez la vérité, lança rageusement Valérie en haussant le ton.

— Mais quelle vérité ? demanda Madeleine. Ton père a disparu et n'a jamais redonné signe de vie. Tu le sais comme nous. Que veux-tu savoir de plus ? Explique-toi, Valérie.

Valérie regarda tour à tour Rosaire et Madeleine. Et une grande déception parut sur ses traits. Elle avait cru qu'ils savaient quelque chose qu'elle ignorait et qu'ils ne lui en avaient rien dit. Mais l'inquiétude qu'elle voyait dans leurs yeux indiquait bien qu'elle se trompait.

Le découragement prit Valérie par surprise et c'est le dos plié de désolation qu'elle tenta d'aller vers eux. Rosaire s'approcha doucement et mit son bras autour des épaules de Valérie dans ce geste fréquent de protection qu'il avait envers elle.

— Viens t'asseoir, Valérie, veux-tu ? Reprenons depuis le début. Je t'avoue qu'on est un peu dérouté, Madeleine et moi.

Valérie se laissa conduire au divan du salon et s'assit. Elle regarda à nouveau son parrain et sa marraine et pensa brièvement, le temps de quelques secondes, qu'ils devaient la croire folle. L'ironie de la situation la fit tout de même sourire un peu.

— Vous devez croire que je deviens folle !

— Mais non, voyons Valérie, n'exagérons rien ! rétorqua Madeleine avant de venir se percher sur l'appui-bras du divan, près de Valérie.

— Que se passe-t-il, Valérie ? demanda Rosaire d'une voix posée.

— J'ai eu un téléphone d'un détective privé tout à l'heure. Un dénommé Dave McNicoll. Il voulait me parler. Il m'a demandé si j'étais bien la fille de Huguette Tremblay et de Robert Morin.

Rosaire et Madeleine se regardèrent, les sourcils relevés de surprise.

— Il m'a dit que ce qu'il avait à me dire allait sûrement me secouer un peu…

— Et, puis ? demanda Madeleine, d'une voix qui cachait mal la curiosité et la nervosité qui la tenaillaient.

— Puis, rien, continua Valérie. J'étais tellement affolée que j'ai coupé la communication avant qu'il ne m'en dise davantage.

— Mais pourquoi ? demanda naïvement Madeleine.

— Mais parce que je ne veux pas entendre ce qu'il a à me dire. Et tu sais comme moi, exactement de quoi il s'agit.

À nouveau, Rosaire et Madeleine se regardèrent, aussi interdits l'un que l'autre.

— Il est revenu, dit tout bas une Valérie qui semblait complètement perdue.

Madeleine pâlit et elle ne sut pas ce qu'elle devait répondre et encore moins si elle devait le faire. Rosaire se leva et fit quelques pas avant d'aller se poster à la fenêtre, donnant sur le jardin. Un silence presque gêné perdura de part et d'autre. Comme si tout avait été dit.

— Parlez-moi de lui, demanda Valérie, brisant le silence qui les entourait, depuis plusieurs minutes.

Rosaire se retourna surpris et regarda Madeleine à la dérobée avant de fixer le regard de Valérie.

— Tu n'as jamais voulu en parler. Tu le détestais tellement que je croyais toujours que tu allais exploser à la seule mention de son nom.

— Je le déteste toujours autant. Rien ne changera mon opinion sur lui. C'est un égoïste et un lâche pour nous avoir abandonnés de la sorte, ma mère et moi, et Philippe aussi, probablement, même si c'était déjà un homme. J'ai la ferme conviction qu'il faut avoir une dose marquée de méchanceté pour avoir agi ainsi.

— Non, Valérie, répondit Rosaire. Ton père avait bien des défauts, mais il n'avait aucune méchanceté.

— C'est toi qui le dis ! rétorqua Valérie à la vitesse de l'éclair.

— Valérie, ma fille, écoute-moi, continua Rosaire. Tu as connu ton père par les yeux d'une petite fille. Tu avais 8 ans quand il vous a quittés. Tu l'as vu et senti par ton coeur de fillette déçue, apeurée et dépassée par les événements. On ne peut pas dire que tu as vraiment connu ton père, sois honnête.

Valérie ne répondit pas. Elle sentait un étau prêt à l'étouffer et aurait tant voulu pouvoir discuter froidement, rationnellement de tout ça. Mais le malaise abominable qui commençait à la faire suffoquer se riait bien de ses bonnes intentions de femme de tête. Elle était sottement vaincue, encore une fois.

Valérie ne veut pas savoir

Madeleine sembla percevoir toute la réflexion de Valérie, car elle mit fin à cette situation, au grand soulagement de sa nièce.

— Rosaire, je crois que cet avant-midi nous a apporté notre lot d'émotion, qu'en dis-tu ?

Surpris, Rosaire se retourna vers sa femme et finit par comprendre que ce qui venait de s'amorcer à peine devait prendre fin aussitôt.

— Mais, bien sûr. Valérie, laisse le temps...

— ...faire son oeuvre, continua Valérie, en souriant. La fameuse règle du temps et de la patience ! Tu as raison, Mado. Assez pour aujourd'hui ! Je ne veux pas vraiment entendre parler de lui.

Et sans ajouter autre chose, Valérie les quitta pour se rendre à l'Auberge, comme si rien n'était arrivé. Rosaire et Madeleine échangèrent un regard courroucé. C'était quand même fantastique comment Valérie pouvait faire apparaitre ou disparaitre son passé et tout ce qui s'y rattachait, tout comme on ouvrait ou fermait un téléviseur. Rosaire restait songeur et même une certaine contrariété voilait ses yeux.

— Dis-moi, ce qui te tracasse, Rosaire.

— Tu vois toujours tout, ma belle Mado, hein ? Tu lis en moi comme dans un livre ouvert.

— Tu sais bien que tu ne peux rien me cacher. Alors, autant tout me dire.

— Je n'ai jamais aimé et je n'aime pas plus aujourd'hui cette haine qu'elle porte à son père. C'est malsain, Mado !

— Tu l'as dit tantôt, Rosaire. La petite fille d'alors a vu avec ses yeux d'enfants. Elle a souffert énormément de cet abandon et des conséquences affreuses qui s'ensuivirent. Alors, sa déception est devenue reproche, le reproche s'est changé en frustration et avec les années, le tout s'est envenimé, d'épreuve en épreuve.

— Mais il faut que ça cesse, Mado. Elle va finir par se détruire. Il faudrait...

— Non, Rosaire. Je m'y refuse. Elle pourra connaitre la vérité quand elle le décidera d'elle-même. Et l'expérience d'aujourd'hui nous prouve que ce n'est pas encore le moment.

— Est-ce que ce moment arrivera un jour ? J'en doute. Mais tu as toujours eu une bonne intuition, alors je te fais confiance, encore une fois.

— Laissons le temps faire son oeuvre, dit Madeleine d'un ton sarcastique.

Et ils éclatèrent de rire, complices une fois de plus.

Décembre

Décembre était arrivé chez Valérie par envoyée spéciale. C'est Marie-Ève qui l'apporta toute excitée, à la maison, en revenant de l'école. Son enthousiasme était délirant : elle parla du Père Noël, des cadeaux qu'elle avait commandés dans sa lettre du matin à la maternelle et du petit Jésus qui naitrait dans une crèche.

Les adultes qui l'écoutaient charmés par son exaltation réalisèrent d'un seul coup que Noël approchait, qu'il fallait penser aux décorations, au Réveillon, et à toutes les obligations qui s'ensuivaient. Les événements exceptionnels s'étaient bousculés depuis quelques mois et la vie quotidienne avait subi un bouleversement sans précédent. Madeleine décida de prendre les choses en mains.

— Valérie, j'ai embauché une petite étudiante du secondaire pour poster les cartes de souhaits de Noël à nos clients. Nous n'avons pas le temps de perdre plusieurs jours pour cette corvée.

— C'est parfait. Je rencontre le cuisinier cet après-midi pour planifier les menus des Fêtes et le souper gastronomique des Rois. Le tablier de Noël que nous avions commandé pour le personnel devrait nous être livré vendredi.

La planification des deux femmes continua pendant quelques heures et elles réalisèrent que leur organisation était bien rodée et planifiée, plus qu'elles ne le croyaient. Si bien, que le reste de la semaine apporta un chantier partout à la fois : décoration des Fêtes à la maison, à l'Auberge, à l'extérieur.

Des boîtes et des boîtes de guirlandes, de boules, de Père Noël et de Petit renne au nez rouge défilèrent sous leurs yeux et prirent racine un peu partout dans un enchantement féérique. Noël s'installa tranquillement parmi eux.

Aujourd'hui, Jean-Pierre et Valérie dinaient ensemble dans leur petit café préféré. Ils partageaient ainsi leur repas, plusieurs fois par semaine. Tantôt au restaurant, tantôt au Cégep quand le jeune homme n'avait pas grand temps et parfois ils bravaient même le froid de décembre pour aller pique-niquer près du quai de Pointe-au-Pic, sous l'oeil gourmand des goélands nombreux à piailler autour d'eux.

Avant même que Valérie eut le temps de dire quoi que ce soit, Jean-Pierre lui annonça tout de go qu'il venait de recevoir une invitation à un mariage :

— C'est ma petite soeur Jacinthe qui se marie, tu te rends compte ?

— Jean-Pierre, ta soeur a 26 ans, ce n'est plus vraiment ta petite soeur.

— Jacinthe sera toujours pour moi, ma petite soeur. Je me sens un peu comme un père qui marie sa fille. Il me semble que je peux imaginer ce qu'un père doit ressentir dans pareil moment.

— Et c'est quand le mariage de ta fille ? demanda Valérie, taquine.

— C'est le 14 décembre. À l'Auberge Bon séjour de l'Ile d'Orléans. L'occasion rêvée pour présenter à ma famille, la femme de ma vie.

Valérie s'imagina les présentations officielles qui devraient avoir lieu et qui lui faisaient horreur. Tout d'un coup, elle se sentit maladroite, puérile et apeurée. C'est probablement ce que vit Jean-Pierre dans ses yeux, car il lui caressa la main, en lui disant :

— Valérie, nous n'avons aucune permission à demander ni aucune approbation à recevoir. C'est simplement l'occasion pour toi de connaitre ma famille et cette partie de ma vie. Ils sont sympathiques et pas encore cannibales, que je sache.

— Ça va ! J'ai compris. J'ai tout de même le droit d'être un peu intimidée, non ?

— Oui, mais juste un peu, OK ? Il n'y a aucune crainte à avoir. Mes parents sont vraiment chouettes, tu verras. Et ce sera une belle soirée agréable, car tu sais, on s'amuse fort dans ma famille. On ne s'y ennuiera surement pas.

— J'ai hâte de les rencontrer. Moi aussi, je veux tout savoir de toi.

— Mais tu sais tout de moi ! Je ne suis pas cachotier comme toi !

— Jean-Pierre... dit Valérie exaspérée, le doigt pointé vers lui comme si elle réprimandait un enfant trop insolent.

Les noces de Jacinthe

Les noces de Jacinthe furent merveilleuses. C'était une journée sublime et ensoleillée. Il ne faisait pas trop froid et la première neige étant tombée quelques jours plus tôt, par une tempête digne des plus beaux hivers québécois, laissait encore ses traces partout, comme si elle venait à peine de toucher le sol. Si bien que tout était encore blanc et le soleil lançait une telle lumière sur tout ce tapis immaculé que Valérie et Jean-Pierre étaient heureux d'avoir pensé à apporter leurs lunettes fumées.

La cérémonie à l'église avait été courte et simple, mais chaleureuse. C'était un mariage relativement intime, puisqu'une trentaine d'invités étaient présents : la famille immédiate et quelques amis. Valérie avait tout de suite admiré la jeune mariée et l'avait aimée d'entrée de jeu. Elle était très chaleureuse et d'une grande simplicité.

Lors de la remise des alliances, Jacinthe échappa le jonc destiné à son conjoint. Alexandre, le petit garçon d'honneur de deux ans, courut pour le ramasser pendant que Geneviève, sa soeur de quatre ans, lui chuchotait de n'en rien faire. Jacinthe éclata de rire, spontanément, et même le prêtre se joignit à l'assemblée, dans un rire unanime qui résonna sur les murs du temple comme un écho dans les montagnes.

Puis, tous les invités suivirent les mariés jusqu'à l'Ile d'Orléans dans un brouhaha invraisemblable de klaxons et de guirlandes blanches, attachées aux voitures, qui volaient au vent. Valérie se sentait tout excitée comme si elle avait eu à peine 10 ans.

L'arrivée à l'Auberge Bon séjour s'accompagna de grands cris des Turmel, et les embrassades chaleureuses de part et d'autre. Jean-Pierre avait disparu rapidement, trop fébrile et pressé d'aller féliciter sa fille, avant tous les autres.

Malgré elle, Valérie était émue de cette chaleur humaine qui s'exprimait si facilement dans cette famille. Jean-Pierre lui avait dit, la première fois où elle lui avait demandé de lui parler de sa famille : « Nous sommes une famille de sept personnes qui a toujours besoin de se toucher. On s'offusque, on se confronte, on se chicane, mais on s'aime. On est toujours heureux de se voir même si au bout de quelques heures, on se tape sur les nerfs. Une famille normale, quoi ! »

— Alors tu médites ?

Valérie sortit de ses pensées pour regarder Jean-Pierre qui était en face d'elle, resplendissant de bonheur. Juste à le regarder ainsi, Valérie sentait le plaisir l'envahir et la satisfaction du jeune homme lui était communiquée instantanément, comme si cette plénitude s'ajoutait à l'air qu'elle respirait et qu'elle en était du coup atteinte.

— Non, répondit Valérie en souriant. J'admire la joie de vivre de ta famille.

— Pas mal, hein ? dit-il fier comme un coq. Allons nous asseoir.

Et prenant deux coupes de vin sur le plateau d'un serveur déambulant à travers les invités, il lui en remit une dans les mains, l'ayant d'abord mise en garde :

— Et envoie l'aubergiste en vacances, je te prie.

Elle lui sourit à nouveau et ils s'installèrent près d'une petite fenêtre donnant sur une charmante vue sur le fleuve et le pont de l'île.

— Dis-moi, comment se sont-ils connus ? demanda Valérie alors qu'elle avait dans sa mire la jolie nouvelle mariée qui était entourée de ses amis, tout près du piano.

— Jacinthe est infirmière. Elle a travaillé à l'hôpital de Lévis pendant plusieurs années. Elle a eu plusieurs aventures avec différents partenaires, mais la plupart étaient éphémères. La plus longue a duré cinq ans. Elle a toujours rompu d'elle-même.

« Ce n'est pas encore la crème, Jean-Pierre, me disait-elle. Quand j'aurai trouvé le Roi de coeur, je me marierai. »

Et c'est drôle comme la vie nous apporte notre destin. Elle a pris un poste l'an dernier au Foyer de Duberger. Et c'est là qu'elle a rencontré Éric Gagné. Cet été, alors que je venais à peine de m'installer à La Mitonnée, elle m'a envoyé une carte postale où simplement quelques mots y étaient écrits. Elle disait : « J'ai trouvé le Roi de coeur. Jacinthe ! » Éric a 30 ans. Il est technicien en laboratoire. Ils filent le parfait amour et mon père est très heureux que son bébé se case.

Et comme si Jacinthe sentait qu'on parlait d'elle, elle s'approcha du couple, suivi de Éric qui ne la perdait pas de vue. Ce jeune homme semblait profondément amoureux. Et Jacinthe, visiblement, flottait de joie et de satisfaction.

— Les amoureux sont seuls au monde ? dit-elle en poussant légèrement l'épaule de Jean-Pierre. Valérie, c'est vrai, j'ai quelque chose pour vous.

— Pour moi ? questionna Valérie, interdite.

— Eh oui ! Allez, Éric, donne-moi le papier que je t'ai donné ce matin.

— Qu'est-ce que c'est ? demanda Jean-Pierre à Éric.

— Aucune idée. Jacinthe m'a donné ce papier et m'a dit : « Mets-le dans tes poches et n'y touche surtout pas ». J'ai exécuté les ordres, c'est tout. Ce que femme veut...

Ils éclatèrent tous de rire devant la mine exaspérée de Jacinthe qui s'impatientait.

— Voici, Valérie. C'est un télégramme que j'ai reçu de Jean-Pierre, quelques jours après lui avoir écrit que j'avais rencontré le Roi de coeur. Je pense que ça vous revient.

Intriguée, Valérie prit des mains de Jacinthe le petit bout de papier et avant de le lire, regarda Jean-Pierre qui, lui semblait-il, avait rougi un peu. Elle ouvrit le télégramme et ce qu'elle y lut, l'enchanta : « Et moi j'ai trouvé la Dame de coeur. J.P. »

Valérie regarda Jean-Pierre qui avait tout à coup détourné la tête, peut-être un peu gêné des témoins de ce moment d'intimité. C'est pourquoi elle n'ajouta rien et regarda en souriant Jacinthe :

— Merci Jacinthe. C'est précieux pour moi.

Et le maitre de cérémonie de la soirée brisa ce moment magique et demanda à tous de s'avancer pour le repas. Jacinthe et Éric les quittèrent après les avoir embrassés chaleureusement.

Valérie suivit du regard le couple qui rejoignait la table d'honneur. S'y trouvaient déjà les parents de Jean-Pierre. Monsieur Turmel, tout souriant, était un grand bonhomme mince dont les cheveux bien fournis ne laissaient aucune place à la blancheur de la sagesse.

Jean-Pierre avait dit plusieurs fois à Valérie que son père était très content de ses enfants. Ce qu'on lisait dans le visage de ce père aujourd'hui, n'était rien d'autre qu'une grande fierté, assaisonnée d'une joie sincère. Madame Turmel, toute de beige vêtue et coiffée d'un chapeau à large rebord, était très élégante. Elle n'affichait pas la soixantaine qu'elle comptait pourtant.

Jacinthe et Éric embrassèrent tous leurs voisins de la table d'honneur avant de s'asseoir : monsieur et madame Turmel, la mère du marié, madame Gagné, une jeune veuve de cinquante ans, ainsi que le prêtre qui avait officié à la cérémonie, un cousin de la famille de Éric.

La famille Turmel

Tous les autres invités étaient disséminés aux trois grandes tables, placées de biais. Ainsi, les invités pouvaient fraterniser ensemble tout en jetant des coups d'oeil complices à la table d'honneur. Valérie laissa son regard découvrir les occupants des différentes tables et se remémorait ce que Jean-Pierre lui avait raconté de sa famille, pendant le trajet de La Malbaie à Québec.

Une première table des Turmel accueillait André, l'ainé, et Louise, la deuxième soeur de Jean-Pierre. André aimait ce statut d'ainé qui lui convenait parfaitement. C'était depuis toujours le performant de la famille. Traditionnel, matérialiste, un peu simpliste dans ses raisonnements, André n'avait jamais eu beaucoup d'affinités avec Jean-Pierre et vice versa. Mais cela n'empêchait pas les deux frères d'avoir toutefois des rapports amicaux.

André était dentiste de carrière et Carole, sa conjointe, l'était également. Ils avaient ouvert ensemble un cabinet privé à Charlesbourg. Carole était une femme tout en douceur, respectueuse et conciliante. Elle s'évertuait régulièrement à temporiser les discours abrupts de son mari. Leur fils Guillaume, 13 ans, avait quant à lui une personnalité encore nébuleuse. Tiraillé entre la raideur de son père et la conciliation de sa mère, il n'osait pas encore s'affirmer ouvertement.

Louise, la cadette, c'était la timide de la famille. Introvertie, elle n'avait jamais beaucoup dérangé. Quand elle était née, déjà trois garçons avaient élu leurs règles et formé le clan. Elle avait donc naturellement pris un rôle d'agent de la paix qu'elle n'avait pas vraiment délaissé depuis.

Comptable de son métier, elle n'avait pas été très heureuse sur le marché du travail. Membre anonyme d'une grande firme comptable, le travail d'équipe n'avait jamais été son fort. C'est pourquoi quand elle avait connu Jacques, son mari, toute sa vie avait changé. Ils s'étaient mariés et elle avait vite choisi d'être une mère à temps plein. Ils habitaient Trois-Rivières depuis.

Louise avait été très fière que Jacinthe lui demande la participation de ses enfants, Geneviève et Alexandre, comme fille et garçon d'honneur. Elle adorait ses enfants et le montrait bien. Finalement, sa situation actuelle à la maison avec les enfants lui convenait très bien.

Louise se gardait un peu de contrats comptables à la maison : un peu de tenue de livres et quelques rapports d'impôt pour des petites entreprises. Mais rien qui ne puisse entamer le temps qu'elle se réservait pour les enfants. L'isolement de son travail à la maison n'était pas un inconvénient pour Louise.

Tout le contraire en fait de son mari, Jacques. Celui-ci était publiciste pour une revue littéraire de l'Estrie. Il était un être fondamentalement social, effervescent et extraverti autant que Louise était solitaire et individualiste. Ils étaient pourtant bien assortis puisqu'ils se complétaient très bien.

À la table de André et de Louise se trouvaient également les grands-parents de Éric. Un beau couple de vieux qui s'amusaient comme des enfants à faire tinter leurs verres sans arrêt avec leur couteau pour inciter les mariés à s'embrasser.

Jean-Pierre et Valérie partageaient leur table avec le frère de Éric, Normand Gagné. C'était un mâle alpha, mais plutôt sympathique. Sans surprise, sa conjointe était plutôt effacée, lui laissant toute la place. Valérie ne l'entendit pas dire un seul mot de toute la soirée.

Père de deux fillettes de 11 et 9 ans, le discours de Normand se limitait à faire le paon au coeur de son petit harem. Il réussissait tout de même à faire rire tout le monde, car il n'était pas méchant ni méprisant, à peine un peu agaçant.

Mais très vite, l'attention de Valérie s'était fixée sur Guy, le frère de Jean-Pierre, à la table voisine. Jean-Pierre lui avait grandement parlé de Guy. Divorcé, sans enfant, il était ingénieur et il vivait au Texas depuis plus de dix ans. Jean-Pierre vouait un grand respect à ce grand lascar aux épaules larges comme un footballeur et aux mains fortes et épaisses.

Guy était le rationnel, l'homme d'action. Il fut de tous les projets spéciaux de la jeunesse : les scouts, les 4-H, Katimavik, les échanges culturels de tous genres. À l'âge de 19 ans, il s'exila pour deux ans à Vancouver pour apprendre l'anglais. Aujourd'hui, à 38 ans, Guy avait parcouru le Canada d'est en ouest, voyagé dans plus de quinze états américains, connaissait plus de huit pays d'Europe pour y avoir séjourné plusieurs mois et il avait parcouru presque la moitié de l'Afrique.

Son dada, depuis quelques années, était de connaitre l'Asie. Et il avait déjà pris les moyens pour y arriver. Il y a trois ans, il avait changé d'emploi pour opter pour une compagnie en pleine expansion, dont la moitié de ses contrats se déroulaient en Asie.

Valérie trouvait que la joie de vivre de Guy était contagieuse. Jean-Pierre et Guy avaient fait les 400 coups ensemble. Elle n'en avait jamais connu les détails, mais elle savait qu'une grande complicité les unissait. La copine de Guy, quant à elle, ne semblait être qu'une accompagnatrice anonyme. Mais rien de surprenant. Depuis son divorce, Guy n'avait jamais eu de relations amoureuses sérieuses et s'était juré qu'il en serait éternellement ainsi. Même Jean-Pierre n'avait jamais rien su de plus au sujet de la vie amoureuse de son frère.

Valérie trouvait que la famille Turmel partageait une joyeuse camaraderie et qu'elle était franchement réjouissante, agréable et amicale. D'ailleurs, l'enthousiasme qui régnait dans la salle était pour le moins étonnant. D'habitude, ce genre de mariage était un peu guindé, les gens se contentant de converser chacun à leur table. Mais ici, les invités s'interpelaient d'une table à l'autre, interchangeaient leur place. Tout le monde riait, se taquinait, chantait et même hurlait. On s'amusait fort chez les Turmel, Jean-Pierre n'avait jamais si bien dit.

Les noces se terminèrent très tard la nuit. Ils avaient eu droit à tous les éléments de la tradition québécoise lors des mariages : les baisers sollicités par le tintement des verres, les anecdotes sur les bévues et les ratés de l'un et l'autre des mariés, le gâteau de noces, la première valse et, pour les célibataires, la jarretière lancée aux hommes et le bouquet de fleurs aux femmes.

À la fin de la soirée, les invités assistèrent au départ des mariés pour leur voyage de noces, ponctué de la larme au coin de l'oeil de leurs parents. Plusieurs personnes avaient agrémenté la soirée d'histoires plus ou moins grivoises destinées aux époux. Valérie s'était beaucoup amusée, comme le lui avait prédit Jean-Pierre.

Ils avaient bien mangé, bien ri, avaient ri énormément et ils rejoignaient maintenant la maison des parents de Jean-Pierre qui les accueillaient pour la nuit.

— Et puis, on s'est éclaté, comme auraient dit mes élèves, tu ne trouves pas ?

— Énormément. Ça valait le déplacement, pas de doute.

— Je trouve tout de même que Jacinthe a exagéré un peu dans

les clichés : garçon et fille d'honneur, gâteau à trois étages avec petits mariés en plastique, table d'honneur, jarretière et bouquet de la mariée. Ça m'étonne d'ailleurs d'elle. Elle a l'habitude d'être plus originale que cela.

— Je trouve cela très bien comme ça. Quand on se marie, on joue le jeu, jusqu'au bout. Ou l'on ne se marie pas.

— Oh là, là ! Vous êtes catégorique tout à coup, Madame !

Valérie se mit à rire.

— Non, pas du tout. Mais c'est la tradition, c'est tout. Tu n'es pas d'accord avec moi ?

— Peut-être que oui, peut-être que non. À vrai dire, à trois heures du matin, je ne pense pas grand-chose.

— Moi non plus. Je n'aurai pas besoin de berceuse, ce soir.

Et cette nuit-là fut pour Valérie les retrouvailles d'un sommeil paisible, profond et régénérateur. Ses démons l'avaient désertée et elle en fut ravie.

Jean-Pierre quant à lui, était trop surexcité pour dormir. Il repensait à ce que Valérie avait dit lorsque Jacinthe lui avait remis son télégramme. « C'est précieux pour moi ». Serait-ce un aveu de son amour pour lui ? Il aimerait le croire.

Valérie avait changé sa vie. Il la voulait dans son existence aussi souvent et aussi concrètement qu'elle occupait ses pensées jour et nuit. Il voulait qu'elle soit sa femme, pour le meilleur et pour le pire. Car il avait une soif aiguë qu'elle partage tous ses projets, ses désirs, ses joies, ses folies.

Mais il la voulait aussi près de lui pour lui tenir la main lorsqu'elle pleurait, pour la soulager de l'angoisse d'être seule avec sa fille, pour l'aider à surmonter ses démons du passé. Il voulait qu'ensemble, ils se créent un avenir merveilleux.

Il aimait Valérie intensément. Il espérait aussi voir dans ses yeux cette étincelle de joie qui n'existait pas lorsqu'il l'avait connue. Il adorait son visage, son corps et absolument tout ce qui émanait d'elle. Il voulait que Valérie l'aime aussi passionnément que lui-même.

Un bouquet de myosotis

Le lendemain, avant de quitter Québec, Jean-Pierre se dirigea vers le cimetière sans qu'ils en aient fait mention ni l'un ni l'autre.

— Pourquoi m'amènes-tu ici ? demanda Valérie, intriguée.

— Tu ne veux pas aller saluer ta mère ?

— Comment peux-tu y avoir pensé ? Je n'osais tout simplement pas t'en parler. Je trouvais cela un peu incongru après les noces endiablées.

— Je crois que je commence à te connaitre plus que tu ne le crois, c'est tout. J'ai apporté ce qu'il te faut ! C'est derrière, sur le banc.

De plus en plus surprise, Valérie se retourna et prit dans ses mains la boîte et lorsqu'elle l'ouvrit, sentit un frisson lui vriller les flancs.

— Un bouquet de myosotis ? Jean-Pierre, je n'en reviens pas !

— Tu m'avais bien dit que c'était les fleurs préférées de ta mère ? Je l'ai acheté tôt ce matin, chez le fleuriste près du centre commercial.

— Jean-Pierre, tu es un amour !

— Je sais, dit-il d'un air moqueur, en lui souriant. Va. Je t'attends ici. Prends tout ton temps.

Elle sortit de la voiture, son bouquet de myosotis aux mains, émue de la discrétion qu'il montrait en la laissant seule pour sa visite. Elle aurait été mal à l'aise de sa présence et il avait tout compris. Valérie était renversée par une telle sensibilité et un tel respect venant d'un homme. Tout en s'approchant du monument de sa mère, le visage de Valérie s'assombrit, comme déjà plongée dans sa méditation et son passé menaçant.

Se penchant sur la stèle blanche, elle sursauta. Un bouquet de myosotis, tout frais, y reposait déjà. Comme assaillie d'évidence, elle tourna la tête, affolée, à la recherche de ce donateur inconnu. Et malgré son refus, elle ne put qu'imaginer l'invraisemblable.

Son père était bel et bien revenu et il portait lui-même un bouquet de myosotis à sa mère, régulièrement. Cette certitude lui sauta aux yeux puisqu'elle se souvenait très bien le jour de son départ pour Charlevoix, lorsqu'elle était venue au cimetière.

Elle avait cru alors que le bouquet découvert ce jour-là était le cadeau d'un des visiteurs assidus des cimetières. Alors qu'aujourd'hui, elle avait la conviction qu'il n'en était rien. Il venait ici. Pourquoi ? Il les avait quittés, les avait abandonnés, il ne pouvait donc pas entretenir un souvenir tendre à l'égard de sa mère. Espérait-il la voir ? L'aborder ?

Prise d'une frénésie soudaine, déstabilisée, elle parcourut encore les alentours des yeux. Elle ne pensa qu'à fuir ce lieu pouvant lui apporter la confrontation qu'elle ne voulait surtout pas subir. Elle déguerpit sur-le-champ, courant jusqu'à la voiture de Jean-Pierre qui lui ouvrit la porte, avant même qu'elle ne puisse esquisser le moindre geste.

— Que se passe-t-il ? lui demanda-t-il, pendant qu'elle refermait la portière. Tu n'as pas laissé ton bouquet ?

— Partons vite, je te prie, put-elle articuler, une énorme angoisse lui bloquant la gorge. Tout de suite, Jean-Pierre.

Celui-ci, les yeux sombres, n'ajouta rien de plus. Il démarra et quitta le cimetière, mettant toute son attention pour laisser derrière eux, le plus vite possible, ce lieu d'émoi, alors que Valérie ouvrait la vitre de l'auto et jetait au loin, le bouquet de myosotis, sous l'oeil outré de Jean-Pierre.

Le jeune homme resta toutefois silencieux et prit rapidement la direction de Charlevoix, respectant le silence lourd de Valérie. Celle-ci affichait le visage fermé qu'il connaissait si bien pour avoir utilisé une tonne d'énergie et d'imagination pour le vaincre.

Il ne voulait pas intervenir, sentant le combat que se livrait Valérie contre des démons ressuscités, peut-être, mais contre les larmes, la colère et la douleur, surement. Il ne pouvait pas analyser adéquatement ce qui se passait chez Valérie, car il était incapable de lire sur ses traits, devant garder toute son attention sur la route. Mais il attendait, confiant, ses explications. Ce qui ne sut tarder.

— Il est revenu. Et il a laissé un bouquet de myosotis sur la tombe de ma mère. Le salaud ! Il a beau jeu alors qu'elle est morte, maintenant !

Et Valérie raconta à Jean-Pierre ce qui s'était passé ces

dernières semaines : l'appel du détective privé, la conversation avec Madeleine et toute cette angoisse et cette peur qui ne l'avaient pas quittée depuis.

— Valérie, pourquoi ne pas me l'avoir dit plus tôt ? demanda Jean-Pierre, pendant qu'il immobilisait l'automobile sur le bord de la route.

— J'en étais incapable. Et puis, j'avais l'impression que c'était irréel et de ne pas en parler confirmait cette sensation. Mais que me veut-il ? Pourquoi ? Je ne veux plus le voir. Pour moi, il est mort !

— Valérie, attends un peu. Tu ne sais rien officiellement. Tu n'as pas écouté ce que voulait te dire ce McNicoll. Tu te trompes peut-être.

— Je sais qu'il est revenu. Je le sens. Crois-moi, c'est la vérité.

Jean-Pierre caressa l'épaule de Valérie, timidement, n'osant pas l'étreindre comme il en mourait d'envie, de peur d'effaroucher cet animal blessé qu'était aujourd'hui la femme qu'il aimait.

Oh ! oui, je l'aime, se dit-il, le coeur serré. *Je l'aime autant et davantage qu'on peut aimer.*

Puis Valérie se retourna vers lui et l'expression désespérée qu'il lut sur son visage lui pinça le coeur. Il lui caressa la joue, elle lui sourit modestement et il remit en route la voiture, conscient qu'il n'y avait rien d'autre à dire ou à faire pour le moment.

La fameuse lettre

Jean-Pierre quitta le petit chalet no 4 de La Mitonnée, le 27 décembre. Il avait déniché un grand appartement ensoleillé, avec un balcon donnant sur une vue superbe du fleuve. Il était très heureux de sa petite trouvaille.

Le logement était vieillot, mais extrêmement bien tenu avec des planchers de bois et des poutres au plafond. Les murs, composés de planches, comme à l'ancienne, ajoutaient une chaleur particulière au décor. À part sa chambre et une petite cuisine, tout s'étalait à aire ouverte avec quelques demi-murs délimitant l'espace.

Jean-Pierre avait hâte d'être installé. Il allait pouvoir enfin libérer son garde-meuble à Québec, qui avait recueilli tout son mobilier et ses affaires personnelles lorsqu'il avait trouvé son emploi au Cégep. Il ne lui manquait que quelques petits ajouts, ici et là, et il les avait déjà repérés dans les boutiques de la région.

Valérie n'avait encore rien vu de tout cela. D'ailleurs, il ne lui en avait pas parlé encore. Depuis leur retour des noces de Jacinthe, il faut dire que les événements s'étaient précipités et que leur relation devenait un peu cahoteuse.

Valérie lui en voulait de l'insistance qu'il usait auprès d'elle pour qu'elle règle l'histoire de la lettre amenée par le détective privé, quelques jours plus tôt. Il regrettait de s'être acharné ainsi. Il avait peut-être eu tort.

Il y a deux jours, ils s'étaient disputés à ce sujet et Jean-Pierre avait cru bon de s'éloigner un peu pour laisser retomber la poussière. Il en avait donc profité pour venir à l'appartement faire la peinture et l'aménagement nécessaires à son nouveau logis.

Il avait mis bien du temps à se décider à chercher véritablement un appartement. Il était bien au sein de La Mitonnée et il espérait toujours que Valérie et lui emménagent ensemble, avec la petite Marie-Ève et son chat Canelle. Mais les dernières semaines lui avaient appris que la jeune femme n'était pas prête à cela du tout.

Il lui fallait être patient. Elle ne serait pas disposée à un engagement envers lui tant et aussi longtemps que son passé ne serait pas éclairci et assumé. Jean-Pierre aimait Valérie et il attendrait tout le temps qui serait nécessaire à celle-ci pour partager sa vie.

Au même moment, à l'Auberge La Mitonnée, Valérie commençait à manquer de patience. Il lui semblait qu'il y avait des mois qu'elle avait fait un travail intelligent à l'Auberge.

Elle avait laissé en plan, depuis plusieurs semaines, son projet de l'ajout d'un pavillon multi-services. Elle espérait y regrouper toutes les commodités techniques de restauration pouvant être utiles à la clientèle des mini-congrès qu'elle espérait attirer à La Mitonnée.

Sur son bureau, reposaient depuis des semaines les offres de service, les estimations qu'elle avait ramassées ici et là ou qu'elle avait effectué elle-même ainsi que l'étude de marché fournie par l'Association touristique régionale de Charlevoix. Tout était prêt pour qu'elle puisse analyser concrètement son projet et prendre ses décisions.

Mais Valérie avait complètement perdu sa motivation. Ses apparitions à l'Auberge lui semblaient stériles et elle avait presque du remords à encaisser son salaire tellement son travail lui semblait improductif.

Toutes les angoisses et les inquiétudes qui la visitaient jour et nuit ces derniers temps, lui avaient enlevé l'énergie et l'enthousiasme qui l'habitaient lorsqu'elle avait accepté de devenir la partenaire de Madeleine. Il lui semblait qu'elle se butait au mur des Lamentations tellement elle aurait eu le gout de s'y cogner la tête sans arrêt pour anéantir toutes les horreurs qui se bousculaient dans son cerveau.

— Il me faudra bien affronter la réalité un bon jour, ce n'est pas vrai que le temps arrange les choses. La preuve ! se dit-elle à voix haute en se levant pour se diriger vers la commode de sa chambre.

Elle y vit la lettre de son père qu'elle n'avait pas encore ouverte. Ou du moins, elle croyait fermement que c'est lui qui en était l'auteur. La lettre était là à l'attendre, comme un ticket qui surgit d'une boîte métallique d'un stationnement payant. Elle devait la prendre cette lettre, comme ce ticket qui lui serait destiné. Mais elle reculait toujours devant ce geste, car elle se refusait d'en payer le prix.

Le détective privé était venu porter la lettre lui-même pendant son court voyage à Québec. À son retour, Madeleine avait voulu la lui remettre. Mais prise de nausée, Valérie avait été incapable de toucher cette enveloppe comme si elle contenait sa condamnation à mort. Violemment émue, Valérie avait laissé Madeleine en plan, la lettre à la main, et avait couru se réfugier à l'Auberge, pendant six heures d'affilée. Madeleine l'avait donc déposée là, sur sa commode, sans lui reparler de l'incident.

Valérie était consciente d'agir parfois comme une enfant terrorisée. Elle s'en voulait de sa faiblesse et de son impuissance dans ces moments-là. Jean-Pierre lui demandait presque tous les jours si elle comptait lire le message de l'enveloppe et elle répondait toujours la même chose : Un NON catégorique qui ne souffrait aucune remarque supplémentaire.

Jusqu'au jour où il avait insisté plus fermement, mettant le doigt sur sa peur, d'une façon si pressante, qu'elle avait été poussée à s'insurger. Elle avait haussé le ton et ils avaient eu leur première dispute.

— Jean-Pierre Turmel, cesse de me harceler avec cela !

— Il est temps que tu réagisses, Valérie. Tu ne peux pas te cacher toute ta vie et te mentir à toi-même.

— Facile à dire, pour toi, ce genre de chose. Tu n'as rien connu de la sorte de toute ta vie !

— Je le sais. Mais j'ai connu la paralysie devant le destin amer. Et je sais par expérience que la seule solution, c'est de faire face. Tu dois avancer, Valérie.

— Mêle-toi de tes affaires, veux-tu ?

— Justement, ce sont mes affaires, Valérie Morin. Quand il s'agit de toi, c'est mon affaire. Et je ne te laisserai pas fuir cette fois-ci. Nom d'un chien, tu n'es pas ce genre de femme inconsciente et apeurée par ton ombre au point de ne jamais pouvoir prendre de décisions ! Ou je me suis complètement gouré à ton sujet !

Valérie fulminait. Non, mais pour qui se prenait-il ? C'était sa vie après tout. Il n'avait pas à lui dire quoi faire ni quand le faire. Elle ne se laisserait pas manipuler ainsi. Cette sacrée lettre, elle n'en avait rien à faire. Elle pourrirait là, s'il le fallait. C'était à elle de décider.

— C'est à toi de décider, reprit-il, comme s'il avait entendu ce qu'elle pensait. Mais seulement quand tu l'auras lu, tu pourras faire ce que tu veux. Tu n'as pas le droit d'établir le verdict sans entendre l'argumentation de ton adversaire.

Jean-Pierre avait délibérément utilisé le terme adversaire. Il savait que Valérie se disputait une guerre intérieure dont l'enjeu était la confrontation de Valérie avec son passé et l'idée qu'elle s'en faisait.

Il souffrait d'avoir à la repousser dans ses derniers retranchements, mais il la sentait mûre pour y faire face. Jean-Pierre n'avait pas de certitude en ce sens. Mais son optimisme habituel l'obligeait à avoir confiance en Valérie.

Elle se déroba de son regard et le quitta, prétextant du travail en attente. Il tenta de la toucher pour recréer un lien qui semblait vouloir se perdre dans un brouillard inquiétant. Mais elle recula et le salua, froidement. Jean-Pierre abandonna, certain qu'une insistance de sa part aurait été interprétée comme un assaut pour Valérie.

— Je t'aime Valérie, s'entendit-il dire, réalisant que c'était la première fois qu'il lui faisait cet aveu clairement, sans métaphore ni faux fuyant.

Valérie ne se retourna même pas et Jean-Pierre espéra que la confiance qui l'habitait ne le trahirait pas.

Valérie monta alors à sa chambre et voyant la lettre toujours aussi insolente qui la narguait du haut de la commode, elle l'avait frappée du dos de la main et l'enveloppe avait virevolté et tombé à plat, près de son petit coffre à bijoux. Et il y avait deux jours qu'elle reposait ainsi, comme en sommeil, Valérie trop orgueilleuse pour répondre à son appel, après la remontrance de Jean-Pierre.

Mais aujourd'hui, elle décida que cette bouderie avait assez duré. Jean-Pierre avait raison, même si d'accepter cette affirmation faisait mal à son orgueil.

— Je dois lire cette lettre. Maintenant ! décida-t-elle.

Et avant que sa résolution ne faiblisse, elle déchira le papier de son auriculaire droit et prit dans ses mains tremblantes les deux feuilles menaçantes. La première était signée par le détective privé et ne contenait que quelques lignes :

Pour faire suite à notre conversation téléphonique, à la demande de mon client, M. Robert Morin, je vous fais suivre par la présente, un message de sa part.

Nous attendons une réponse de vous, le plus tôt possible. Vous pouvez me joindre en tout temps, aux numéros qui suivent plus bas, ainsi que par mon télécopieur.

Valérie aurait voulu ne pas lire la deuxième feuille qui, elle le savait, achèverait de la troubler. Ses yeux lui brulaient et il semblait que les mots s'amusaient à danser pour mieux l'intimider. Mais elle décida d'aller jusqu'au bout :

« Valérie,
Je sais que je n'ai pas le droit de surgir ainsi dans ta vie. Mais à

mon âge, le temps nous presse parfois pour faire les choses essentielles.

Je veux te revoir. Je ne demande pas à être pardonné. Je demande seulement une dernière chance. Ce sera à tes conditions : quand et où tu voudras.

J'ai fait une erreur irréparable dans ma vie : fuir.

Je te supplie de ne pas faire la même que moi.

Ton père qui t'aime. »

Les battements de coeur de Valérie se percevaient douloureusement à ses tempes, sa respiration semblait avoir ralenti au point qu'elle n'avait plus conscience que l'air circulait dans ses poumons. Elle sentit ses jambes défaillir et elle eut le réflexe de s'asseoir sur son lit, ne sachant absolument pas ce qui avait pu lui permettre ce dernier sursaut de conscience.

Valérie eut une image fugitive d'un visage tout près du sien, d'une voix rauque, mais douce qui lui disait : « Ma caille, ma petite caille, qu'allons-nous devenir ? »

Donner suite ?

Valérie ne sut pas trop comment elle se retrouva à Saint-Irénée, à l'ancienne ferme de Rosaire. Elle descendit de voiture, prit le petit sentier entre deux clôtures déglinguées et s'enfuit dans la parcelle de forêt qui avait été le domaine de son enfance chez son parrain et sa marraine. Elle retrouva familièrement les odeurs et les chants des oiseaux.

Elle avait du mal à marcher. La neige était profonde et elle fut heureuse de découvrir un petit sentier balisé, probablement tributaire des motoneigistes qui devaient s'en donner à coeur joie, dans ce milieu immaculé.

Elle retrouva sans peine les quatre grandes épinettes, plantées dans un carré presque parfait où les grosses branches inférieures créaient un refuge naturel. Elle s'y pencha et découvrit qu'à peine quelques brins de neige s'y étaient aventurés et avaient blanchi le sol.

Il y faisait presque bon, malgré le froid cinglant de décembre. Elle s'y engouffra, s'assit par terre, tout heureuse de retrouver ce havre de paix qui l'abritait, petite, quand les peines ou les douleurs la tourmentaient.

Aujourd'hui, malgré le recul des ans, elle s'y sentait autant en sécurité et en paix que par le passé. Assise contre le tronc, les pieds à plat, les jambes relevées et entourées de ses deux bras, elle appuya la tête sur ses genoux et laissa ses larmes couler doucement, abondamment, comme une complainte ancienne presque oubliée.

L'on était à quelques jours seulement de Noël. Pendant que Valérie était à des millénaires des réjouissances des Fêtes, Madeleine, les mains pleines de farine, terminait les beignes et les mokas qu'elle préparait traditionnellement pour le temps des Fêtes.

Il avait été décidé de réveillonner avec les quelques clients de l'Auberge qui avaient réservé pour l'occasion. Ils devraient être environ une quinzaine en tout. Le réveillon se tiendrait le 24, à la bonne franquette, chacun apportant un peu sa petite part pour le buffet de fin de soirée.

Valérie ne voulait pas retenir les services de son personnel pour le réveillon, et elle avait bien raison. « C'est Noël pour tout le monde, avait ajouté Madeleine. Nous nous débrouillerons. » Ils étaient quand même trois, avec Rosaire, et peut-être même quatre, si Jean-Pierre se joignait à eux.

Madeleine sentait qu'il s'était passé quelque chose entre les amoureux. Elle n'avait pas vu Jean-Pierre depuis quelques jours et elle savait qu'il quittait sa chambre après Noël. Peut-être avaient-ils eu un différend à cause de la lettre de Robert. Elle avait été abandonnée sur la commode pendant toute une semaine.

Puis, ce matin, Madeleine avait retrouvé l'enveloppe déchirée et les deux feuillets par terre, dans la chambre de Valérie. Les avait-elle lus ? Madeleine s'y était hasardée et pour la première fois de sa vie avait commis un péché grave d'indiscrétion.

Mais après coup, elle n'en ressentait plus de remords. Ça lui avait permis de prendre le pouls de la lettre et elle en était contente. Robert y avait écrit exactement ce qu'il fallait. Qu'allait-il advenir maintenant de tout cela ? Qu'allait décider Valérie à ce sujet ? Allait-elle fuir ou affronter son destin ?

Le lendemain, ils étaient tous attablés à la cuisine pour le souper. Marie-Ève venait tout juste de se retirer pour aller au salon écouter la télévision. Valérie se servant un café, sur le comptoir, tournait le dos à Madeleine et à Rosaire. Celui-ci regarda intensément sa femme, et les yeux froncés, pointa du menton Valérie, l'air de dire : « Allez, parle ! » Madeleine, un peu mal à l'aise, regarda dans la direction de sa nièce et laissa tomber abruptement :

— Valérie, as-tu l'intention de donner suite à la lettre de ton père ?

Surprise, Valérie laissa échapper sa cuillère qui tinta contre le plancher et alla rebondir un peu plus loin, près de la cuisinière. Elle se retourna lentement, se laissant le temps de reprendre contenance. Impassible, elle les regarda, pendant que le couple attendait son verdict.

— Je l'ignore.

— Il le faut pourtant, ma belle, affirma Rosaire, qui contrairement à son habitude, osait intervenir dans ce qu'il appelait « les secrets de famille ».

— Ce n'est pas une obligation pour moi ! répondit Valérie, un peu trop vite.

— Valérie, reprit doucement Madeleine, il te faut régler tout ça.

Je sais que ce n'est pas très agréable, mais toute ta vie est bouleversée par ce passé auquel tu refuses de faire face. Ces dernières semaines à l'Auberge...

— Ça va passer Mado, ajouta Valérie promptement, le ton de sa voix devenu nerveux et saccadé. Je sais que je ne suis pas vraiment géniale ces temps-ci, mais ça n'arrivera plus !

— Là n'est pas la question, ma douce, répondit Madeleine, magnanime. Tu es submergée par tout ça et tu n'es plus toi-même. Souviens-toi de cette colère envers le cuisinier, hier, elle était franchement déplacée. Et tu le sais très bien !

— Ouais, je sais. J'irai m'excuser.

— Valérie, tu ne comprends pas. Tes excuses ou tes gestes pour réparer les pots cassés autour de toi ne suffisent plus. Tu dois régler le problème à la source.

— Marie-Ève commence à se poser des questions à ton sujet, renchérit Rosaire. Elle comprend bien, elle aussi, que tu n'agis pas comme d'habitude. Je ne sais plus quoi lui dire.

— Et Jean-Pierre, tu crois qu'il mérite tout ça ? ajouta Madeleine, encore plus doucement, bien consciente que leur insistance affectait leur nièce.

Valérie ne répondit plus. Ses épaules s'étaient affaissées soudain et son visage avait retrouvé cette tourmente qui ne la quittait plus depuis des semaines. Elle ressentait un profond désespoir, comme si on la poussait à reculons dans un immense trou noir.

Elle s'approcha d'eux et s'assit. Elle les regarda attentivement l'un et l'autre, ignorant quoi faire. Un blizzard noyait ses pensées et elle aurait tant voulu se laisser doucement glisser vers cette inconscience qui l'appelait, au-delà de cette réalité menaçante.

— Je n'arrive plus à penser correctement, dit Valérie. Tout se brouille dans ma tête. Je me sens prise au piège.

Rosaire prit une main de Valérie dans les siennes et la tenant précieusement, il lui dit :

— Ma belle, tu te rappelles quand on soignait les lapins tous les deux, à la ferme. Tu avais 5 ans.

Valérie esquissa un sobre sourire au souvenir de cet incident de son enfance.

— Il y avait, dans le clapier, ce petit albinos qui t'avait impressionnée. Tu avais dit que personne ne l'aimerait parce qu'il était trop différent, qu'on le rejetterait et qu'il mourrait de chagrin. Tu avais compris ce jour-là la richesse, mais les dangers de la différence.

Rosaire caressa à nouveau la main de Valérie et continua :

— Ton père, c'est un peu cet albinos aujourd'hui. Il sait qu'il t'a fait souffrir, et ton frère, et ta mère aussi. Il sait que sa vie a fait de lui un homme différent. Qu'on le rejette. Mais est-ce qu'il mourra de chagrin, Valérie ?

La jeune femme était profondément bouleversée. Les larmes sur ses joues reprirent leur pouvoir et Madeleine entoura les épaules de Valérie de son bras, dans un geste spontané de protection. La vie était tellement impitoyable avec sa nièce. Quand donc trouverait-elle son oasis de bonheur ?

Des petits pas s'approchèrent de la cuisine. D'un regard, Rosaire fit comprendre à Madeleine qu'il les laissait seules maintenant et qu'il prenait en charge Marie-Ève. Ils s'éloignèrent ensemble vers l'étage et Madeleine comprit que son mari allait donner le bain à la fillette, lui lirait une histoire et l'installerait au pays des rêves.

Valérie n'eut pas conscience de tout cela. Madeleine lui caressait le dos tendrement, doucement, et peu à peu elle sentit que Valérie reprenait contrôle d'elle-même. Elle se leva et prépara du café frais pendant que sa nièce se mouchait bruyamment. Madeleine revint avec deux tasses de café bien chaud et s'assit à nouveau près de Valérie. Celle-ci prit finalement la parole :

— Rosaire semble vouloir que j'use de sollicitude envers mon père. Mais c'est la colère et la haine qui m'habitent, Madeleine. Comment pourrais-je lui pardonner ?

— Personne ne t'a demandé cela. Même ton père lui-même dans sa lettre n'en exige pas autant. Il veut simplement te revoir.

Valérie ne releva même pas l'évidence de l'indiscrétion de Madeleine qui avait lu la lettre de son père. Elle continua :

— Il m'a dit de ne pas faire la même erreur que lui et de fuir. Jean-Pierre aussi, d'ailleurs. Ah ! Madeleine, quel gâchis !

— Rien qui soit irréversible, Valérie.

— Que vais-je faire ? Aurais-je la force de le revoir ?

— Oui, Val. J'en suis certaine.

— Viens avec moi, Mado, dit Valérie en se retournant brusquement vers elle. Avec toi, j'aurai la force d'affronter n'importe quoi.

— Non, ma douce. Tu dois y aller seule. Tu as rendez-vous avec ton passé et ta vie.

Les yeux tristes, Valérie regarda Madeleine et comprit que le piège se refermait sur elle. Elle ne pouvait plus faire marche arrière. Encore une fois, le destin l'avait rattrapée. Mais cette fois-ci, elle était seule. Cruellement seule. Et personne ne pouvait vivre pour elle ce moment qui la déchirait. Elle se devait d'y faire face une bonne fois pour toutes.

La période des Fêtes

Décembre tirait à sa fin. La neige avait pris ses assises et laissait ses coulées blanches partout sur les champs et sur les routes. Nul doute, l'hiver avait élu ses quartiers dans Charlevoix. Le froid avait surpris tout le monde dans cette période animée du temps des Fêtes qui amenait tout un chacun à beaucoup de déplacements pour se rencontrer et fêter ensemble.

L'Auberge La Mitonnée avait réussi à créer une atmosphère d'antan pour son réveillon de Noël. Tous les invités étaient allés à la messe de minuit en carriole. Rosaire avait convaincu un ami, propriétaire d'un ranch, à offrir ce luxe aux touristes.

Les gens de la ville avaient apprécié cette promenade jusqu'à l'église, au son des grelots et du crissement de la neige sous les sabots des chevaux. La messe avait eu quelque chose de magique avec sa chorale de jeunes, sa crèche vivante et le fameux Minuit chrétien chanté fièrement par le bedeau de la paroisse. Les voeux de *Joyeux Noël* et de *Bonne Année*, échangés par tous, sur le perron de l'église, avaient rappelé à Rosaire et Madeleine leurs souvenirs d'enfance.

Le repas à l'Auberge avait également soulevé l'enthousiasme de chacun. L'apéritif et le vin aidant, une chaude camaraderie s'était vite installée et la fête avait battu son plein jusqu'à l'aurore. Marie-Ève s'était endormie près du piano, là où quelques clients s'étaient réunis spontanément pour chanter des cantiques de Noël.

Pendant quelques heures, Valérie avait réussi à oublier ses tourments des derniers jours. Elle avait presque retrouvé une certaine joie de vivre. Mais Jean-Pierre lui avait manqué. Il réveillonnait chez ses parents à Québec. Et Valérie n'avait pu le suivre à cause du réveillon de La Mitonnée. Du moins, s'était-elle justifiée ainsi…

Mais ils s'étaient réconciliés avant son départ. Elle lui avait raconté tout ce qu'elle ressentait au sujet de son père et avec l'aide de Jean-Pierre, elle avait encore une fois réussi à dédramatiser la situation, à prendre cet événement au jour le jour, sans se faire violence.

Finalement, Valérie avait compris que Jean-Pierre avait un peu provoqué cette séparation de quelques jours pour lui permettre un recul face à tous ces bouleversements. Peut-être pensait-il que cette appropriation de son passé devait se faire dans l'intimité de sa famille, sans lui.

Il n'en demeurait pas moins que Valérie était extrêmement perturbée par le retour inattendu de son père. À son corps défendant, elle avait accepté cette rencontre, mais l'avait repoussée après la période des Fêtes, car pour le moment, elle se sentait trop vulnérable pour y faire face.

De plus, elle se refusait de troubler cette période magique de Noël, tant attendue par sa fille. Ainsi, elle avait fait parvenir un mot au détective McNicoll, où elle fixait le rendez-vous au samedi 4 janvier à 19 h 30, au Bar Le Mirton, à La Malbaie.

C'était un petit café tranquille où la musique douce permettait les conversations, sans avoir à hurler pour se faire entendre. De plus, au sous-sol, l'espace était aménagé en petits ilots intimes qui assureraient la discrétion et l'isolement exigés par cette rencontre particulière.

Depuis que Valérie avait pris cette décision et résolu d'aller de l'avant, elle avait l'impression d'avoir évacué un lourd poids de ses épaules. Pourtant, elle était convaincue que rien n'était fini, et loin de là. Mais de savoir le processus enclenché et l'impossibilité de retourner en arrière, l'avait comme obligée à s'adapter, et à braver la tempête.

Valérie avait donc retrouvé un fragile équilibre et Marie-Ève était maintenant en harmonie. Comme Valérie ne voulait pas mettre en péril ce moment positif, elle avait omis, pour l'instant, de lui parler de Robert.

Interrogée par sa fille sur les raisons de sa mauvaise humeur passée, elle lui avait expliqué qu'elle était fatiguée. Marie-Ève avait été heureuse d'apprendre qu'elle n'avait rien à voir avec le courroux de sa mère et s'était remise à rire et à jouer comme devait le faire une enfant de son âge.

Jean-Pierre était revenu de Québec le 26 décembre, en fin d'après-midi. Valérie avait été heureuse de son retour, plus qu'elle ne l'aurait cru, et l'avait reçu avec une excitation qui l'avait surprise elle-même.

Le lendemain, le déménagement de Jean-Pierre s'était effectué dans l'entrain et la joie. Le camion de déménagement était arrivé vers 11 h et tous les meubles avaient été rapidement placés par Rosaire et Jean-Pierre.

Comme l'Auberge était fermée du 27 décembre au 2 janvier, Madeleine était également venue les aider. Même Marie-Ève avait participé et vers 18 h, l'appartement était parfaitement habitable. Ne restaient plus que quelques boîtes à vider, comprenant pour la plupart des livres et des souvenirs de Jean-Pierre ainsi que tous ses équipements informatiques.

Le nouveau locataire avait invité tout le monde à souper pour le Jour de l'An. Valérie fut surprise de constater qu'il était un excellent cuisinier. Ils avaient dégusté un Boeuf Wellington merveilleusement bien réussi.

Des pétoncles avaient été servis comme entrée, puis un potage parmentier avait suivi. Madeleine avait apporté le dessert : des mokas multicolores et des beignes à profusion. Le repas avait été très agréable et s'était terminé par une course à quatre pattes entre Marie-Ève et Jean-Pierre.

Et Canelle ?

Le 4 janvier arriva beaucoup plus vite que Valérie ne l'avait prévu. Quand elle s'éveilla le matin, un sentiment d'oppression l'assaillit. Rendue au fil d'arrivée, elle en ressentait une angoisse aiguë. Mais l'événement malheureux de l'avant-midi lui fit perdre toute notion du temps et oublier l'issue appréhendée de sa journée.

Alors qu'ils déjeunaient tous ensemble au salon près du foyer allumé, comme ils en avaient souvent l'habitude le samedi matin, une auto freina brusquement dans le stationnement de l'Auberge. Ils se levèrent tous ensemble pour aller voir ce qui se passait. Ils virent un homme de haute taille sortir d'une voiture et regarder sous son automobile, du côté avant droit. Valérie vit tout de suite une tache noire et comprit immédiatement ce qui venait de se passer.

— Oh non ! Canelle ! Elle était dehors ?

— Oui, répondit Rosaire, chagriné. C'est ma faute. Je l'ai sortie tout à l'heure pour ses besoins, mais je l'avais oubliée.

Marie-Ève entendit tout cela et réalisa très rapidement de quoi il s'agissait. Elle courut à la cuisine chercher son manteau et ses bottes et suivit Valérie qui était déjà sortie.

Canelle avait saigné, on voyait du sang sur la neige. Ses yeux étaient ouverts et une légère plainte s'exhalait de sa gorge.

— Marie-Ève, va chercher une couverture pour Canelle, dit Valérie pour tenter d'éloigner la fillette, quelques instants.

— Est-ce qu'elle va mourir, Mamichou ? demanda-t-elle, les yeux implorants.

— Je ne sais pas ma puce. Va vite chercher une couverture.

Le chauffeur de l'automobile n'avait pas encore prononcé un mot. Devant les visages graves de Valérie et de Marie-Ève, il était sans voix. Mais il réussit quand même à s'expliquer :

— Je suis vraiment désolé, madame. Je ne l'ai pas vue.

— Je sais, dit Valérie en caressant la tête de Canelle.

La jeune femme examinait la chatte et voyait qu'elle semblait blessée au cou ou au bas de la tête, ce qui n'était malheureusement pas de bon augure.

Madeleine et Rosaire vinrent la rejoindre tandis que Marie-Ève arrivait avec sa propre couverture de Winnie l'ourson.

— J'ai apporté sa préférée, Mamichou.

Valérie enveloppa la chatte dans la couverture, puis évitant de la bouger, elle la déposa sur le banc arrière de sa voiture.

— Viens, Marie-Ève, dit-elle, nous allons chez le vétérinaire.

La fillette ne se fit pas prier et s'engouffra dans la voiture, à côté de sa chatte, attachant rapidement sa ceinture de sécurité. Elle flatta tendrement la petite bête, lui parlant tout doucement, comme on rassure un bébé en pleurs.

— T'inquiète pas, Canelle. Ils vont te guérir. Tu verras.

Et Valérie démarra, sans un coup d'oeil à l'automobiliste, demeuré debout près de la voiture, immobile, le visage pourpre d'embarras.

Madeleine s'employa à le rassurer et apprit que c'était un client qui arrivait pour trois jours, à l'Auberge. Celui-ci était bien malheureux d'apprendre que Canelle était la chatte de la copropriétaire de l'Auberge. Ce client allait se souvenir toute sa vie de son baptême à l'Auberge La Mitonnée.

La clinique vétérinaire était très achalandée cette journée-là. Mais les cas d'urgence étaient toujours prioritaires. Ils amenèrent tout de suite Canelle dans la salle d'examen et Audrey, la vétérinaire, décréta qu'on devait l'opérer pour juguler l'hémorragie interne.

Valérie et Marie-Ève s'installèrent dans la salle d'attente. Marie-Ève s'était mise à pleurer dès qu'elle avait entendu la vétérinaire parler d'opération. Valérie tentait de la rassurer, mais elle ne pouvait pas lui faire croire que la situation était bénigne ou banale.

— C'est quoi qu'ils lui font, Mamichou ?

— Audrey va tenter de l'opérer pour la guérir. Mais tu sais, ma puce... c'est grave ce qui est arrivé à Canelle.

— Tu veux dire qu'elle peut mourir ? dit l'enfant calmement, regardant sa mère dans les yeux.

— Oui, ma puce. Elle peut mourir. Je suis désolée.

Marie-Ève baissa la tête sur ses cuisses et croisa ses petits doigts ensemble, faisant comme une prière pour le secours de sa chatte. Valérie mit son bras autour des épaules de sa fille et de l'autre main, emprisonna tendrement les menottes de l'enfant, comme pour lui dire qu'elles étaient deux pour faire face à l'épreuve.

Comme en réponse à ce geste de compassion, Marie-Ève flatta à son tour la main de sa mère et en silence, elles attendirent.

Une heure plus tard, elles apprirent la mort de Canelle. Marie-Ève, comme une petite fille forte, ne fit pas d'éclat. Mais son visage si douloureux laissait apparaitre des rides sévères. Audrey prit le visage de Marie-Ève dans ses mains et se penchant vers elle, lui dit, tout doucement :

— Tu es une petite fille très courageuse, Marie-Ève. Canelle est surement très fière de toi.

Marie-Ève réussit à lui faire un sourire crispé et à dire au revoir. Valérie récupéra la chatte, car elle avait bien l'intention de l'enterrer dans la cour avec l'aide de sa fille, pour que celle-ci puisse lui faire ses adieux et exorciser sa peine.

Le chemin vers la maison se fit tristement. Inquiète, Valérie jetait des coups d'oeil rapides à sa fille qui pleurait sans bruit et elle essaya de la consoler un peu.

— Tu sais ma puce, Canelle ne sera pas toute seule, elle sera avec ton papa.

— Papa n'a jamais aimé Canelle, tu sais bien ! s'écria Marie-Ève.

Stupéfaite, Valérie lorgna sa fille. Quelle lucidité ! Elle avait déjà bien cerné son père malgré la douleur qu'elle ressentait à sa disparition. Elle le voyait maintenant avec réalisme. Elle avait raison. Vincent n'avait jamais aimé Canelle. Il la tolérait, froidement, sans plus.

Valérie réalisait que sa fille était très saine. Après sa mort, elle voyait son père exactement comme il avait été de son vivant. Combien de gens, par la douleur, imaginait la personne disparue comme parfaite et sans défaut comme si la mort en soi la béatifiait tout à coup et permettait à chacun d'en faire ce qu'il aurait toujours voulu qu'il soit.

Valérie jeta un dernier regard à sa fille et ajouta :

— Il y aura grand-maman Morin alors. Elle, tu sais, elle adorait les chats.

— Ta maman ? C'est vrai ?

— Oh ! oui, c'est vrai, ma puce. Elle les adorait.

Rassurée, Valérie perçut un léger sourire timide sur les lèvres de Marie-Ève.

De retour à la maison, Valérie avait beaucoup de peine à voir sa brave Marie-Ève faire le tour de la maison, amassant tous les objets ayant appartenu à Canelle. Les larmes de la fillette s'étaient retirées. Avait pris la place, une profonde tristesse à peine perceptible sur son visage, mais bien présente dans ses yeux.

Marie-Ève et Valérie avaient fabriqué un petit cercueil dans une boîte de carton et ajouté comme linceul, la couverture de Winnie. Rosaire, pendant ce temps, avait creusé un trou, près de la clôture au fond de la cour.

Ils allèrent tous l'enterrer, entourant Marie-Ève dont le chagrin était bien triste à voir. Cela dura quelques minutes et chacun versa quelques larmes sur Canelle. Marie-Ève les remercia d'avoir pensé à cette petite cérémonie en souvenir de sa chatte.

Il était donc presque 17 h quand Valérie réalisa que sa rencontre avec son père était prévue ce soir-là. Un instant, ce fut la peur panique en elle.

— Madeleine, je ne peux pas aller à ce rendez-vous, ce soir. Il est hors de question que je laisse Marie-Ève en ce moment.

— Valérie, il le faut pourtant. Marie-Ève n'est pas toute seule, nous sommes là et Jean-Pierre va arriver d'une minute à l'autre.

Dans l'après-midi, Madeleine avait averti Jean-Pierre de l'accident de Canelle et celui-ci avait promis qu'il viendrait souper et arriverait le plus tôt possible.

— Je ne peux pas, Mado. C'est impossible.

— Qu'est-ce qui est impossible ? demanda Jean-Pierre qui venait justement de les rejoindre.

Il embrassa Valérie et salua Madeleine. Celle-ci expliqua tout de suite à Jean-Pierre les réticences de Valérie concernant son rendez-vous.

— Val, tu ne peux pas te désister. C'est hors de question.

— Mais Marie-Ève est trop perturbée, elle a besoin de moi.

— Oui, surement, ajouta-t-il. Mais tu ne pars pas pour des semaines. Elle sera presque prête à aller au lit quand tu partiras. Et je serai là, ainsi que Madeleine et Rosaire. Tout se passera très bien. Tu dois aller à ce rendez-vous. Tu le sais très bien...

— Je ne sais pas...

— Valérie, ne cherche pas à éviter cette confrontation, reprit Madeleine. Même si tu as des circonstances atténuantes, tu dois faire face.

Valérie regarda tour à tour Jean-Pierre et Madeleine en soupirant. Ils semblaient se liguer contre elle, soudain, pensa-t-elle. Puis, avant même qu'elle s'oppose encore, Jean-Pierre la prit par la main et ajouta :

— Bon, c'est réglé. Va prendre une douche et te préparer. Je vais voir Marie-Ève.

Et curieusement, Valérie l'écouta docilement, sans ajouter un mot. Madeleine afficha un grand sourire de contentement.

Rencontre avec le passé

Il était 19 h 45. Valérie était stationnée devant le Bar Le Mirton. Elle essayait de se préparer l'esprit pour son rendez-vous, mais à vrai dire, elle réalisait qu'il n'y avait aucun moyen pour vraiment se disposer à pareille rencontre.

Elle essayait d'user de respiration abdominale pour calmer le trac fou qui la paralysait. Elle aurait voulu être à mille lieues de là, sur une ile déserte. Plus elle essayait de se calmer, plus l'angoisse augmentait. C'est pourquoi elle décida de cesser de tergiverser et sortit de l'auto pour aller là où elle devait être.

Quand elle pénétra à l'intérieur, la pénombre lui fit plisser les yeux. Puis, quelques secondes passèrent et ses yeux s'habituèrent peu à peu à la pénombre et elle put repérer le bar. Un serveur préparait un gin-tonic et leva les yeux vers elle quand Valérie s'approcha.

— Monsieur Robert Morin, je vous prie ?

— Vous le trouverez en bas, au box no 8, madame. C'est là-bas sur votre gauche.

— Je vous remercie.

Valérie se laissa guider par son instinct, comme un automate. Elle prit une grande respiration avant de franchir l'ilot grillagé de bois parsemé de lierres grimpants. Un homme se leva aussitôt et les yeux de Valérie scrutèrent son vis-à-vis.

Quoiqu'amaigri, son torse était encore bien charpenté et ses épaules toujours aussi larges. Le teint de son visage était plutôt terreux et ses yeux bruns perçants avaient gardé cette acuité qui avait toujours été sienne.

Il était presque chauve, seul un léger duvet blanc encerclait sa tête. Ses mains qu'il frottait l'une contre l'autre étaient noueuses d'arthrite, les veines en saillie et la peau cireuse quasi transparente donnaient plusieurs années supplémentaires à ses 64 ans.

— Bonsoir Valérie.

— Bonsoir.

— Je suis très content que tu aies accepté de me voir. Tu fais de moi un homme heureux.

— Ce n'était pas mon but, cracha Valérie, d'un ton agressif.

Robert Morin ne releva pas cette pique amère et lui sourit. Valérie, mal à l'aise, baissa les yeux et profita de ce moment pour s'asseoir et déposer son sac à main sur la chaise libre à ses côtés. Robert s'assit également, sans quitter Valérie des yeux.

— Tu es une très belle femme, ma fille, dit Robert, tentant d'amadouer Valérie.

— Merci, ajouta Valérie, complètement bouleversée que cet étranger l'appelle, ma fille.

— C'est difficile pour nous deux, tu sais, après toutes ces années. On ne sait pas trop par où commencer.

Valérie fut soulagée de l'intrusion du serveur qui vint prendre leur commande. Après l'avoir consultée, Robert commanda une bouteille de vin. Le silence s'imposa entre eux jusqu'à ce que le serveur revienne ouvrir et servir leur vin. Quand il partit, Robert continua :

— Il y a plusieurs années que je voulais te contacter. Mais c'est la mort de ton mari qui m'a décidé. Mes condoléances, Valérie.

— Tu sais, nous étions séparés quand sa mort est survenue. Mais c'était plutôt récent. Depuis juillet à vrai dire.

— Ah, je l'ignorais. Et ta fille ? Elle s'appelle Marie-Ève, je crois ?

Valérie regarda Robert, un peu déconcertée. Il avait été absent pendant presque 25 ans et connaissait pourtant beaucoup de détails de sa vie privée.

— Qui est ce détective ?

— McNicoll ? Ah, c'est une longue histoire. Disons que c'est grâce à lui que je t'ai retrouvée.

— Pourquoi es-tu parti ? demanda Valérie, bien décidée tout à coup à crever l'abcès.

— Si tu veux bien, je ne voudrais pas parler de cela tout de suite.

— Bon ! Si tu ne veux rien dire, qu'est-ce que je fais ici ? lança Valérie, en se redressant pour partir.

Robert se leva aussitôt à son tour et de la main, la retint. Valérie retira son bras vivement comme brulée vive. Elle lui tourna le dos, prête à s'en aller.

— Non, attends Valérie, reprit Robert. Laisse-moi le temps de te dire tout ça, veux-tu ? Mais, à ma manière. Ce n'est pas simple, tu sais. On ne résume pas toute une vie en quelques minutes.

Valérie vit que cet homme voulait lui ouvrir les cales de son passé, mais ignorait probablement comment s'y prendre, ne voulant pas la blesser, peut-être. Un reflet de compassion la fit se rasseoir.

— C'est bien, je t'écoute.

Robert se rassit également. Il prit le temps de leur servir chacun un verre de vin, de gouter le sien avant de tenter de mettre à jour ses secrets.

— Quand je suis parti, je ne savais pas trop où aller. Mon patron à Expo-Québec m'a permis de dormir dans une petite chambre à même les écuries de la piste de course. Puis, un client que j'aimais bien, un riche Américain, monsieur Baker, m'a offert un travail. Il vivait en Floride et avait besoin d'un nouveau chauffeur.

Il savait mon problème avec le jeu. Il disait qu'il allait m'aider à guérir définitivement. Que c'était une maladie. Je suis entré dans une clinique privée pendant cinq semaines. À ses frais. Il a tout payé pour moi. On avait des ateliers de groupe, des rencontres privées avec un psychologue. Ce fut les semaines les plus longues de toute ma vie.

Des plis creux se firent autour de ses yeux, de son nez et de sa bouche. Valérie réalisa que l'homme qui était devant elle avait beaucoup souffert. Cette pensée la surprit. Elle n'aurait jamais cru pouvoir avoir de la sollicitude envers cet homme. Pourtant, c'était bel et bien le cas.

— Quand je suis sorti de cette clinique, je suis devenu le chauffeur de monsieur Baker et je suis parti aux États-Unis. Il était vraiment super ! D'ailleurs, je n'ai jamais compris pourquoi un type comme lui s'intéressait à un gars comme moi. C'était, je crois, mon bon samaritain.

Et Robert se mit à rire, à petits coups nerveux, en regardant Valérie. Celle-ci tenta de lui renvoyer un sourire timide dans le seul but de l'encourager à continuer son récit.

— L'année suivante, j'eus une grande conversation avec monsieur Baker. Je savais que tu vivais avec ta mère, mais je ne savais pas où était Philippe et ce qu'il était devenu. Depuis ses 14 ans, nous avions eu des relations très tendues lui et moi et je voulais le retrouver. Un fils a besoin de son père.

— Les filles aussi, lança Valérie sèchement, sentant la rage monter en elle comme la lave trop longtemps contenue dans la cheminée d'un volcan.

— Oui, oui, bien sûr ! Mais ta mère te protégeait comme la prunelle de ses yeux. J'avais pris contact avec Huguette. Je voulais te revoir, renouer avec toi. Mais elle m'a dit que tu n'avais pas besoin de moi. Je l'entends encore me demander : « Qu'as-tu à donner à ta fille ? » Et c'était bien vrai, Valérie, je n'avais absolument rien à te donner, sinon mes problèmes.

Tu étais bien jeune encore. Alors que Philippe était un adulte. Et je voulais qu'il soit quelqu'un de bien. Tu comprends ?

Valérie le regarda, suspicieuse. Qu'essayait-il de faire ? Lui montrer qu'il avait été un homme bien, un bon père soucieux du bonheur de son fils ? Valérie n'en avait rien à faire. Tout cela, c'était du violon.

— Et puis, continua Valérie, tu l'as retrouvé ton fils ?

— Oui. Et c'est là que je réponds à ta première question. Monsieur Baker a chargé le détective McNicoll de retrouver Philippe. Il employait régulièrement les services de ce détective pour diverses recherches nécessaires pour ses affaires. Et il l'a retrouvé en 1974. En prison.

— En prison ? s'exclama Valérie, qui entendait parler pour la première fois que son frère avait fait de la prison.

— Oui, en prison, en Ontario. Il avait été arrêté pour possession de drogues. J'ai été le voir régulièrement, tous les mois, et nous avons beaucoup parlé... beaucoup parlé, ajouta-t-il une deuxième fois, ému, les yeux embués de larmes.

Valérie sentait l'inquiétude la gagner. Allait-elle subir une crise de regrets et de remords en bonne et due forme ? Devrait-elle subir aussi ses pleurnicheries, ses « Excuse-moi » ou ses « Pardonne-moi » ?

Mon Dieu ! Faites-moi grâce de ce calvaire, pensa-t-elle ironiquement en elle-même.

Mais ses craintes furent vaines, car Robert avait retrouvé son visage calme, presque serein, si ce n'étaient les longues rides qui zébraient son front.

— Quand Philippe est sorti de prison, il est venu vivre avec moi en Floride. Monsieur Baker lui a même trouvé un emploi de manoeuvre sur un de ses chantiers de construction. Il a alors cessé de boire, de prendre de la drogue. Il était redevenu un homme, honnête et travailleur. J'étais vraiment fier de mon fils.

Un second pincement au ventre éveilla à nouveau la rage de Valérie. Elle avait mal, tout à coup. Une douleur aiguë lui traversait le coeur, l'obligeant à respirer plus vite et plus difficilement. Comment avait-elle pu tant pleurer ce père qui n'en avait jamais été un véritable, qui s'était toujours complètement moqué d'elle ?

Le discours qu'elle entendait maintenant était le grand scénario de toute sa vie : l'indifférence de ses parents pour elle-même. Il n'était question que de Philippe ! Évidemment. Cela renchérissait la

certitude qu'elle avait toujours eue au plus profond d'elle-même :
elle n'avait pas de père.

Robert sentit que Valérie changeait d'attitude et voyait bien que
le visage de la jeune femme révélait une grande colère. Il reprit
aussitôt.

— Je sais que c'est difficile pour toi, Valérie. Mais je n'avais pas
le choix. Il n'y avait que Philippe que je pouvais aider. Ta mère
refusait catégoriquement que je te voie. Elle m'a même menacé de
faire appel à la police si je tentais le moindre rapprochement avec
toi.

— Maman n'aurait jamais fait une chose pareille, s'indigna
Valérie.

— Oh ! oui, elle l'aurait fait, sois-en certaine. Car elle a fait bien
pire.

Valérie commençait à avoir envie de crier. Elle avait droit
maintenant au discours accusateur de l'autre. Il est bien évident qu'il
devait noircir sa mère pour avoir le beau jeu, la meilleure image.

— ... et les photos que Madeleine m'envoyait.

— Quoi ? Qu'est-ce que tu as dit ? demanda-t-elle, atterrée.

— Je disais qu'heureusement, il y avait Rosaire et Madeleine qui
me donnaient de tes nouvelles et m'envoyaient des photos de toi.

— Quand ça ?

— Depuis mon départ. Grâce à eux, j'ai toujours pu te suivre
pendant ton enfance et le début de ta vie adulte. C'est pourquoi je
connaissais ton mari et ta fille.

Le temps de quelques minutes, Valérie eut l'absolue conviction
que le monstre en face d'elle avait coupé tout l'air respirable sur
place. Elle se leva d'un seul coup, nauséeuse et étourdie.

— Ça suffit ! Tais-toi. Je ne veux plus rien entendre.

Et sans tarder, elle lui tourna le dos et se dirigea vers la porte.
Elle entendit à peine son père crier son nom derrière elle. Elle
tremblait tellement qu'elle était convaincue qu'elle ne pourrait pas
conduire. Elle prit donc un taxi dans la file qui était stationnée
devant le bar. Elle donna rapidement son adresse et se pelotonna
sur la banquette arrière.

Valérie était anéantie. Elle venait d'apprendre que les seules
personnes au monde qui lui avaient été fidèles depuis sa toute
jeune enfance — du moins l'avait-elle cru — avaient toujours gardé
contact avec son père. Et à son insu.

Toute sa vie s'écroulait. Elle ferma les yeux, se cala encore
davantage sur le cuir du siège, ayant un désir pressant d'essayer de
disparaitre.

Vérité de famille

Valérie se précipita dans la maison comme une furie. Rosaire et Madeleine n'eurent même pas le temps de réagir, qu'elle les apostrophait déjà :

— Comment avez-vous pu ? Comment avez-vous osé me trahir, moi qui vous adorais, qui vous faisais une confiance aveugle ? Jamais je ne vous pardonnerai !

— Du calme ! dit Rosaire, fortement. Du calme ! Qu'est-ce qui te prend ?

— Vous gardiez contact avec lui, cria-t-elle. Pendant toutes ces années, vous m'avez menti !

— C'est assez Valérie, ajouta Rosaire, impatient. Tu vas t'asseoir ici, et m'écouter.

— Je ne t'écouterai plus jamais, Rosaire Tremblay !

— Valérie, se plaignit Madeleine, je t'en prie...

— Laisse Mado. C'est à mon tour de régler ça, cette fois-ci. Tu vas m'écouter, Valérie Morin, jusqu'au bout.

Valérie tenta un geste pour quitter la pièce et montrer son mécontentement. Mais Rosaire la fusillant du regard, lui prit le bras, et en pointant du doigt le divan, il lui dit fermement, en haussant le ton :

— Tu restes là et tu m'écoutes !

— Non, Rosaire supplia Madeleine, je t'en supplie, ne lui dis rien.

— Oh ! oui, je lui dis tout. Elle est prête à nous accuser de tous les maux, alors elle est prête à savoir la vérité.

— Quelle vérité ? questionna nerveusement Valérie, complètement déboussolée.

— La vérité sur ton père et sur ta mère. Tu as des souvenirs déformés de ton enfance, ma fille. Et il est temps de remettre les choses à leur place. Pour toi, ton père a toujours été le salaud et il a toujours eu tort. Tu l'as accusé et condamné d'avance. Mais moi, j'ai connu ton père, avant même que tu n'aies conscience qu'il était ton père. Et c'était un homme formidable !

— Quel père ? lança Valérie, folle de rage. Cet énergumène qui nous a abandonnés n'a rien d'un père !

— Ton père avait ses raisons, Valérie. Il n'est pas parti par lâcheté, par irresponsabilité ou par égoïsme. C'est faux. Il y avait déjà un an que ton père avait cessé de jouer.

Oh, je ne dis pas qu'il n'a pas fait quelques rechutes, mais il avait repris sa vie en main, retrouvé du travail et sa fierté. Il faisait tout pour reconquérir ta mère et se faire pardonner. Mais elle ne voulait rien entendre. Elle lui refusait son lit, l'humiliait et se moquait de lui. Il est parti bien malgré lui. C'est ce qu'il a découvert qui a achevé de le briser.

— Non, Rosaire, je t'en prie... supplia Madeleine en larmes.

Mais Valérie n'entendait pas Madeleine. Elle était paralysée et dévisageait Rosaire, complètement affolée.

— Qu'a-t-il découvert, Rosaire ? Dis-le à la fin, cria Valérie, perdant tout contrôle.

— Il a trouvé ta mère au lit avec son amant.

Les yeux hagards et le visage livide, Valérie crut vivre un cauchemar. Elle secoua la tête de dénégation et Rosaire reprit plus doucement cette fois, sachant que la douleur était bien assez présente dans la pièce sans ajouter l'agressivité dans les propos.

— Oui, Valérie, ta mère avait une liaison depuis quelques années quand ton père l'a appris. Jamais il n'avait soupçonné une telle chose. Il faut dire que Robert avait tricoté une vie plutôt pénible à ta mère. Il avait perdu son emploi, votre famille était gravement endettée.

Ta mère était désespérée. Elle ne savait plus quoi faire. Elle est allée rencontrer le curé de la paroisse pour lui demander conseil. Il lui a expliqué que le jeu était une maladie et que ton père avait besoin d'aide. Il l'a référé à un marguillier qui connaissait le problème. Il s'agissait de Jules Lavoie. Et c'est là que tout a basculé.

Rosaire s'était tu. Il alla au bar se servir un soda et vint s'asseoir près de Madeleine, lui prenant la main. Celle-ci avait cessé de pleurer et avait finalement accepté la nécessité de cette conversation. Après un long silence, c'est elle qui, relevant la tête, continua :

— Quand Jules et ta mère se sont rencontrés la première fois, ce fut le coup de foudre. Du moins, c'est ce que ta mère m'a raconté.

Quand je l'ai su, dans une lettre de ta mère, nous avons tout fait pour t'amener à la ferme, le plus souvent possible. Je trouvais Huguette inconsciente de te laisser dans une telle situation. Mais elle me disait que tu ne semblais même pas t'en rendre compte.

Madeleine se leva et s'approcha de Valérie. Celle-ci avait le visage dévasté et le regard qu'elle coula vers Madeleine semblait chercher des raisons à l'improbable. Rosaire s'approcha d'elles et se remit à parler, d'une voix un peu éraillée à présent :

— Ainsi, Robert avait repris sa vie en main. Pour lui, la vie s'était replacée. Du moins, le croyait-il. Il voyait bien que Huguette était devenue distante, agressive avec lui, mais il croyait que c'était parce que ta mère lui reprochait sa période de jeu.

Il avait toujours espoir de la reconquérir. Mais Huguette n'en voulait plus. Elle préférait son amant. Ça, ton père l'ignorait jusqu'à ce qu'il les découvre ce jour-là. Toute sa vie a été démolie en un instant. Il a décidé de lâcher prise et de partir. Avait-il raison, avait-il tort d'agir ainsi ? Je l'ignore. Mais il a probablement fait ce qu'il croyait le mieux.

Valérie se leva brusquement, son corps crispé laissant deviner une grande tension. Elle marcha de long en large de la pièce, nerveusement. Madeleine la suivit des yeux, observant ses pas saccadés et le va-et-vient incessant de ses bras. Puis, elle continua à son tour le récit. Elle voulait essayer de donner à Valérie le plus d'explications possible lui permettant d'objectiver le désordre de son esprit.

— Quand tu es née, ton père chercha un second travail en plus de celui de portier au Château Frontenac, afin d'augmenter ses revenus. Il devint agent de sécurité au Centre d'exposition Expo-Québec. Il y travaillait le soir et les samedis pendant tout l'été lors des courses de chevaux et l'automne pendant la période d'Expo-Québec.

Il cumula ses deux emplois pendant plusieurs années. Et c'est en 1965 qu'il commença à parier. Il s'y laissa prendre rapidement et avec avidité. Il jouait aux cartes, aux courses, et il perdait beaucoup d'argent. Même s'il gagnait de temps à autre, les dettes commencèrent à s'accumuler. Il s'absentait de plus en plus souvent. Les problèmes commencèrent.

— Ton frère Philippe, qui avait 10 ans, commença à manifester des retards à l'école, des problèmes de comportement et il fit même plusieurs fugues déjà à cette époque.

Ta mère avait de plus en plus de difficultés à le contenir, car Philippe devenait agressif. Ton père, quant à lui, ne voyait pas vraiment ce qui se passait chez lui, trop emmuré dans sa folie du jeu et ses problèmes d'argent qui commençaient à prendre des proportions énormes.

— Huguette ignorait l'ampleur désastreuse de la situation financière de Robert. Mais elle subissait ces absences nombreuses, son impatience et ses sautes d'humeur fréquentes. Les querelles étaient nombreuses entre eux et ta mère montrait de plus en plus de signes évidents de dépression : pleurs répétés, insomnie, angoisse, découragement. Son médecin lui prescrivit des médicaments et elle devint abattue, négligée et négligente.

— Si bien qu'alertée, j'ai voulu vous amener à la ferme pour que Huguette puisse se faire soigner dans une clinique spécialisée. Mais Philippe ne voulait pas se joindre à nous. Il refusait de nous suivre dans Charlevoix, disant qu'il ne voulait pas s'enterrer à la campagne.

De toute façon, Huguette a refusé votre départ. « C'est tout ce qui me reste », nous disait-elle. Alors, quand nous allions à Québec, nous amenions plein de viande et de légumes frais de la ferme, disant à ta mère qu'on en avait eu trop cette année-là et que ça se perdrait. Nous savions que ta mère était très gênée de sa pauvreté, alors nous inventions toujours une histoire pour la mettre à l'aise.

— Puis, quand tu as eu 6 ans et Philippe 16, ton père perdit son emploi. On le congédia parce qu'il avait trop d'absences au travail. Ce fut alors la débandade. Le désespoir et la frustration de ton père donnèrent un coup fatal à la relation de tes parents. Ta mère commença alors à devenir franchement dépressive, et ce, à temps plein.

— Devant notre impuissance à y changer quoi que ce soit, nous avons essayé de te protéger. Nous avons alors cherché à t'amener encore plus souvent à la ferme : à tes congés d'école, les fins de semaine et les étés entiers. Nous avons aussi tenté de soustraire Philippe de la maison, mais il avait refusé avec colère, lançant des injures au visage de Rosaire.

Valérie, tout attentive au récit de Madeleine, releva la tête aux dernières paroles de sa tante.

— Oui, je sais, reprit Valérie. Il avait traité Rosaire de « bouseux d'habitant ». Je me souviens de la colère qui m'avait habitée ce jour-là. Je me suis jetée sur Philippe et je l'ai frappé, je l'ai griffé. Je vous adorais et je n'acceptais pas que mon frère puisse vous dire ces choses méchantes.

Philippe m'a alors regardé et m'a dit, avec rage : « Espèce d'idiote, tu ne comprends rien ! » J'avais été très offusquée de sa remarque.

— Oui, je sais, je m'en souviens très bien, dit Rosaire.

— Croyez-vous qu'il savait déjà, pour maman ?

— Je l'ignore, répondit Rosaire. Mais c'est bien possible, il avait 16 ans.

L'instant de quelques minutes, Valérie parut classer toutes ses informations dans sa tête. Elle reprit, lentement :

— Ce jour-là, mon sentiment pour Philippe a changé. Et lui aussi, d'ailleurs, a changé. Il a quitté la maison. Je ne l'ai plus vu, pendant très longtemps. Et je lui en voulais tellement.

Plusieurs années plus tard, j'ai su qu'il avait fui à Vancouver avec d'autres garçons de son âge et qu'ils avaient voyagé un peu partout au pays, occupant divers emplois saisonniers : les foins, les pommes, les raisins. Mes parents avaient ignoré où il se trouvait pendant plusieurs mois.

— Oui, reprit Madeleine. Ta mémoire est exacte, Valérie.

— Ma mémoire m'a joué de vilains tours, tu veux dire !

— Ou bien elle t'a laissé prendre uniquement ce que tu pouvais pour ne pas sombrer.

Un nuage noir glissa dans les yeux de Valérie et des larmes naquirent au coin de ses paupières. La jeune femme respira bruyamment, tentant de reprendre une attitude neutre. Elle ne voulait plus pleurer.

— Pourquoi gardiez-vous contact avec mon père ?

C'est Madeleine qui reprit la parole.

— Quand Robert vous a quittés ce jour-là, c'est ici qu'il a échoué. Comme Rosaire et lui s'étaient toujours bien entendus, il est venu vers lui. Rosaire et moi l'avons alors assuré que nous lui donnerions régulièrement de vos nouvelles. Nous trouvions que ce n'était que charité chrétienne envers lui. Vous étiez sa famille, Valérie !

— J'ai toujours respecté ton père, ajouta Rosaire. Même dans ses moments les plus noirs. C'est pourquoi il m'a été si difficile de tenir ma promesse à Madeleine.

Devant les yeux interrogateurs de Valérie, Madeleine lui répondit :

— J'avais fait promettre à Rosaire de ne rien te révéler de tout cela.

L'autre côté de la lune

Valérie se leva avec difficulté de son siège, se croyant tout à coup centenaire. Elle fit quelques pas vers le foyer, s'empara du tisonnier, remua les tisons et fit jaillir des étincelles.

C'était incroyable ! Elle ne se souvenait de rien, aucun indice ou vague souvenir. Comment sa mère avait-elle pu avoir une aventure amoureuse pendant des années, sous son nez, sans qu'elle puisse en avoir conscience ?

Le téléphone sonna. Revenue soudain à la réalité, Madeleine, jetant un oeil à sa montre, se leva pour répondre en disant :

— Ce doit être Jean-Pierre. Il avait dit qu'il appellerait, tu te souviens ?

— Oui, j'y vais, répondit Valérie, en se levant péniblement.

Elle prit la communication près du bar, soudainement fatiguée et n'ayant plus aucune pudeur pour l'intimité de sa conversation.

— Oui.

— Valérie ? Tu es arrivée depuis longtemps ?

— Oh, ça doit faire environ une heure, je ne sais pas trop.

— Comment ça s'est passé ?

— ...plutôt mal.

Valérie eut soudain la gorge nouée, perdant le peu de flegme qu'elle avait retrouvé. Juste à entendre la voix de Jean-Pierre, elle devenait vulnérable.

— Tu veux que je vienne ?

— Oui, Jean-Pierre, s'il te plait !

Les larmes vinrent encore une fois mouiller son visage. Valérie avait l'impression que c'était l'anarchie des pleurs chez elle, depuis quelques semaines.

— J'arrive tout de suite, Val. Courage !

Déposant le combiné, clignant des yeux pour chasser ses larmes, Valérie vit un éclair coloré lui traverser l'esprit. Elle se rappela vaguement un magnifique cerf-volant multicolore, que lui avait donné un monsieur moustachu. Étonnée, elle secoua la tête, et perplexe, ferma les yeux, comme pour mieux retrouver cette image furtive.

Puis, Valérie entendit sa mère dans sa tête: « C'est monsieur Jules, Valérie, il est gentil n'est-ce pas de t'apporter ce beau cerf-volant ? » Et sa mère avait éclaté de rire, de ce rire si merveilleux, comme une cascade en dégel, avec des échappées. Le rire de sa mère lui avait toujours procuré une grande sécurité.

— Je me souviens, dit Valérie, tout excitée, en se tournant vers Rosaire et Madeleine.

— Tu te souviens de quoi ? demanda Madeleine intriguée.

— Maman l'appelait monsieur Jules. Oui, je me souviens. C'était un grand monsieur tout noir, avec une moustache. Il m'avait apporté un cerf-volant, un traineau aussi, puis une autre fois un cheval berçant. Il était toujours doux avec moi. Et maman souriait tout le temps ou riait beaucoup quand il était là.

Valérie fit une pause. Elle regarda son parrain et sa marraine, puis ses yeux voguèrent ici et là, cherchant encore d'autres images de ce passé qui renaissait tout à coup comme un feu d'artifice. Madeleine rompit le silence :

— Huguette m'avait dit qu'il n'a jamais habité à la maison, même après le départ de ton père.

— C'est vrai, ajouta Valérie, bien certaine. Il n'était jamais là le matin. Il appelait souvent, venait plusieurs fois par semaine, mais toujours quand mon père n'était pas là.

Madeleine réalisa que Valérie avait dit mon père avec une certaine tendresse dans le ton. Mais elle ne semblait même pas s'en être rendu compte, tout absorbée qu'elle était par son récit.

— Maman m'avait expliqué qu'il ne fallait pas lui en parler, car il n'aimait pas beaucoup monsieur Jules et qu'il se mettrait dans une grosse colère. Comme j'avais une peur bleue de mon père et que je l'évitais quand il était à la maison, c'est bien certain que je ne lui aurais jamais parlé de monsieur Jules.

Pourquoi avait-elle si peur de Robert ? se demanda Madeleine. *Ce n'était pourtant pas un homme violent. Je n'ai jamais compris cela. Peut-être s'est-il passé quelque chose que j'ignore.*

— Comment ai-je pu oublier tout ça ? se plaignit Valérie. Comment est-ce possible ?

— Je ne sais pas, dit Madeleine. On occulte parfois ce qui fait trop peur ou trop mal.

— Il avait donc raison, reprit Valérie. Je croyais qu'il noircissait maman pour se donner le beau rôle. Tout était vrai. J'ai cru connaitre la vérité pendant toutes ses années et je me rends compte que tout n'était que mensonge.

Valérie passa une main dans ses cheveux, sur le dessus de sa tête, comme si elle voulait, ainsi, faire disparaitre tout ce qui polluait son cerveau. Elle prit une grande respiration, et les yeux fermés, elle leur dit :

— Parlez-moi de Philippe.

Rosaire se tourna vers Valérie.

— Quand ton père a quitté le domicile familial, en 1972, tu avais 8 ans. Ton frère ne vivait presque plus à la maison depuis déjà quelques années. Robert avait eu tant à faire avec sa propre vie tourmentée qu'il n'avait pas pris ces fugues tragiquement. Il considérait Philippe comme un homme et il estimait que son fils était libre de ses actes.

— Je crois, coupa Madeleine, que c'est à partir de ce moment-là que ta mère a commencé à mépriser ton père. Elle ne lui pardonnait pas son inaction à ramener Philippe au bercail. Ton frère était revenu de temps à autre, mais ses fugues se faisaient de plus en plus fréquentes et de plus en plus longues. Et ta mère en souffrait beaucoup. Rosaire aussi a essayé de prendre contact avec Philippe, mais ta mère ignorant où il se trouvait, nos recherches furent vaines.

Rosaire continua son récit :

— Robert est allé vivre aux États-Unis, chez monsieur Baker. Il pouvait se refaire une vie même s'il n'arrêtait pas de dire qu'un gouffre immense s'était creusé dans sa vie sans Huguette et vous deux.

L'année suivante, Philippe revint à la maison de ta mère. Mais il comprit très vite la situation : ton père vous avait quittés et ta mère aimait un autre homme. Il ne put le supporter. Il quitta la maison en colère pour aller vivre en Ontario.

C'est trois ans plus tard, en 1975, que ton père réussit à retrouver sa trace grâce au détective privé de monsieur Baker. Philippe était en prison. Il avait été arrêté pour possession de drogues et sa libération était prévue quelques mois plus tard.

Robert l'a contacté et l'a visité toutes les semaines jusqu'à sa sortie. Puis, ton père a fait venir Philippe aux États-Unis et monsieur Baker lui trouva du travail. Philippe écrivit à ta mère pour lui dire qu'il allait vivre avec son père.

— Ta mère a pris cela comme une trahison, continua Madeleine. Je n'ai jamais pu lui faire comprendre que Philippe avait besoin de son père. Elle était scandalisée de l'attitude de Robert. C'est à cette époque-là que ta mère a commencé à m'inquiéter. Je ne comprenais pas qu'elle pense ainsi. Elle avait tellement changé que j'avais beaucoup de difficultés à la suivre.

— Ensuite Rosaire, questionna Valérie, coupant court aux états d'âme de Madeleine, que s'est-il passé ?

— Robert et Philippe demeurèrent ensemble pendant quelques années. En 1979, Philippe quitta ton père pour retourner en Ontario. Robert lui versa alors un rente mensuelle, à la condition que Philippe lui envoie de ses nouvelles, tous les mois.

C'était sa façon à lui de garder contact avec son fils. Mais surtout, de voir à ce qu'il ne retombe pas dans les mêmes pièges qu'auparavant. Car Philippe ne buvait plus et avait complètement délaissé la drogue. Robert ne voulait donc pas que cette vie de débauche recommence pour son fils et le mette à nouveau dans une situation désespérée.

— Mais tout cela ne l'a pas épargné, soupira Madeleine. Nous avons appris sa mort tragique alors que ton père n'avait plus de nouvelles de lui depuis 6 mois. Et à partir d'ici, tu connais le reste. Tu sais que ta mère a complètement perdu les pédales et ne s'est jamais remise de la mort de Philippe. D'ailleurs... peut-on se remettre de la mort de son propre enfant ?

Madeleine était triste tout à coup, profondément triste et elle se secoua pour ne pas tomber dans ce piège de morbidité.

— Mais tu sais, ma douce, une chose est certaine : vous avez été des enfants désirés. Ma soeur et ton père ont quand même eu de longs moments où ils se sont profondément aimés. Ils se sont mariés rapidement parce que Huguette était enceinte. Mais pendant dix ans, jamais ils ne le regrettèrent. Ils faisaient front ensemble.

Valérie était déconcertée. Elle ignorait cette grossesse prématurée. Que de surprises en si peu de temps.

— Au début de leur mariage, continua Madeleine, ils étaient un couple magnifique. Ils n'avaient pas beaucoup d'argent. Robert travaillait beaucoup pour joindre les deux bouts, mais ils étaient heureux, très amoureux, malgré leurs difficultés. Et ton père était très fier de ses enfants, reprit Rosaire, un homme comblé par sa famille.

— Rosaire a raison. Quand vous étiez jeunes, toi et Philippe, il jouait très souvent avec vous, comme un enfant lui-même. Si tu l'avais vu à quatre pattes avec vous deux. Vos rires et le sien, c'était un enchantement à entendre. Il vous fredonnait des berceuses et tu sais, il avait une voix merveilleuse de ténor. Dans sa jeunesse, il chantait dans la chorale de l'église et c'était le soliste des hommes.

Valérie voyait pour la première fois un côté de la lune qu'elle n'avait jamais aperçue. Ce côté n'avait rien de macabre ou de sombre. Il était plutôt plein de promesses.

— J'ai peu de souvenirs de ces doux moments, s'excusa presque Valérie. Je me souviens plutôt de ses cris, de ses colères et de la détresse que je lisais dans les yeux de maman. Mais tout est embrouillé, maintenant.

— Tu verras, ma douce, chaque morceau de ta vie prendra sa place, au moment où il le faudra, dans le creux qui lui convient. Mais tu devras être patiente. On ne refait pas une vie en quelques minutes.

— C'est drôle, mon père m'a dit quelque chose du genre, ce soir...

Une vie de mensonges

— Vous savez, je m'étais fait mon petit cinéma : mon père le méchant, ma mère la victime. C'était plus facile comme ça, je suppose. Chacun dans son tiroir.

Et Valérie éclata de rire, de ces rires nerveux et amers qui empêchent de hurler de désespoir et qui se changent presque aussitôt en sanglots douloureux. Madeleine se leva et vint aux côtés de Valérie pour l'enlacer. Sa nièce se laissa étreindre, sans honte, sans gêne, comme soulagée de ses chaines d'hier.

Rosaire se leva et se rendit près de la fenêtre donnant sur le jardin. Valérie s'était calmée et Madeleine était allé chercher un verre de cognac pour Valérie.

— Prends ça, ma douce, ça va te faire du bien.

Valérie prit le verre et la gorgée qu'elle avala sembla la faire renaitre. « Les liens du sang sont forts, très forts », lui avait dit un jour Rosaire. Elle comprenait aujourd'hui toute la portée de cette phrase qui lui avait pourtant semblé bien anodine, à l'époque.

— Que comptes-tu faire, maintenant ? demanda Rosaire.

— Je l'ignore ! Mais une chose est certaine. J'ai besoin de savoir. Tout savoir. J'ai l'impression que ma vie entière a été un mensonge.

Un instant, Madeleine fronça les sourcils et ses yeux cherchèrent ceux de Rosaire qui hocha la tête discrètement, approuvant ce que Madeleine n'avait pas dit, mais qu'il comprenait.

— Alors, attends, dit Madeleine en se levant, j'ai quelque chose pour toi.

Elle quitta le salon pour monter vers sa chambre. Valérie, intriguée, demanda à Rosaire de quoi il s'agissait.

— Attends un peu, tu verras bien, lui répondit Rosaire sans lui donner davantage d'indices.

Valérie se sentait bien impatiente. Elle voulait comprendre, maintenant, tout de suite. Madeleine revint presque essoufflée. Elle remit une clé à Valérie, ainsi qu'une lettre.

— La veille de sa mort, ta mère m'a écrit cette lettre. Dans l'enveloppe, il y avait cette clé. Elle m'avait suppliée de te les remettre uniquement le jour où tu voudrais comprendre. Alors, voilà.

Valérie regarda Madeleine, Rosaire, puis l'enveloppe et la clé. Elle était stupéfaite. Un message de sa mère ! Peut-être pourrait-elle enfin avoir la conscience tranquille si son père et sa mère donnaient chacun leur version des faits. Les vies étant toujours si interreliées, pouvait-on vraiment diviser tout cela en blanc et en noir ?

La lettre était presque brulante sous les doigts de la jeune femme. Valérie se mit à trembler à nouveau. Elle ouvrit la lettre, serrant toujours la clé dans ses mains, comme certaine de toucher sa mère par cet objet minuscule qui lui avait appartenu et qu'elle avait manipulé la veille même de sa mort. Valérie, très émue, commença sa lecture :

« Québec, le 13 août 1982

Madeleine,

Aujourd'hui, je n'ai pas pris de médicaments. Je n'en prendrai plus jamais. J'ai des choses à décider et il me faut faire ça la tête bien froide.

Dans deux jours, ce sera le service anniversaire de mon fils. Il me manque autant qu'il y a un an, le jour de sa mort. Le trou qu'il a fait dans mon coeur m'étouffe et m'engloutit.

Ma pauvre Valérie voit bien que rien ne va plus. Elle fait tout ce qu'elle peut, je le sais bien. Quand je regarde derrière moi, je sens bien que j'ai fait du mal à toute ma famille. D'abord à Robert, puis à Philippe et à Valérie maintenant. Je n'en peux plus de détruire tous les gens que j'aime.

Je te donne la clé de ma malle de mariage. C'est un peu ma vie, mon passé. Si un jour Valérie cherche à comprendre, donne-la-lui. Mais juste si tu la sens capable de connaitre toutes les horreurs de mes méfaits. Je te fais confiance, Madeleine. Tu as toujours aimé Valérie comme ta propre fille. Je compte sur toi pour l'épauler toute sa vie.

Je t'aime Mado. Comme j'aimerais retourner dans le lit de notre enfance, où nous nous serrions l'une contre l'autre, la nuit, pour dormir. Je suis si fatiguée.

Huguette »

Valérie pleurait abondamment, comme si toute la peine et la souffrance de ces années passées refaisaient surface en un seul jet par cette lettre désespérée de sa mère.

— Quand j'ai reçu cette lettre, reprit Madeleine, tu m'avais déjà appelé et il était trop tard.

La vérité

Valérie revit toutes les horreurs de cette journée. Elle revenait du Cégep. Cet été là, après sa première année en Administration, elle reprenait au mois d'août un cours d'informatique qu'elle avait échoué. Le silence lugubre qui l'attendait chez elle l'avait intrigué tout de suite.

Elle était accouru dans la chambre de sa mère pour découvrir son corps ensanglanté. Huguette était morte sur son lit, les deux poignets profondément entaillés. Avec tout le sang qu'il y avait sur les couvertures, Huguette était ainsi, depuis déjà plusieurs heures.

C'en fut trop pour Valérie. Elle avait crié, crié, telle une bête à l'agonie. Ses hurlements avaient alerté les voisins qui vinrent à son secours. Valérie était complètement effondrée. Elle avait réussi, sans jamais savoir comment, à appeler Rosaire et Madeleine qui étaient arrivés à peine trois heures plus tard.

Ils avaient découvert la triste réalité avec effondrement. La police était sur place. Le coroner ayant signé les papiers nécessaires, on se préparait à amener le corps de Huguette.

Valérie était restée prostrée jusqu'au jour des funérailles où elle avait réalisé, avec une conscience inouïe, qu'elle était désormais orpheline. Après l'enterrement, Valérie était allée vivre à la ferme pendant quelques semaines. Le temps de réfléchir, de faire le point et de prendre les décisions qui s'imposaient.

Rosaire avait finalisé toutes les procédures légales en son nom et ils avaient donné les meubles et les divers objets de Huguette à des oeuvres de charité locales. Madeleine avait récupéré quelques effets personnels de sa soeur et sa grande malle de mariage. À l'époque, Rosaire l'avait remisée sur la ferme, au fenil de la grange.

C'était si loin maintenant. Valérie se souvint alors d'avoir fermé à tout jamais sa boîte à souvenirs et d'avoir décrété un silence définitif sur son passé. C'est ce qui lui avait permis de se reprendre en main et de continuer à vivre.

Elle avait décidé d'abandonner l'administration et d'aller étudier à l'Institut d'hôtellerie à Montréal. C'était ce changement de cap qui lui avait sauvé la vie. Elle en avait encore aujourd'hui, l'absolue conviction.

Valérie revint des brumes de son passé et reprit pied dans la réalité. Elle réalisa qu'elle était dans le salon, avec Madeleine et Rosaire qui la regardaient inquiets, trop conscients des macabres images et des souvenirs douloureux qui avaient traversé son esprit. Elle essuya ses larmes et se remit à respirer normalement, peu à peu.

— Où est la malle de maman ? demanda-t-elle.

— Je crois qu'elle est au grenier, répondit Madeleine. N'est-ce pas Rosaire ?

— J'aimerais la voir, décida Valérie en se levant.

Malgré l'heure tardive, personne ne sembla trouver cette demande incongrue. Le temps semblait s'être complètement arrêté.

— Attends un peu, Valérie, ajouta Madeleine. Avant, j'aimerais te montrer quelques lettres de ta mère. Elle me les a envoyées quand elle a connu Jules. Je crois qu'elles te permettront de mieux comprendre comment elle se sentait. Ce n'était pas un monstre, tu sais.

— Mado, les quelques heures affreuses que je viens de passer me font me rendre compte que dans la vie, on fait avec ce qu'on a. Même si c'est parfois intolérable.

— Tu as bien raison, ma douce. Attends. Je vais les chercher.

Pendant que Madeleine allait quérir les lettres de Huguette, Rosaire et Valérie restèrent silencieux, chacun profondément enfouis dans ses pensées.

Les lettres de Huguette

Valérie sursauta lorsque Madeleine reparut dans le salon, tenant dans ses deux mains quelques lettres entourées d'un ruban bleu. Elle les tendit à Valérie, sans un mot. Celle-ci ressentit encore un grand respect à tenir dans les mains une résurgence du passé. Timide, elle dénoua le ruban et commença à lire.

« 12 novembre 1969
Ma chère Madeleine,
Ne sursaute pas. Je dois t'annoncer une nouvelle incroyable : je suis amoureuse. Moi qui croyais ma vie terminée, Robert se retirant de ma vie de plus en plus, je viens de rencontrer un homme merveilleux. Alors même que j'essayais en vain de faire renaitre ce qui est mort entre Robert et moi, j'ai fait la connaissance d'un homme qui est si extraordinaire avec moi que je me sens revivre.

Je te supplie de ne pas me juger. Essaie de me comprendre. J'ai 35 ans et j'avais l'impression de vivre la vie d'une vieille femme, rendue à bout d'âge, qui n'a plus rien à espérer de la vie, et voilà que Jules apparait et que je redeviens une femme désirable et désirée.

Je sais que je n'ai pas le droit. Je sais que c'est mal. Mais je l'aime et je veux vivre, Madeleine. Vivre. Est-ce donc si mal que ça ? C'est le curé qui m'a envoyé cet homme, n'est-ce pas un signe du ciel ?

J'ai tellement peur que tu ne comprennes pas. Mais pour la première fois de ma vie, j'ai envie de faire quelque chose pour moi, juste pour moi, même si je devrai un jour en payer la facture.

Je te supplie de ne pas me condamner. Essaie de me comprendre. Aie pitié de moi, un peu. S'il te plait.

Huguette »

Valérie était obnubilée par ce qu'elle venait d'apprendre. Mais elle avait l'impression d'être une intruse, de ne pas avoir le droit de lire ces lettres. Un peu comme si elle était prise en flagrant délit d'écoute aux portes.

Mais l'impatience fit disparaitre son malaise et elle continua la lecture des lettres suivantes.

« 12 février 1970
Madeleine,
Je comprends tes inquiétudes pour les enfants. Mais sois assurée que je ne ferai jamais rien qui puisse leur nuire. Je ne suis pas un monstre Madeleine, je ne suis qu'une femme amoureuse de nouveau. Jules n'est pas à la maison quand les enfants sont là ou simplement quelques fois, avec Valérie. Mais elle est si jeune qu'elle ne comprend pas. J'y vois, ne sois pas inquiète.

Robert ne sait rien. Je ne voudrais pas lui faire de mal, non plus. Et même si tu sembles croire que je suis complètement inconsciente, c'est faux, Madeleine. Je sais très bien que ce n'est que temporaire. Jules est plus jeune que moi et je sais bien que notre amour ne saura durer toute la vie. Je ne fais que boire à l'oasis dans le désert. Rien de plus.

Je saurai payer la facture en temps et lieu. Ne sois pas inquiète. Rassure-toi. Fais-moi confiance et dis-toi que je suis heureuse, maintenant. Qu'importe demain ?

Huguette. »

Puis, la lettre suivante fut lue par Valérie, tout aussi rapidement.

« 27 avril 1970
Bonjour Madeleine,
Oui, tu as raison, Robert a changé. Il ne joue plus, s'est trouvé un nouvel emploi où il voyage beaucoup. Mais il y a quelque chose de brisé entre nous. Et je n'y peux plus rien. C'est ainsi. Je ne pourrai jamais redevenir sa femme comme avant. Plus maintenant. Je suis une autre femme qui est née dans les bras d'un autre homme.

Je ne peux pas me conter d'histoire. Je me sens extrêmement coupable de cette situation. Il n'est pas permis, à nous les femmes, d'être heureuse en pensant à nous en premier. C'est permis aux hommes, mais pas aux femmes, pas aux mères. Et pourquoi ?

Philippe se doute bien de quelque chose. Je ne sais pas s'il sait pour Jules et moi, mais depuis quelques semaines, il a décidé de fuir la maison. J'essaie de lui parler, mais il est très agressif avec moi et il me juge, j'en suis certaine. Est-ce que je peux lui donner tort ?

J'ai demandé à Robert d'essayer d'intervenir, de tout faire pour que Philippe revienne à la maison. Mais Robert refuse. Il dit que Philippe a le droit de choisir sa vie. Quel père admirable !

Au revoir. À bientôt. Je t'aime Madeleine.

Huguette »

Valérie retenait son souffle. Ce qu'elle lisait lui donnait un aspect de sa mère qu'elle n'avait jamais envisagé. Il est vrai que cette correspondance était celle d'une femme avant tout. Et peut-être Rosaire avait-il raison de dire qu'elle avait connu sa mère et son père avec ses yeux d'enfant.

Néanmoins, voyait-on ses parents autrement même adultes ? Valérie était incapable, à ce stade-ci, de répondre à sa question. Elle soupira et entreprit la lecture de la dernière lettre. Celle-ci n'avait ni date, ni appel, ni signature. L'écriture était étriquée, comme déchirée. Valérie appréhendait le contenu du papier.

« La facture de ma vie m'est arrivée aujourd'hui en pleine face. Alors que Jules et moi étions... au lit... Robert est arrivé de Montréal avec deux jours d'avance. Catastrophe ! Robert est parti, sans rien dire d'autre que « J'ai compris. Tu ne me reverras plus ! » Comme j'ai été idiote et inconsciente de croire qu'on pouvait se bâtir un bonheur en se cachant, en jouant, en trichant. Je n'ai pas mieux fait que Robert de ma vie. »

Valérie laissait ses larmes couler, sans retenue. Madeleine s'était approchée pour la soutenir. Mais Valérie releva le visage vers sa tante, et ne dit plus rien concernant ses lettres. Elle demanda plutôt :

— Est-ce que je peux voir la malle de ma mère ?

— Viens avec moi, répondit Rosaire, en se levant. Je vais te montrer.

À la recherche de la malle

Valérie le suivit, tenant toujours dans ses mains les lettres et la clé. Pendant qu'ils montaient à la recherche de la valise noire, Madeleine se leva péniblement pour se rendre à la cuisine. Elle fit du café et prépara quelques sandwiches, certaine que la nuit serait encore très longue.

Là-haut, le fouillis du grenier ralentit considérablement l'impatience de Valérie. Rosaire dut transférer plusieurs boîtes ainsi que quelques meubles, mais l'exiguïté des lieux n'en facilitait pas le déplacement.

Heureusement, Rosaire se souvenait parfaitement du lieu exact où il avait placé la malle de Huguette. Après quelques minutes de recherche, ils virent le dessus rebondi d'une valise de cuir noir.

— La voilà, s'écria Rosaire. Attends, je vais la déplacer pour l'apporter près de cette chaise en osier. Il y a une ampoule juste au-dessus.

Valérie acquiesça et fit un peu de place à l'endroit indiqué par Rosaire pour accueillir la boîte aux trésors. Car c'est ainsi que Valérie s'imaginait maintenant cette découverte. Elle n'avait plus peur. Rien ne pouvait désormais la troubler davantage.

Le grenier étalait tous ses souvenirs du passé et la poussière les enveloppait comme une couverture usée. Tout ce fouillis réchauffait le coeur de Valérie. Le désordre a quelque chose de vivant qui rassure et enveloppe comme un cocon. Elle connaitrait enfin les détails de toutes les absences, de tous les creux vides de son passé, la réponse à toutes ses questions et le sens réel de tous ces mensonges.

Au moment même où Rosaire venait de déposer la lourde valise près de la chaise, Madeleine apparut en haut de l'escalier, suivi de

Jean-Pierre qui arrivait à peine. Ils virent Valérie caresser le couvercle bombé de la malle, avec une émotion non dissimulée.

— Je l'avais complètement oubliée, murmura Valérie, en levant les yeux vers Jean-Pierre qui s'approchait.

Mais celui-ci ne dit mot. Il sentait dans les yeux de Valérie qu'elle vivait un moment troublant.

— Es-tu certaine que c'est ce que tu veux, ma douce ? demanda une Madeleine plutôt inquiète des conséquences à venir.

— Plus que jamais, Mado. Rosaire avait raison, il est temps que je connaisse la vérité et que je cesse de faire l'autruche.

Jean-Pierre prit la main de Valérie dans la sienne. Ils se sourirent.

— Tu n'es plus seule avec ce passé, Val. Je suis là.

Valérie lui caressa la joue avec une tendresse infinie.

— J'ai fait du café et des sandwiches, reprit Madeleine. Est-ce que je vous apporte quelque chose ?

— Peut-être un café, merci, dit distraitement Valérie.

— Je viens avec vous Mado, pour apporter le plateau. Ce ne sera pas long, Valérie.

Et ils la laissèrent seule. Déjà, Valérie n'était plus tout à fait là. Elle semblait être à l'intérieur de cette malle, comme faisant intrusion à travers ses parois, dans les messages d'hier, tant appréhendés.

Jean-Pierre revint avec le café et les sandwiches. Valérie se sentit nerveuse. Comme pour éloigner le moment de la fouille, le plus possible, elle s'empressa de tout raconter à Jean-Pierre, depuis le moment où elle était entrée au Mirton.

Jean-Pierre écoutait, voyant toute une gamme d'émotions transparaitre sur le visage de Valérie, à travers chaque élément de son récit. Que cette soirée fut pénible pour elle, il n'en avait plus aucun doute. Oh ! comme il aurait voulu être là et lui insuffler l'énergie nécessaire afin qu'elle ne souffre pas inutilement. Mais il voyait bien que la femme qu'il aimait avait eu, encore une fois, ce courage qu'il admirait tant chez elle.

Maintenant, le couple était silencieux. Jean-Pierre était ému. Il avait décidé d'accompagner Valérie dans l'épluchage de cette valise précieuse, mais il avait décidé aussi de se faire très discret. Car cette cérémonie demandait un peu de silence, de l'intimité et beaucoup de respect.

Valérie n'avait pas encore bougé. Elle s'armait de courage pour l'inévitable. Et alors que Jean-Pierre baissait les yeux comme pour communier au geste d'assaut, Valérie introduisit la clé dans la serrure avec une grande solennité.

Pendant ce temps, Madeleine et Rosaire avaient rejoint leur chambre. Fatiguée, Madeleine était déjà allongée dans leur lit, mais elle avait relevé ses oreillers, incapable de dormir, trop accaparée encore par tout ce qui venait de se passer. Rosaire sortit de la salle de bain, frottant énergiquement ses cheveux avec une serviette.

— Il y avait tellement de poussière collée à ma peau que j'avais l'impression d'être un bonhomme de plâtre. Que ça fait du bien ! Je me sens comme un homme nouveau.

Madeleine, songeuse, semblait s'être soustraite à la réalité et Rosaire se demanda si elle avait entendu ce qu'il venait de dire.

— Mado ? Tu m'écoutes ?

Madeleine sursauta et regarda Rosaire, un peu perdue.

— Quoi ? Tu m'as parlé ?

— Plutôt deux fois qu'une. À quoi pensais-tu comme ça, si concentrée ?

— Je me disais que j'étais très contente de m'être délestée de cet énorme fardeau.

— Je te comprends, si tu savais. J'ai toujours eu un mal fou à garder secrètes nos rencontres avec Robert, nos lettres. Surtout depuis que nous n'avions plus de nouvelles de lui. Je me sentais un peu coupable.

— Oui, je sais. Et je te remercie de ta patience. Tu vois, nous savons aujourd'hui que nous avons eu raison d'attendre.

— C'est vrai. Mais depuis ces mois de silence, je ne pouvais m'empêcher de penser qu'il avait fait une folie lui aussi.

— Rosaire, comment as-tu pu penser une telle chose ? Ça ne lui ressemble pas du tout. C'est un combattant, tu l'as toujours affirmé. Tu disais toujours que Valérie tenait de lui ce courage forcené.

— C'est vrai. Mais il m'est arrivé d'en douter.

— Valérie est une moyenne bonne femme, tu ne trouves pas, Rosaire ?

— Et comment ! Tout ce chemin qu'elle a parcouru depuis 24 heures en aurait abattu plus d'une. Elle a un courage fabuleux. Tout comme toi, ma belle.

Madeleine le regarda, décontenancée. Rosaire rit de son visage surpris.

— Tu en doutes ? Mais Mado, tu as toujours été comme ça toi-même. Tu trouves le côté positif à toutes les horreurs. Tu t'adaptes à n'importe quelle situation. Tu dédramatises tout. Mais tu ne te connais pas, ma parole !

Madeleine sourit. C'était vrai. Pas de fausse modestie ! C'était un point fort chez elle. D'ailleurs, elle avait toujours trouvé triste que Huguette en soit complètement dénuée. C'est peut-être pour cela, qu'inconsciemment, Madeleine avait renforcé cette joie de vivre dans sa relation avec Valérie. Mais celle-ci avait au fond d'elle-même un véritable talent pour la vie.

Rosaire disait toujours que le monde était divisé en deux : dans un camp, les gens heureux, malgré les vicissitudes de la vie et de l'autre, les gens défaitistes auxquels se collait le malheur. Et il avait bien raison.

Le bonheur nous habitait quand on avait décidé que la vie était une amie qui nous laissait puiser en elle l'énergie de la lumière. De l'autre côté, le bonheur fuyait les gens qui se laissaient agir par la vie et devenaient les victimes de leur souffrance.

On pouvait toujours voir le noir, avant le blanc. Le verre à moitié vide au lieu du verre à moitié plein. Tout était une question de choix. Huguette avait choisi de baisser les bras. Valérie avait toutes les prédispositions pour le bonheur et avait décidé de se battre pour la vie.

— Viens dormir, ma belle ! Demain va arriver bien vite, tu sais.

— Est-ce que tu crois vraiment que je peux dormir quand Valérie est en train de se battre avec le moment le plus grave de toute sa vie ?

— Je sais. Mais que pouvons-nous y faire ? C'est sa vie maintenant. Et Jean-Pierre prend désormais le relais, tu ne trouves pas ?

— Je sais. Je ne le sais que trop. C'est un peu triste de se rendre compte qu'il ne nous reste plus grand rôle à jouer, désormais.

— Mais serais-tu jalouse de Jean-Pierre ?

— Ne sois pas idiot. Tu sais bien que j'attendais ce moment pour Valérie depuis des millénaires.

— Ne sois pas triste. Nous avons encore un rôle merveilleux à jouer : celui de continuer d'aimer cette nouvelle petite famille. Tu ne crois pas ?

— Oh ! oui. Mais le sommeil est une telle perte de temps...

Rosaire s'installa dans le lit, un sourire aux lèvres.

Elle ne changera jamais, pensa-t-il en lui-même, tendrement.

De découverte en découverte

La malle de Huguette contenait une foule d'objets hétéroclites : un fouillis de lettres, des diplômes, des vêtements, des photos. Émue, Valérie touchait tous ces souvenirs qui la ramenaient des années en arrière et lui donnaient l'impression de revivre son enfance.

— C'est étonnant tout ce qu'elle a gardé. Regarde. Ça, ce sont mes premiers souliers blancs. J'étais tout heureuse de ne plus avoir de bottines comme les bébés. Et cela, oh ! regarde, ma robe de Première communion. C'est Madeleine qui me l'avait offerte. Ces broderies, elles les avaient toutes cousues elle-même.

— Elle est magnifique, renchérit Jean-Pierre, touchant de la main le tissu encore soyeux, malgré toutes ses années.

Puis, Valérie plongeant la main au fond de la malle en ressortit un trophée où trônait un garçon jouant au hockey.

— C'est le trophée de Philippe. Regarde, on voit l'année inscrite là : 1964, il avait 10 ans. Il avait remporté ce trophée pour meilleur gardien de but de toutes les équipes du quartier. Vingt-deux équipes. Ce trophée était sur la télévision, dans le salon. Maman en était si fière qu'elle en parlait tous les jours.

— Tous ces souvenirs qui sommeillaient seuls, enfouis dans le noir de cette malle, pendant tant d'années, dit Jean-Pierre, songeur.

— Oui, et en même temps, ils ont quelque chose de choquant. Ces souvenirs n'ont rien à voir avec la réalité de ce que fut notre enfance.

Jean-Pierre lui caressa le bras et du doigt lui remonta le menton pour la regarder dans les yeux.

— Peut-être Valérie, dit-il. Mais ils rappellent de bons moments. Car il y en a eu, malgré tout. Il y en a toujours.

— Oui, c'est vrai.

Retournant à la boîte aux trésors, Valérie toucha un grand papier bleu et y trouva la robe de mariée de Huguette ainsi qu'un bouquet de myosotis séchés.

— Ce bouquet lui avait été offert par mon père, la veille de leur mariage. Il disait qu'on l'appelait « l'herbe d'amour ». Et chaque année, à leur anniversaire de mariage, il lui offrait à nouveau un bouquet de myosotis. Je trouve un peu bizarre qu'elle n'ait pas jeté tout cela, si elle ne voulait plus de lui.

— Cette valise prouve qu'elle avait un certain respect du passé.

— Oui, tu as peut-être raison.

Valérie replongea dans la malle et y trouva une liasse de lettres. La première n'avait plus d'enveloppe. Mais quand Valérie la déplia, elle sursauta de voir les ratures, les gribouillages rouges par-dessus les lettres, comme si l'on avait voulu anéantir ces mots menaçants. Elle chercha la signature et découvrit que c'était une lettre de son père à sa mère.

— Pourquoi a-t-elle gardé une lettre de mon père ? Je n'arrive pas à y croire.

Et sans plus tarder, n'attendant aucune réponse de Jean-Pierre, elle se pressa d'en faire la lecture à voix haute :

« 12 février 1973, Huguette,

Je ne peux croire que tu ne veuilles plus me voir. J'ai beaucoup de peine que tu me rejettes à tout jamais. Que nous est-il arrivé ? Je sais que tu as vécu plusieurs années d'enfer à cause de moi et de ma folie du jeu. Mais c'est fini, maintenant. Donne-moi une chance !

Ne te souviens-tu pas de nous deux, des myosotis, de la naissance de nos deux amours ? Ils me manquent tellement. Je voudrais les connaitre, comme toi, et leur montrer comment je les aime aussi. Il faut que tu m'en veuilles beaucoup pour me refuser cela. Je ne comprends pas.

Valérie a 9 ans. Je ne veux pas qu'elle croie que je l'abandonne. J'ai besoin de partager ses joies, ses rires et même ses peines. Je te supplie, Huguette, de revenir sur ta décision. C'est à la mère que je parle. Cette mère douce et aimante que j'ai connue. Elle ne peut penser réellement à tenir le père de ses enfants étranger à leur vie.

Jamais je ne me résoudrai à faire appel aux tribunaux. Et tu le sais très bien. Ce serait trop cruel pour les enfants. Je fais donc appel à ton coeur, Huguette. Laisse-moi voir Valérie.

Mais en attendant, je dois te dire que je prendrai contact avec Philippe. Il est majeur maintenant. Tu ne peux t'y opposer. C'est lui qui décidera.

Au nom de l'amour qui nous a unis, je te supplie de me laisser voir Valérie.

Robert »

— Il m'avait dit qu'il avait essayé de revenir me voir et que maman avait refusé. Je ne l'avais pas cru. C'était vrai.

Jean-Pierre pensa furtivement, avec un sentiment un peu coupable envers Valérie, que son père était un homme de coeur et que la vie avait été bien injuste avec lui. Mais peut-être que Valérie l'avait réalisé aussi.

La seconde enveloppe était adressée à son frère Philippe. Intriguée, elle l'ouvrit et découvrit qu'elle était datée du 20 avril 1974, alors qu'elle avait 10 ans.

— Probablement une lettre que ma mère n'a jamais postée, lança Valérie en commençant sa lecture :

« Mon cher fils,

De te savoir derrière ces barreaux me brise le coeur. Me détestes-tu donc au point de te détruire toi-même comme pour me punir ?

Tu sais que Jules t'aurait aimé comme son propre fils. Il est très malheureux que tu refuses de vivre avec moi. Il m'en parle si souvent. »

Valérie baissa la lettre sur ses genoux et ses yeux se froncèrent.

— Philippe savait que maman avait un amant. Et il refusait de vivre avec elle.

— On peut même croire qu'il lui en voulait terriblement.

— Oui. C'était donc ça ses fugues, ses départs continuels et ses visites si rapides avant un nouveau départ. Il n'acceptait pas du tout cette idylle de maman. Je comprends maintenant ce qu'il m'avait dit : « Tu n'as rien compris ! »

Valérie reprit sa lecture.

« Valérie s'ennuie tellement de toi. Hier, elle a fait le ménage de ta chambre et y a mis un beau bouquet de fleurs sauvages. Elle a dit qu'elle le changerait tous les jours pour qu'elles soient fraiches quand tu allais revenir. »

— C'est drôle, après toutes ses années, je me souviens encore de l'odeur de ce bouquet, de la sensation d'allégresse que j'avais ressentie dans le champ rempli de fleurs sauvages, pendant que je rassemblais ce bouquet.

— Comment Philippe est-il mort ?

— Dans un accident de voiture. Il vivait en Ontario. L'autopsie a indiqué qu'il était drogué et avait un taux élevé d'alcool dans le sang. Mon père disait qu'il avait arrêté la drogue et l'alcool. Mais c'était peut-être seulement quand il vivait avec lui. Il a recommencé plus tard, je suppose. Mais tout cela de Philippe, je l'ai appris par des tiers. Ce n'est pas ce que j'ai vécu avec lui, mon souvenir est tout autre.

— Que veux-tu dire ? demanda Jean-Pierre.

— Nous avions 10 ans de différence. Tu sais, quand maman a connu son amant, j'ignorais pourquoi à l'époque, mais, pendant quelques mois, nous avons vécu comme une trêve à la maison. Maman était gaie. Elle s'habillait toujours joliment. Il lui arrivait même de sortir le soir, ce qu'elle n'avait pas fait depuis des années.

Alors, c'était Philippe qui me gardait. Lorsque nous étions seuls, il n'était plus le même. Il était d'une grande douceur et toujours joyeux. Je me souviens qu'il jouait beaucoup avec moi, qu'il m'inventait des histoires et que nous riions souvent.

Et quand venait l'heure que je me couche, il s'allongeait tout contre moi, dans mon lit, jusqu'à ce que je dorme. C'est fou, mais j'avais oublié ces moments tendres entre nous, trop occupé à le haïr, pendant toutes ces années.

Le grand frère Philippe

Les yeux de Valérie étaient gonflés de larmes. Celles-ci étaient prisonnières dans ses paupières et donnaient à son regard, une grande souffrance, une lourdeur de l'âme qui émut Jean-Pierre. Avant qu'il n'ait le temps de faire un geste pour la toucher et tenter de la consoler, Valérie continua sa lecture.

« Je croyais que tu lui aurais donné signe de vie pour l'anniversaire de ses 10 ans. »

— Je me souviens de ce jour-là. Je m'ennuyais tant. J'avais tellement besoin de le voir. Son absence me faisait souffrir. Mon anniversaire m'avait fait constater combien j'étais seule.

J'avais eu, pourtant, beaucoup de cadeaux, que Jules avait probablement payés. Mais il y avait quelque chose de sordide à cette fête d'anniversaire : une table inondée de présents, un immense gâteau illuminé et maman et moi, seules, à chacun des bouts de la table.

Jean-Pierre ne dit mot et attendit, patiemment, qu'elle reprenne sa lecture.

« Je ne lui ai pas dit que tu avais quitté la maison à tout jamais. Je ne peux le croire. J'espère toujours que tu changeras d'idée. Que tu me pardonneras.

Je te supplie, Philippe, de ne pas me renvoyer cette lettre.

Ta mère qui t'aime. »

— Maman ne lui a jamais posté sa lettre. Philippe refusait donc de les lire et les lui renvoyait sans les ouvrir. Que de souffrances, de vengeance et d'amertume dans tout cela. Comme la vie est cruelle !

Où cela a-t-il dérapé pour nous ? Comment une famille heureuse devient-elle une hécatombe ?

Puis, comme la jeune femme ne trouvait pas de réponses à sa question, elle laissa la lettre de sa mère pour examiner une feuille épaisse, rose gomme, écrite à la plume d'une écriture appliquée, mais reprise plusieurs fois, donnant à chacune des lettres une épaisseur démesurée, difficile à déchiffrer. Malgré cette fantaisie, Valérie reconnut l'écriture de sa mère.

« Jules, pourquoi m'as-tu abandonnée ? Seule, maintenant, plus rien n'a de sens pour moi. Surtout parce que tu m'as préféré une jeune femme de 25 ans et riche de surcroit. Alors que voulait dire notre amour ? Une salle d'attente ? Oh ! Jules, tu m'enlèves le seul espoir qu'il me restait : que l'amour sauve tout. Tu vois où ça m'a menée ?

Le prix à payer dépasse mon budget. Je crois que je n'y arriverai pas. Je vais faire faillite. Je suis brisée. Mon ressort est cassé. Tout s'écroule autour de moi. Que deviendrons-nous, Valérie et moi ? Quelle vie ai-je réservée à ma petite fille ? J'ai tout gâché. J'ai tout perdu.

11 avril 1975. »

Valérie, la bouche un peu pincée d'émotion ou de malaise, n'ajouta rien et déposa la lettre sur la boîte non loin d'elle et défit l'enveloppe suivante. Elle ne contenait qu'un tout petit bout de papier, déchiré à la main si l'on se fiait aux effiloches inélégantes des rebords.

« Je suis sorti de prison. Je vais vivre avec mon père en Floride. C'est lui qui m'a demandé de t'avertir. Dis à Valérie que je l'aime.

Philippe. »

— Ça alors ! s'exclama Valérie. Il ne m'avait pas oublié. Maman ne cessait de dire qu'il m'avait oublié. Comme c'était méchant ! Maintenant, tout le casse-tête se place correctement. Je comprends pourquoi elle était si débinée cet été-là. Jules l'avait quittée et Philippe était parti vivre avec mon père, à quelques semaines d'intervalle.

Elle n'arrêtait pas de pleurer. Rosaire et Madeleine étaient venus nous chercher pour passer quelques semaines à la ferme. Mais je crois que de voir Rosaire et Mado ensemble lui était insoutenable. Nous sommes revenus rapidement en ville, après une semaine. Je ne suis pas restée à la ferme, car je ne voulais pas la laisser toute seule.

— Ton frère a dû souffrir beaucoup, lui aussi, de tout ce qui s'était passé.

— Oui, sûrement. Et je suis renversée de me rendre compte qu'il ne m'avait pas oubliée, dit Valérie bouleversée. Je n'avais rien compris.

— Mais Valérie, tu avais 11 ans ! Ne demande pas d'avoir réagi comme une adulte tout de même.

— Non, je le sais, mais c'était tellement tout croche dans ma tête. Pourquoi n'ai-je pas essayé de le comprendre, moi qui étais si proche de lui, au lieu de le haïr pendant toutes ces années ?

— Pourquoi as-tu tant détesté Philippe, Valérie ? Pourquoi, lui ?

Valérie fronça les sourcils en regardant Jean-Pierre. Elle ne semblait pas comprendre la question du jeune homme.

— Vois-tu, il me semble que tu avais plus de raison de haïr ton père, et même ta mère. Mais pourquoi Philippe ?

— Tout est relié à ma mère, vois-tu. Suite au départ de Philippe chez mon père et à la rupture de Jules, maman s'est effondrée. Elle est devenue dépressive à plein temps et malade. Malade de vivre, je crois bien.

Et à partir de là, j'ai subi douloureusement son indifférence. Elle n'en était probablement pas consciente. Elle parlait de mon père en le maudissant, elle pleurait Jules, elle sublimait Philippe. Et moi, celle qui veillait sur elle, tous les jours, elle ne me parlait jamais.

La plupart du temps, elle ne se rappelait même pas mon nom. Ce fut le moment le plus terrible et le plus souffrant de toute ma vie. Vaux mieux la haine, la rage et le tourment qu'un silence lourd. L'indifférence est la pire chose que puisse vivre un enfant. C'est le vide. Tu n'existes pas. Tu sèches et tu meurs.

Valérie prit une profonde respiration pour calmer le noeud qui semblait vouloir s'activer dans sa gorge. Elle avait fermé les yeux et Jean-Pierre la regardait péniblement, car il avait mal pour elle, mais ne voulait pas intervenir, trop certain que tout ce fiel devait s'évacuer une fois pour toutes.

— En 1981, le 15 août, Philippe meurt et c'est l'anéantissement. Elle ne bougeait plus, ne parlait plus. C'est Rosaire et Mado qui durent prendre toutes les procédures pour rapatrier le corps de Philippe à Québec, pour les funérailles. On y a amené maman aux funérailles en fauteuil roulant.

Et ce jour-là, j'ai commencé à haïr Philippe. Et je n'en ai jamais démordu. Je m'en veux tellement. Car c'est par lâcheté que j'ai tant haï Philippe. Je n'en pouvais plus de me sentir impuissante, abandonnée et incapable de me faire aimer de maman. J'avais donc enfin un bouc émissaire et ce n'était plus de ma faute. Quelle lâche j'ai été !

Puis, en elle-même, Valérie se dit :

Ah ! Philippe, pardonne-moi. J'étais désespérée et je ne t'ai pas compris.

Silencieuse, Valérie pétrissait une mèche de cheveux, la tournant dans ses doigts jusqu'à ce que ça tire et l'incommode, comme si elle voulait s'imposer une douleur physique et ainsi diminuer la souffrance qui écrasait son coeur.

Une dernière lettre

Secouant abruptement la tête, Valérie replongea la main dans la malle, comme pressée d'en finir :

— Tiens, une lettre qui m'est adressée. De qui cela peut-il être ?

La lettre était scellée, timbrée et l'on y avait inscrit l'adresse de la ferme de Rosaire, en lettre carrée. Ouvrant l'enveloppe, Valérie blêmit en devinant l'écriture de sa mère. Jean-Pierre pressentant sa peur, lui offrit de la lire pour elle.

— Non, Jean-Pierre. Je dois la lire, moi-même.

« Ma chère Valérie,

Je n'ai pas été une bonne mère pour toi, parce que je n'ai pas été une femme heureuse. Je ne sais pas si une mère a le droit de parler de sa vie de femme à sa fille. Peut-être pas.

Mais je sais une chose : je ne t'ai pas méritée. Tu as tout perdu, ton enfance, ton père, ton frère et bientôt ta mère. Mais je sais que tu es de l'étoffe de Madeleine et que tu t'en sortiras, encore une fois. Pourtant, il faut que je te dise : j'ai aimé ton père, profondément. »

— Voilà pourquoi elle a gardé la lettre de mon père. En souvenir et par respect du passé comme tu l'affirmais.

Jean-Pierre hocha la tête en souriant. Puis, après une grande inspiration haletante, Valérie continua sa lecture :

« Pourquoi j'en suis venu à le détester, après l'avoir tant aimé ? Parce ce que j'ai été flouée. J'ai eu l'impression d'avoir acheté un bijou avec un défaut de fabrication.

Alors, c'était comme un pied de nez à mon intelligence.

L'amertume, c'est trop souvent le résultat d'un échec. C'était mon choix et je me suis trompée. À cause de cela, la colère m'a grugée pendant des années. Mais elle a fini par me vaincre, cette colère. Elle m'a détruite et je n'en peux plus.

La seule façon de te libérer et d'éclairer ta vie, Valérie, c'est que je disparaisse. Sinon, tu t'inquièteras toujours de moi, et il y a déjà 18 ans que ça dure pour toi. C'est assez !

Sois heureuse. Je t'aime. Ta mère, Huguette. »

— Comment a-t-elle pu croire que son suicide me libérerait ? J'ai passé ma vie à la chercher, à essayer de comprendre, à la vouloir avec moi, en moi. J'ai été dépossédée de mon enfance, et de ça, je m'en suis remise. Mais la mort de ma mère m'a enchaînée à mon passé. J'ai été loin d'être libérée.

— Je sais, Val. Mais ta mère ne voyait que son côté des choses. Elle se croyait un fardeau. Elle savait que ta vie de jeune femme n'était pas celle des autres filles de ton âge. Et elle ne voyait pas de solutions, sinon éliminer le mal à la source.

Et dans son analyse, c'était elle, le problème. Tu sais, les gens qui se suicident se retrouvent devant un cul-de-sac. Et ils sont toujours certains qu'il n'y a pas d'autres issues.

— Elle a écrit cette lettre la veille de sa mort. Moi qui ai toujours cru qu'elle n'avait jamais pensé à moi dans sa décision. Je n'en reviens pas. Je me suis trompée toute ma vie sur les intentions des autres !

— C'est toujours difficile de comprendre autrui, Valérie. C'est extrêmement compliqué pour notre propre vie. Ça l'est donc davantage pour imaginer celle des autres.

— Ma mère avait un tel besoin d'être maternée. Il y avait dans ses yeux une telle détresse.

D'un geste maladroit, Valérie essaya de lisser sa jupe et ne réussit qu'à faire tomber les lettres par terre. Paniquée, elle se leva brusquement et se jeta par terre pour les reprendre, comme si un gouffre allait les gober, comme si sa vie entière reposait dans ce geste de sauvetage.

Et elle éclata d'un sanglot si déchirant que Jean-Pierre ne put que se baisser pour la prendre à bras le corps et la bercer tendrement, en répétant nerveusement : « Chut, chut », longuement, chaleureusement, comme ces mélodies tendres qu'on murmure à l'oreille des nouveau-nés en pleurs.

Quelques minutes passèrent ainsi, Valérie et Jean-Pierre soudés l'un à l'autre, et doucement, Valérie reprit contenance et s'assit par terre. Elle passa rapidement une main dans son visage, essayant tant bien que mal de faire disparaitre les larmes et les cheveux qui s'y pressaient. Puis, fixant Jean-Pierre d'un regard courroucé, elle ajouta, d'un ton saccadé et rauque :

— Madeleine me disait toujours : « Pardonne, Valérie. Ne laisse pas la colère ou la haine te ronger. La seule survie possible dans ce monde, c'est l'amour. » Oh ! comme elle avait raison !

Reprendre le cours de la vie

Quand Jean-Pierre et Valérie reprirent contact avec la vie, il était 8 h 30. Le soleil s'était levé et un timide bras ensoleillé se faufilait à travers les objets du grenier, venant lécher la chaise d'osier qui restait le seul témoin de cette nuit spéciale.

Valérie et Jean-Pierre venaient de quitter en silence cette pièce ayant contenu autant de trésors que la caverne d'Alibaba.

Le temps était doux, même en ce début de janvier où, d'habitude, le froid creusait sa place. Depuis déjà une heure, Madeleine avait rejoint l'Auberge et Marie-Ève l'accompagnait.

La fillette aimait l'activité bourdonnante des dimanches matins où la majorité des clients quittaient la région après un agréable séjour. Pour cette première fin de semaine de la nouvelle année, La Mitonnée avait affiché complet.

Ce matin, le départ des clients était plus fébrile qu'à l'ordinaire puisque toutes les chambres devaient être libérées au plus vite pour un groupe de touristes arrivant en début d'après-midi.

Rosaire, qui avait entendu le couple descendre du grenier, finissait la préparation d'un déjeuner copieux : oeufs, bacon, jambon et toasts. Alors qu'il versait leur jus d'orange, ils firent leur entrée à la cuisine.

— Bonjour les amoureux ! dit-il joyeusement, regrettant aussitôt ses paroles, en voyant le visage tourmenté de Valérie.

— Hum, ça sent bon, dit Jean-Pierre en s'assoyant, ayant pris soin de tirer la chaise de la jeune femme, tout en lui effleurant la joue tendrement.

Puis un silence inconfortable s'installa avant que Valérie ne casse la glace.

— Quelle nuit ! lança-t-elle, posant ses deux coudes sur la table et appuyant sa tête dans ses deux mains. J'ai l'impression de sortir d'un étau m'ayant écrabouillé pendant des années.

Rosaire s'approchant derrière elle, lui posa les mains sur les épaules et lui fit un petit massage des trapèzes. Puis, il dit tout doucement :

— Si nous avions pu t'éviter tout cela, Valérie, crois-moi, nous l'aurions fait. Mais on ne peut protéger éternellement les gens qu'on aime.

Valérie releva son visage vers Rosaire et lui sourit.

— Ça va, Rosaire. Je survis. Ne t'inquiète pas. On en a vu des dures, hein ?

— À qui le dis-tu ? répondit Rosaire, en riant et en s'assoyant à la table, à son tour. Et si l'on mangeait ?

— Oui, j'ai une faim de loup ! ajouta Valérie, surprise de ressentir la faim si intensivement.

Et chacun attaqua son déjeuner avec un appétit curieusement vorace, malgré les boules d'émotion qui se coinçaient dans leur gorge, pour différentes raisons.

Valérie s'enquit de Marie-Ève et de Madeleine et de les savoir à l'Auberge, sembla réveiller complètement son esprit.

— Mon Dieu ! J'avais presque oublié que la vie continue. Tu te rends compte ? Comment Madeleine s'est-elle débrouillée sans moi, avec tout ce monde à l'Auberge ?

— Comme d'habitude, ma grande. Avec l'équipe efficace de La Mitonnée, tout baigne dans l'huile.

— Si je peux faire quelque chose, Rosaire, n'hésitez pas à me le dire.

— Tout va bien, mon garçon. Tu as pris la place qu'il faut, crois-moi. De te savoir près de Valérie cette nuit, nous a bien rassurés Madeleine et moi. Elle était bien inquiète de toi, Valérie. Tout ce brasse-camarade la perturbe un peu. Ce sont des choses douloureuses pour elle. Huguette a toujours été très proche de Madeleine.

Songeuse, Valérie passa une main dans ses cheveux, les tirant du front vers l'arrière. Une tendresse chaude lui traversa le coeur en pensant à Madeleine, sa fidélité, sa chaleur, sa bonté.

— Oui, je sais Rosaire, reprit Valérie. Vous avez été si formidables. Grâce à vous, j'ai enfin des réponses à mon passé. J'ai l'impression d'avoir repris possession de grandes parties de ma vie qui n'avaient pas de sens. Ce matin, je me sens épuisée, mais si légère. Comme si un poids absurde venait de m'être ôté du coeur.

— Je comprends Valérie, dit Rosaire en se levant pour réchauffer leur café.

Puis, sans regarder sa nièce, il dit d'un ton quelconque :

— Le détective McNicoll a rappelé, Valérie.

— Ah ! répondit-elle tout aussi banalement.

— Tu devrais peut-être...

— Oui, Rosaire, répondit-elle impatiemment. Je dois me décider. Il attend. Mais ce n'est pas si facile que tu le crois, tu sais. Il est mon père, d'accord. Mais c'est un étranger pour moi. Te rends-tu compte que je ne l'ai jamais revu depuis 25 ans ? Il n'y a rien entre nous, juste des mensonges et des silences. Et j'ai tellement de questions encore...

Sur ce, Madeleine entra dans la cuisine. Valérie se tourna vers elle et lui sourit. Soulagée, Madeleine s'approcha pour l'embrasser et lui dit :

— Marie-Ève est restée à l'Auberge. Gaétan et elle font la caisse. Tu sais comme elle trouve cela excitant le bruit ininterrompu de la caisse enregistreuse faisant ses comptes.

— Est-ce qu'elle était inquiète que je ne sois pas là ? questionna Valérie.

— Non, je lui ai dit que tu faisais du rangement au grenier et que l'on ne pouvait pas te déranger. Et quand je lui ai parlé des départs des clients, alors elle s'est vite enthousiasmée et m'a suivie sans problèmes.

Madeleine s'était assise près d'eux. Elle leva un regard préoccupé vers Valérie :

— Comment ça va, ma douce ?

— Ah, on peut dire que ça va. Je suis un peu mêlée, épuisée, mais on se maintient ! ajouta-t-elle, l'air guilleret, pour éviter d'inquiéter davantage Madeleine.

— Alors, commence par aller dormir, Valérie. Tu as une mine de déterrée. Laisse-moi te le dire. Il vaudrait mieux que tu attendes d'être plus fraiche avant de tirer des conclusions à tout cela.

Puis, un cri strident retentit avant qu'une porte claque lourdement.

— Mamie ! Mamie ! s'écria Marie-Ève en dansant en rond. J'ai réussi ! J'ai réussi ! C'est moi qui ai pesé sur le bouton pour que la caisse envlimeuse commence sa chanson.

Tout le monde éclata de rire du jeu de mots de la fillette. Puis, Marie-Ève regarda sa mère, puis Jean-Pierre, et son petit visage sérieux oscillait de l'un à l'autre, affichant une curiosité évidente.

— Tu as dormi ici, Jean-Pierre ? Tu vas rester ici maintenant ?

— Non, ma belle. Valérie et moi avons passé la nuit dans le grenier, à éplucher les souvenirs de ta mère qui étaient dans une grande malle.

Puis, Jean-Pierre expliqua à la fillette l'objet de cette quête. Valérie était émerveillée d'entendre Jean-Pierre expliquer à Marie-Ève, avec une grande simplicité et beaucoup de justesse, la nuit fabuleuse qu'ils venaient de passer.

Même si Valérie disait ignorer quelle décision prendre au sujet de son père, elle était inconsciemment convaincue qu'elle devait aller de l'avant. Revoir son père s'avérait la suite inévitable des dernières quarante-huit heures.

Un nouveau grand-père

Ainsi, le temps était venu de parler à Marie-Ève de son grand-père. Et c'est après quelques balbutiements et maladresses que Valérie trouva enfin les mots qu'il fallait.

Les yeux de sa fille s'écarquillaient d'une phrase à l'autre, passant du visage de Jean-Pierre à celui de sa mère, mais sans dire un seul mot. Seul le pétillement de ses pupilles trahissait son enthousiasme. À la fin du récit de Valérie, la réaction positive de sa fille ne se fit pas attendre.

— Quoi ? J'ai un grand-père ? Il vient de naitre ?

Tous éclatèrent de rire de la charmante naïveté de Marie-Ève. Celle-ci regarda chacun, un peu blessée par leur hilarité.

— Non, ma puce. Il est né depuis longtemps, il a 64 ans.

— Mais où il était, ton papa ? Tu l'avais perdu ?

— C'est un peu ça, répondit Valérie, amusée.

Valérie avait cru que Marie-Ève aurait tout simplement sauté de joie et n'aurait pas posé de questions. Mais c'était oublier son intelligence et sa curiosité naturelle.

— Vois-tu, Marie-Ève, mon père et moi on était un peu fâchés.

— Comme toi et moi, l'autre jour ?

— Oui, c'est ça.

— Et, est-ce que tu as pleuré comme moi et l'as serré très fort dans tes bras ?

Valérie se sentit un peu gênée devant le coeur tendre et chaleureux de sa fille. Celle-ci devait toujours connaitre les gens, en passant par le toucher. Sans contact, elle avait beaucoup de difficultés à créer une relation.

— Non, pas tout de suite. Nous sommes un peu gênés tous les deux, vois-tu. Il y avait très longtemps que je ne l'avais pas vu.

J'étais toute petite comme toi quand il est parti.

— Alors, tu es comme moi, tu as perdu ton papa quand tu étais toute petite ? Pauvre maman. Moi, je te comprends.

Des sourires s'étirèrent sur tous les visages, car ils étaient charmés par l'expression triste de Marie-Ève et son discours affable.

— Mais, tu vois, c'est merveilleux, reprit Valérie. Maintenant, tu vas connaitre ton grand-père.

— Quand allons-nous le voir ? Aujourd'hui ?

— Non, répondit Madeleine, pas aussi tôt. Ta maman et Jean-Pierre ont passé la nuit debout et ils doivent se reposer d'abord. Allez maintenant, file. Va t'amuser.

— Mais, Zado...

— Allons, Marie-Ève, tu le connaitras bientôt. Mais pour l'instant, va t'amuser.

— OK, est-ce que je peux jouer un peu au Nintendo, Mamichou ?

— Oui, ma puce. Mais à la condition que tu ailles un peu dehors, tout à l'heure.

— Promis ! D'ailleurs, Rosaire et moi, on a décidé de faire le plus gros bonhomme de neige du monde tantôt. N'est-ce pas Zézère ?

— Absolument ! Laisse-moi encore une heure et on s'y met, d'accord ?

— OK.

Et la fillette, après avoir fait un rapide clin d'oeil à Jean-Pierre, partit au salon et quelques minutes suffirent avant qu'on entende les trépidations de Mario Bross sur la console Nintendo.

Valérie passa une main sur ses yeux rougis et comprit que le conseil de Madeleine d'aller dormir était on ne peut plus sensé. Elle était épuisée. Elle décida de s'octroyer une longue sieste avant de statuer sur ce qu'elle devait faire.

Madeleine l'avait prévenue qu'elle ne voulait pas la voir à l'Auberge de la journée. Jean-Pierre embrassa tendrement Valérie, lui faisant promettre de dormir et de bien dormir. Puis il la quitta après l'avoir assuré qu'il reviendrait tôt après souper.

L'escalier conduisant Valérie à sa chambre lui sembla beaucoup plus long que les autres jours, sa porte beaucoup plus lourde qu'à l'accoutumée, mais son lit, lui donna l'impression merveilleuse d'être beaucoup plus confortable que tous les autres jours.

Discussion avec Madeleine

Tout lui semblait confus. Elle entendait des hurlements, des rires, des cris, des éclats et pourtant elle n'avait pas peur. Puis, dans sa tête, le silence s'imposa et tout ce qui se passait autour d'elle ne brisait pas ce vide silencieux qui l'enveloppait. Elle apercevait du rouge et des éclats de verre autour d'elle. Mais cela lui semblait trop loin pour l'atteindre et elle ne s'en inquiétait pas.

Mais ce qui l'angoissa tout à coup, ce fut de sentir des murs l'étreindre. Elle était enfermée dans une petite pièce sombre et étroite. Et peu à peu, l'air se raréfiait dans ses poumons. Ce trou semblait vouloir l'avaler et une grande terreur commença à la faire trembler. Le silence continuait de la rassurer un peu, mais l'espace réduit la menaçait toujours davantage.

Puis, entre la porte fermée et elle, un visage s'interposa, sans forme, sans nom, où seuls apparaissaient des yeux d'une grande douceur. Un gémissement surgit du fond de sa gorge et le temps s'arrêta lorsqu'elle se sentit bercer par des mots prononcés avec une extrême douceur : « Ma caille ? Ma petite caille ? »

Éveillée en sursaut, Valérie rejeta les couvertures au pied du lit. La sueur traversait sa chemise de nuit et ses cheveux humides la firent frissonner. Son coeur battait à tout rompre. Elle pressa ses doigts sur ses yeux comme pour faire disparaitre ce cauchemar lancinant.

Pourtant, cette fois-ci, il lui semblait avoir été moins effrayant. Quelque chose avait changé dans le scénario habituel. Elle rejeta ses cheveux en arrière et luttant contre la nausée, en respirant profondément, elle sembla reprendre vie, peu à peu.

Ouvrant les yeux, elle trouva Madeleine assise sur le rebord de son lit, un sourire timide s'étirant sur ses lèvres.

— Encore ton mauvais rêve ?

Valérie acquiesça, tout en se pelotonnant contre Madeleine. Celle-ci lui caressa la tête doucement, pour calmer la petite fille effrayée qu'elle retrouvait aujourd'hui.

— J'ai peur, Madeleine.

— Je sais, ma douce. Mais peut-être vaudrait-il mieux que tu attendes un peu ?

— Madeleine, tu ne trouves pas que j'ai assez attendu ? J'ai passé ma vie à attendre. Il faut que ça finisse. Je n'ai plus le gout de repartir en guerre. J'en ai assez ! D'ailleurs, curieusement, j'ai perdu ma haine et ma rage quelque part dans la valise de ma mère. Je suis habitée maintenant d'une grande tristesse face à ce gâchis titanesque.

— Je ne veux pas te dire ce que tu dois faire. Mais je ne crois pas qu'il s'agisse de trouver qui est le plus coupable de ta mère ou de ton père pour décider si tu dois ou non, reprendre contact avec lui.

— Non. Qu'ils soient coupables ou innocents tous les deux, ça n'a plus aucune importance.

Madeleine regardait intensément le visage de Valérie et dit :

— Alors, qu'est-ce qu'il y a pour que tes yeux soient si inquiets ?

Valérie se retira un peu plus loin, à la tête du lit, s'appuya au mur, les jambes repliées sous elle.

— J'ai encore des interrogations, vois-tu.

— Alors, dis-moi, Val. Je peux peut-être t'éclairer.

— Pourquoi mon père a-t-il eu recours à un détective ? Vous étiez en contact, il savait donc où j'étais.

— Non, pas tout à fait. Rosaire et moi n'avions plus de ses nouvelles depuis plus d'un an. Quand il est revenu des États-Unis, il louait un petit logement à Québec, dans le Quartier latin, tout près du Château Frontenac.

Puis, quand nous avons vendu la ferme, nous lui avons écrit pour lui faire part de notre nouvelle adresse, mais notre courrier nous a été renvoyé avec la mention « Parti sans laisser d'adresse ». Nous n'avons plus jamais entendu parler de lui. C'est pourquoi lorsque monsieur McNicoll a appelé, ce fut une surprise autant pour nous que pour toi.

— Mais que lui était-il arrivé ?

— Nous l'ignorons.

Valérie songeuse, lissait de la main, la bosse que faisait la couverture ramassée en tas à ses côtés. Puis, elle leva les yeux à nouveau vers Madeleine.

— Pourquoi n'a-t-il pas assisté aux funérailles de Philippe ? Vous avez bien dû l'avertir, tout de même ?

— En effet. Mais tout est arrivé si vite. Ton père voyageait beaucoup avec monsieur Baker. C'était son chauffeur, donc il le suivait partout. Son patron avait des succursales partout aux États-Unis, et même en Australie et en Amérique du Sud.

Lors du décès de ton frère, il était au Brésil, et ne nous avait pas encore envoyé sa nouvelle adresse. Si bien, que lorsqu'il en a été avisé, l'enterrement avait eu lieu depuis déjà 10 jours. Il ne s'en est d'ailleurs jamais remis. Car il a toujours cru que ce triste événement aurait permis de changer bien des choses. Ce que je doute, toutefois.

— Et l'enterrement de maman ? Encore des excuses ?

— Mais Valérie, ton père a assisté aux funérailles de ta mère. Mais il n'a pas été capable de s'approcher et de reprendre contact avec toi. Il était complètement effondré. Il avait même un peu perdu la raison, je crois, tellement la souffrance était profonde. Rosaire l'avait aperçu au loin et tu te souviens qu'on avait même dû l'attendre un peu, dans la voiture.

— Rosaire était donc avec mon père à ce moment-là ?

— Oui, ma douce. Et ton père devait renouer avec toi quelques semaines plus tard. Mais c'est moi qui l'ai convaincu du contraire.

— Toi ? Mais pourquoi Madeleine ?

— Oh ! Peut-être n'aurais-je pas dû ! Je ne le sais plus aujourd'hui. Mais à ce moment-là, tu étais tellement en colère, si amère, que je retardais toujours le moment. Puis, tu es partie pour Montréal et les mois, les années sont passées et les choses sont demeurées comme elles étaient. C'est souvent ce qui arrive quand on veut trop garder le contrôle sur les événements !

Un long silence s'établit entre elles. On entendait au loin le ronflement d'une souffleuse, les rires de Marie-Ève. Et pourtant, ni l'une ni l'autre n'y prêtèrent la moindre attention.

— Tu sais, Valérie. Il y a l'idée que tu te fais de ton père, comme celle que tu te faisais de ta mère. Ce sont les images, les souvenirs de ton enfance. Mais aujourd'hui, c'est la réalité. Laisse ton coeur parler. Il sait, lui, ce qu'il veut.

— Oui, mais ma raison analyse et décortique. Pourtant, quand je me revois dans le box du Mirton et que je m'imagine devant lui, je suis émue. Ça, il n'y a pas de doute là-dessus.

— Alors qu'attends-tu ? Appelle-le. Fais-lui confiance. Fais-toi confiance. Et la vie fera le reste. Laisse ton coeur décider pour une fois.

— C'est un reproche ? Tu veux dire que je n'ai pas de coeur, que je ne suis que raison et calcul ?

— Moi, ce n'est pas ce que je pense. Parce que je te connais, ma douce, plus que toi-même peut-être. Je sais que tu as un coeur qui ne demande qu'à prendre la place. Mais tu dois faire confiance.

— Faire confiance à son coeur. C'est drôle, ça me semble farfelu comme idée et pourtant, j'ai l'impression que ma grosse tête demande à prendre des vacances.

Madeleine se mit à rire et envoya à Valérie une boutade tendre.

— Alors, paie-lui des vacances de roi et ouvre tes écluses d'intuition.

— Facile à dire pour toi qui n'a été toute ta vie qu'un grand coeur ambulant. Je n'ai pas ta bonté d'âme, moi. Je sais qu'il ne demande qu'à trouver une place dans mon coeur. Puis il y a Marie-Ève, aussi. Je dois y penser. Je sais qu'elle n'a plus que lui comme grands-parents et qu'elle voudrait sûrement…

— Mais toi, Valérie, que veux-tu ?

— Que tout ce gâchis n'ait jamais existé ! lança-t-elle, catégorique.

Un voile passa sur le visage de Madeleine, teinté de déception qui ne passa pas inaperçue aux yeux de Valérie.

— Non, je sais, la vie est ce qu'elle est. Je ne peux pas refaire le passé. Mais je suis si fatiguée.

Madeleine se leva et fit quelques pas dans la chambre. S'approchant de la fenêtre et ouvrant le store, elle continua doucement, comme pour elle-même :

— On le serait à moins, Valérie. Tu t'épuises à essayer de paraitre au-dessus de tous ces faux-fuyants, de rester forte et inébranlable. Le coeur se fatigue à ne pas pouvoir respirer simplement pour aimer. Il ne demande qu'à exploser de passion, de tendresse et de liberté.

Madeleine se retourna vers sa nièce et plus fermement, ajouta :

Tout ça, ma douce, je ne pouvais pas te le dire avant aujourd'hui. Mais, depuis hier, tu l'as découvert toi-même. J'en suis certaine. Tu t'es trop battue pour ne pas comprendre les règles de la vie. La vie du coeur. Ma douce, ton coeur, que veut-il ?

— Du bonheur ! Depuis que je connais Jean-Pierre, j'ai pris gout à la joie et à la paix. Et je me rends compte que toute cette haine, cette amertume m'a détruite. Je ne veux plus dépenser une tonne d'énergie à nourrir la rancoeur. J'ai la tête qui veut éclater. Toute ma vie a été basée sur le mensonge, la méprise, sur ce que je croyais être la vérité. Alors maintenant, c'est assez.

— Là, tu parles, ma douce !

— Je vais l'appeler. Je sens que je dois agir maintenant sinon je remettrai toujours à plus tard parce que je meurs de peur.

Valérie se secoua, se leva et se dirigeant vers la salle de bain, lança :

— Je prends une douche et je descends.

— Parfait, ma fille. Je t'attends en bas.

Valérie fit couler l'eau et un frisson l'envahit. Elle était effectivement morte de peur. Elle trembla doucement sous la douche et ce n'était pas le froid qui en était la cause. Ou peut-être oui, c'était le froid, mais celui de la peur qui lui contractait le ventre et l'estomac, lui donnant la chair de poule. Valérie avait une telle frousse de ne pas être à la hauteur.

Un simple appel téléphonique

Valérie retrouva sa fille assise à la table de la cuisine avec Madeleine. Elles buvaient un chocolat chaud, garni de guimauves miniatures. La jeune femme s'installa en face de Marie-Ève et sans préambule, lui demanda :

— Marie-Ève, que dirais-tu si l'on invitait ton grand-papa à venir nous rendre une petite visite ?

Marie-Ève sautant de sa chaise, les bras en l'air, s'écria :

— Super ! Quand ? Ce soir ? demanda-t-elle tout excitée. Et on le gardera à coucher. Je lui prêterai mon lit pour dormir.

— Pas trop vite, mademoiselle, reprit Valérie en souriant. Il faudrait lui demander son avis, d'abord.

Mais poussées par l'enthousiasme de la fillette, ils s'entendirent pour l'inviter le lendemain soir pour souper. Valérie trouvait très bien de continuer dans sa foulée. Elle n'aurait de satisfaction que lorsque son casse-tête serait complété. C'était comme la continuité de la malle noire. Le rendez-vous avec son passé tirait à sa fin et ce qui venait devant l'inquiétait moins.

Valérie alla quérir le numéro de téléphone du détective McNicoll. Elle n'avait aucune autre référence pour rejoindre son père. Puis, elle se dirigea vers son petit boudoir et s'installa confortablement dans son fauteuil préféré. Elle entendit plusieurs fois la sonnerie. Deux, trois, quatre. Comme elle allait renoncer, une grosse voix ensommeillée lui répondit.

— Allô. Dave McNicoll à l'appareil.

Valérie comprit qu'elle venait de le réveiller. Un peu mal à l'aise, elle ne sut, de prime abord, qu'exprimer ses regrets.

— Excusez-moi, monsieur McNicoll. Je crois bien que je vous réveille.

— Pas de faute, Madame. J'ai travaillé toute la nuit à une filature, mais ce n'était pas inscrit sur votre téléphone, hein ?

Et il partit d'un rire guttural qui rétablit d'un seul coup la maitrise de Valérie.

— Que puis-je faire pour vous ? ajouta-t-il.

— C'est Valérie Morin à l'appareil. J'aimerais rejoindre mon père. Vous n'auriez pas son numéro de téléphone ?

— Certainement. Je vois que votre rencontre a été positive.

Pas vraiment, pensa-t-elle, un léger sourire aux lèvres.

— Vous m'en voyez enchanté, continua le détective. Je n'ai jamais eu un client aussi pathétique dans son insistance. Vous voulez que je vous dise ? Des dénouements comme le vôtre, c'est la motivation de mon métier.

Valérie se taisait, car elle ne savait absolument pas quoi lui dire. Mais il ne semblait pas attendre de commentaires, puisqu'il ajouta :

Si vous voulez m'attendre quelques minutes, je descends dans mon bureau pour trouver le numéro de monsieur Morin.

— Certainement, dit Valérie. Prenez tout votre temps.

Valérie fut mise en attente et elle en profita pour se munir elle-même d'un papier et d'un crayon. Dave McNicoll revint en ligne après quelques minutes et lui donna le numéro de téléphone de son père.

Maintenant qu'elle tenait ce numéro dans les mains, une grande nervosité la secoua. Cette communication qu'elle devait faire voulait dire beaucoup plus qu'un simple appel téléphonique. Il impliquait qu'elle eut pris la peine de faire les démarches pour se le procurer et de faire l'effort de lui téléphoner de son plein gré.

Cela signifiait d'un seul trait qu'elle lui pardonnait. Valérie réalisa cette évidence avec un frisson dans la nuque. Oui, elle pardonnait à cet homme qui avait été davantage une victime dans toute cette histoire. Et c'est cela, juste cela, qui la rendait mal à l'aise. Car elle avait été aussi l'instigatrice de son rejet. Et elle se sentait coupable à nouveau.

— Cette maudite culpabilité, ragea-t-elle, s'en défait-on un jour ?

Oui, entendit-elle dans sa tête, la petite voix de sa conscience revenue tout à coup. Elle disparait le jour où l'on est d'abord honnête avec soi-même, sans plonger dans les excuses et les subterfuges.

Le geste qu'il lui restait à faire lui demandait plus de courage qu'elle n'aurait cru. Il y avait déjà vingt minutes qu'elle pressait le papier dans ses mains quand Madeleine apparut au pas de la porte du boudoir.

— Je te dérange ?

— Non, Mado. J'ai en mains tout ce qu'il me faut, lui dit Valérie en lui montrant le numéro de téléphone inscrit sur le bout de papier. Il ne me manque que le courage d'aller jusqu'au bout.

— Tu veux que je l'appelle pour toi ?

— Non. Il penserait alors que je ne veux pas lui parler. J'ai peur de le faire, mais je dois le faire. Il m'a prouvé qu'il voulait de moi et qu'il m'aimait. Maintenant, c'est à mon tour de lui pardonner. Et ce téléphone le lui dira. Tu crois qu'il comprendra tout ce que ce geste contient ?

— Oh ! oui, Val. J'en suis convaincue. Robert est un être extrêmement doué pour ce genre de choses. D'ailleurs, sa vie fut une bonne école, à cet égard. Tu ne trouves pas ?

— Oui, c'est certain. Tu sais ce qui m'inquiète le plus ?

— Non, répondit Madeleine en s'assoyant près de sa nièce.

— Je ne sais pas comment l'appeler. « Papa » est trop difficile pour le moment, ça ne veut presque rien dire pour moi à ce stade-ci.

— Appelle-le Robert, tout simplement.

— C'est ce que je pensais, mais je ne veux pas le blesser non plus.

— Fais-lui confiance, Valérie. Tu verras, tout ira bien. Je te laisse.

Madeleine s'était levée et avant de sortir, elle se retourna doucement vers Valérie, un sourire aux lèvres.

— Valérie, tu es une femme extraordinaire. Si j'avais eu un enfant, il n'aurait pas pu être plus merveilleux que toi.

Émue, Valérie se leva spontanément et enlaça Madeleine, avec une grande tendresse.

— Je t'aime, Mado. Tu es la mère que j'ai toujours voulue.

Elles s'étreignirent, en silence, comme si les mots ne pouvaient plus ajouter d'intensité à la complicité et à la chaleur qu'elles partageaient maintenant.

Madeleine partie, Valérie composa le numéro de son père. À la deuxième sonnerie, Robert répondit.

— Allô !

Hésitante quelques secondes, Valérie plongea :

— Est-ce que je pourrais parler à monsieur Robert Morin, s'il vous plait ?

— Robert, Valérie. Appelle-moi, Robert. Bonjour !

— Bonjour, répondit-elle soulagée que l'amorce soit faite. Tu vas bien ? demanda-t-elle, étonnée par la facilité qu'elle avait d'aligner les mots dans sa bouche, alors que ses jambes faisaient des claquettes.

— Très bien, ma fille. Je ne peux aller mieux, crois-moi.

— J'appelle euh... pour... savoir si cela te plairait de venir souper demain soir, chez Madeleine et Rosaire.

— ...

— Robert, tu es toujours là ? s'inquiéta Valérie.

— Oui, je suis là, répondit-il d'une voix éraillée, un peu caverneuse. Ça me ferait très plaisir.

— Ma fille Marie-Ève sait aujourd'hui qu'elle a un grand-père. Et elle est aux anges ! Elle voulait même te garder à coucher et te prêter son lit.

Mais qu'est-ce que je lui dis là ! Je ne veux pas qu'il dorme à la maison.

Mais elle l'entendit rire au téléphone.

— Elle est vite en affaires, celle-là. Remercie-la de ma part, mais pour cette fois, le souper fera très bien. Pour le coucher, on en reparlera dans quelques mois, si tu veux bien !

— Mais bien sûr, s'empressa-t-elle d'ajouter, soulagée que son bavardage n'ait pas créé un piège, les prenant tous les deux de court. Tu connais l'adresse ? Est-ce que tu veux qu'on aille te chercher ?

— Non, non, Valérie. Ça ira très bien. Je sais où ils habitent. À quelle heure ?

— Vers 18 h, ça ira ?

— Parfait. J'y serai.

— À demain, alors.

— C'est ça, à demain. Oh, Valérie ?

— Oui ?

— Merci d'avoir appelé. Merci beaucoup.

L'émotion qui la pinçait au ventre aurait pu envahir le village tout entier, si elle s'était liquéfiée. Elle avait la gorge nouée, mais cette oppression avait aujourd'hui quelque chose de nouveau. Elle n'avait pas mal, elle ne souffrait plus.

Elle était envahie d'une belle joie. Pas un contentement absolu, car il lui semblait qu'il était tôt pour ressentir ce genre de sentiment. Mais elle était enveloppée d'un sentiment de bien-être, de paix, comme lorsqu'on place la dernière pièce d'un puzzle et qu'on admire le résultat avec satisfaction.

— Valérie ?

La jeune femme sursauta. Madeleine se trouvait devant elle, et il lui fallut quelques secondes pour se remettre les idées en place et revenir à la réalité.

— Qu'est-ce qu'il y a, Mado ? Tu as l'air contrariée.

— Plutôt, oui. Je ne voulais pas te déranger aujourd'hui, je sais que ce n'est pas le moment, mais je crois que tu devrais aller voir le cuisinier. On a plus de cinquante personnes de plus que prévu pour le souper et il est exaspéré. J'ai essayé de lui parler, mais... il veut remettre son tablier !

— Oh ! j'y vais tout de suite.

Panique à l'auberge

Valérie se leva et se dirigea vers le miroir pour vérifier son allure et comme elle s'apprêtait à quitter la pièce pour se rendre à l'auberge, Madeleine la retint par le bras.

— Et puis, ton téléphone ?

— Il a accepté. Il sera ici demain à 18 h, dit Valérie sans retenir un large sourire qui fit pétiller ses yeux.

— Super ! comme dirait ta fille. Je suis contente Valérie.

— Le plus étrange c'est que moi aussi, Mado, je suis contente.

Et Valérie dévala l'escalier en lançant à sa tante :

À tantôt, le devoir m'appelle, j'ai un tablier à rattraper !

Valérie passa d'abord par le petit bureau de la réception pour jeter un coup d'oeil au livre des réservations. Et c'est là qu'elle comprit le problème. La semaine dernière, elle avait accepté trois réservations de groupe pour ce soir : un premier de vingt-deux personnes, deux autres de dix-huit et de dix personnes.

Mais elle les avait notées sur une feuille et ne les avait pas retranscrites tout de suite dans le cahier des réservations. On les avait oubliées, et de là l'engorgement de ce soir. Il n'était pas dans les habitudes d'Olivier de paniquer.

Ce cuisinier était une perle rare que Valérie se félicitait tous les jours d'avoir déniché. Sans son ingéniosité, son grand talent et son calme légendaire, la réputation de l'auberge La Mitonnée ne serait jamais devenue ce qu'elle est. C'est donc avec inquiétude que Valérie s'enfonça dans l'antre du chef, en saluant tout le monde avec courtoisie.

— Ah vous voilà, madame Morin, lança Olivier, l'orage dans les yeux. Je voulais justement vous dire ce que je pense ! La situation est absolument révoltante !

— Mon cher Olivier, vous avez parfaitement raison ! répondit du tac au tac Valérie.

Surpris de cette réponse, le chef cuisinier regarda Valérie avec un air déconcerté. Et la jeune femme continua avant qu'Olivier ne revienne de sa surprise :

— Je suis absolument désolée de la situation. Tout est de ma faute, Olivier. J'ai complètement perdu le contrôle des réservations cette semaine. Nous devons faire face à 125 soupers alors que l'on attendait 75 personnes. Si je n'avais pas cette confiance absolue en votre génie, je pleurerais toutes les larmes de mon corps !

Quelques rires fusèrent du côté des préposés aux légumes et aux potages. L'atmosphère se détendit d'un cran. Olivier toussa nerveusement et baissa un peu son regard. Valérie en profita pour continuer :

— Il nous faut donc régler tout ça, à notre méthode. Tout d'abord Hélène, aller porter au bar des fromages, du pain et du pâté de foie gras. Faites passer le mot à tous les clients qu'un petit en-cas est offert gracieusement à tous.

Espérons que tout le monde aura très faim et qu'ils s'empiffreront avant le souper. Et que toutes les tables reçoivent du pâté et du pain en quantité. Ça nous permettra de réduire un peu chacune des portions servies, sans toutefois en faire des portions de pauvres !

Ensuite, à tous les serveurs et serveuses : interdiction formelle aujourd'hui de transférer les heures de souper des clients. Donnez pour raison que nos tables sont comptées, que tout est très serré — ce qui est parfaitement exact d'ailleurs — et qu'il est impossible de faire aucun changement.

Entretemps, qu'on prépare l'émincé de veau prévu pour demain pour le deuxième service. On devrait ainsi pouvoir servir tout le monde. Quant à moi, je commande dès maintenant d'autres pièces de viande pour demain.

Et, qu'on monte une table dans le petit salon vert pour ce soir. On essaiera d'y installer la famille Simard, ils sont 18, il me semble ? Ça nous donnera un petit jeu supplémentaire pour les tables de la salle à manger. Cette situation vous convient-elle Olivier ? Croyez-vous qu'on s'en sortira ?

— Oui, madame. Je trouve que c'est une solution de rechange excellente. Je m'occupe également d'étirer les potages et d'ajouter une entrée supplémentaire. Maryse, vite, qu'on me prépare le veau pour l'émincé.

Valérie regarda les employés se diriger vers la chambre froide et Olivier qui commençait à mettre en branle sa préparation de l'émincé. Les deux heures à venir avant le premier service seraient occupées plus que de coutume, mais Valérie avait la conviction que tout serait en ordre à 18 h.

— Merci à chacun de votre collaboration. Si d'autres problèmes s'annoncent, il faut m'en aviser immédiatement. Je vais appeler de ce pas le maitre d'hôtel et lui demander de rentrer un peu plus tôt ce soir afin qu'il pense déjà à quelques allégements du service.

Alors qu'elle s'apprêtait à quitter la cuisine, Olivier la rappela :

— Madame Morin ?

— Oui, Olivier ?

— Excusez mon énervement, j'aurais dû...

— Aucune importance Olivier. L'essentiel, c'est que tout soit rentré dans l'ordre. Ah, n'oubliez pas de demander à Jacinthe de revenir demain matin. Ce devait être sa journée de congé mais nous la reporterons. Elle comprendra. J'ai comme l'impression que les quelques jours à venir seront semblables à aujourd'hui. Alors vaut mieux ne pas prendre de chance et avoir tout le personnel présent. Bonne soirée à tous.

Les employés la saluèrent également et Valérie quitta la cuisine, satisfaite du dénouement de ce qui aurait pu être catastrophique. Mais ce qui agaçait Valérie, c'était qu'effectivement elle avait complètement perdu le contrôle des réservations.

Cela ne lui était jamais arrivé depuis qu'elle travaillait dans l'hôtellerie. Elle avait toujours été d'une grande efficacité et n'avait jamais permis un tel débordement sans protéger ses arrières. Une grande frustration la rongeait lorsqu'elle rejoignit le bureau où se trouvait Madeleine.

— Alors, Val, tout est réglé ?

— Oui. Mais j'enrage de ma distraction. Ça n'aurait jamais dû arriver !

— Ne t'en fais pas. Va souper à la maison. J'ai une lasagne au four. Heureusement que j'y ai pensé ce matin ! S'il avait fallu qu'on mange à la cuisine ce soir, je crois qu'Olivier en aurait fait une jaunisse.

Elles rirent toutes les deux sans retenue, laissant ainsi évacuer le stress qui venait de les prendre toutes les deux d'assaut.

— Parfait. Je ne serai pas longue. Je reviens aussitôt que j'ai fini, je veux être présente à la salle à manger pour plus de sécurité.

— Très bien. Je prends la relève. Ne t'inquiète pas.

Et comme Valérie partait, Madeleine ajouta :

— Ah, Valérie, ne cherche pas Marie-Ève. Elle est partie avec Rosaire à Baie Saint-Paul. Ils reviendront vers 20 h.

— D'accord. À plus tard, Mado.

Une bonne nouvelle

Comme Valérie quittait l'auberge, Jean-Pierre arriva en trombe dans le stationnement. Intriguée, Valérie s'approcha de lui, et avant même de refermer la porte de son auto, Jean-Pierre la prit dans ses bras pour la faire tournoyer follement, laissant ses pieds battre l'air autour d'eux.

— Valérie Morin, je t'aime ! Et j'ai une merveilleuse nouvelle à t'annoncer.

— Quoi donc ? lança-t-elle étourdie quand il la reposa par terre. Ma foi, tu es devenu complètement fou !

— Figure-toi que le poste que j'occupe au Cégep pour l'année m'a été offert en permanence. Le prof que je remplaçais et qui avait demandé une année sabbatique vient de remettre sa démission. Ils m'ont offert le poste et je l'ai accepté. N'est-ce pas merveilleux ?

— Ah Jean-Pierre, je suis si contente pour toi. C'est en effet merveilleux !

— Et toi, mon amour, comment te sens-tu maintenant ? Pas trop fatiguée ?

— Au contraire, tout s'arrange. J'ai appelé Robert.

— Bravo ! Et comment cela s'est-il passé ?

— Très bien. Je l'ai invité à souper demain soir, chez Mado. Et il a accepté, dit-elle un sourire espiègle au coin des lèvres.

— Tu as l'air satisfaite de la situation. Je me trompe ?

— Non, en effet. Mais si tu veux bien, allons continuer cette conversation à l'intérieur. Il fait un froid de canard dehors.

— Tu as raison.

— J'allais justement souper. Madeleine nous a préparé une lasagne, tu en veux ?

— Tu rigoles ? La lasagne de Madeleine m'a toujours fait

craquer.

Et c'est la main dans la main qu'il gagnèrent la maison, lui heureux de retrouver une Valérie plus sereine et plus joyeuse. Elle, enchantée de tenir la main de l'homme qu'elle entrevoyait maintenant indispensable à son bonheur.

Assis l'un en face de l'autre, ils mangeaient silencieusement en se jetant l'un et l'autre des regards tendres et complices. Pour la première fois, Valérie regrettait d'avoir à retourner à l'auberge.

Elle aurait voulu rester auprès de Jean-Pierre, se blottir contre lui et sentir son coeur battre, son odeur se mêler à la sienne. Elle se sentait émue comme une adolescente. Mais elle ne lui en dit rien. Malgré le bien-être qu'elle ressentait en sa présence, elle ne voulait pas aller trop vite.

Chaque chose en son temps. Après tous les événements bouleversants qu'elle venait de vivre, elle devait avant tout faire le point sur tout ça. Ensuite, viendrait pour elle le temps de penser à sa vie de femme.

Alors même qu'elle s'apprêtait à se lever pour retourner vers Madeleine, Rosaire et Marie-Ève firent leur entrée dans la maison.

— Tiens, vous êtes en avance tous les deux, s'écria Valérie, heureuse de revoir sa fille si tôt.

— Bonsoir Mamichou, lança gaiement Marie-Ève.

Rosaire expliqua que son rendez-vous à Baie Saint-Paul avait été écourté et qu'ils avaient décidé de revenir souper à la maison. Quant à Marie-Ève, elle avait déjà grimpé sur les genoux de Jean-Pierre.

— Hello Jean-Pierre, comment vas-tu ?

— Très bien, jeune fille. Mais tu as un teint radieux ! Tu es de plus en plus belle, tu sais.

Rougissant, Marie-Ève donna deux grosses bises à Jean-Pierre et s'écria :

— Et toi, tu es mon chum préféré !

Tous trois éclatèrent de rire et Valérie profita de cet intermède pour se lever de table.

— Je dois retourner au souper. J'essayerai de vous envoyer Madeleine. Mais nous avons quelques petits problèmes de planification ce soir. Et je ne sais pas si elle voudra venir tout de suite.

— Laisse-la faire à sa guise, ma belle, lui dit Rosaire. Tu la connais, elle ne fait toujours qu'à sa tête, de toute façon.

— Oui, je sais, Rosaire. À plus tard tout le monde.

Et Valérie se pressa vers l'auberge, tandis que Jean-Pierre la suivait du regard, amoureusement. Rosaire fit un clin d'oeil de connivence à Marie-Ève.

— Ah ! l'amour ! s'exclama Marie-Ève, donnant un coup de coude à Jean-Pierre.

Et les deux hommes éclatèrent de rire, bientôt suivi par le rire cristallin de Marie-Ève.

Une soirée à deux

Il neigeait. La pleine lune faisait miroiter la neige et les arbres étaient lourds de ouate froide. Valérie et Madeleine sortaient de l'Auberge et le scintillement de ce tapis blanc les firent oublier l'air glacé et humide qui les assaillait.

— Quelle merveilleuse soirée, lança Madeleine. Qui aurait dit après tout ce mélange au cahier des réservations que nos soupers ce soir nous réserveraient tant de belles surprises !

— C'est vrai, Mado, répondit Valérie. Olivier s'est surpassé. C'est merveilleux qu'il ait reçu, précisément ce soir, tant de félicitations de nos clients.

— Tu l'as dit ! s'exclama joyeusement Madeleine. Je ne crois pas qu'il pensera à remettre son tablier de sitôt.

Souriante, Valérie revit en pensée les quelques heures qu'elle venait de vivre. Les groupes qui avaient failli faire basculer l'ordre des choses aux soupers avaient donné à cette soirée une atmosphère de réjouissance. Plusieurs personnes chantaient spontanément.

Il y avait même eu un comédien qui s'était amusé à faire toutes les tables en cherchant la parenté de son chien Inou. L'hilarité s'était magiquement propagée. Valérie avait été un peu inquiète à un moment donné, car elle craignait que les couples qui avaient réservé pour un souper intime ne se plaignent de ce dérangement bruyant. Mais aucunement. Tous s'étaient joints à l'effervescence et personne ne s'était soustrait à la folie qui s'était emparée de la salle à manger.

Et quand la table numéro 10 avait exigé de voir le chef cuisinier et avait scandé inlassablement : « On veut le chef ! On veut le chef ! », c'est une foule en délire qui accueillit debout, dans un applaudissement monstre, Olivier qui sortait de la cuisine, triomphant.

Le chef de La Mitonnée eut droit à un hommage digne des plus grands chefs. Valérie et Madeleine, heureuses de cette si chaude spontanéité, étaient allées serrer la main d'Olivier et le remercier pour son travail de maitre. Et tous les convives les avaient suivis, créant un brouhaha inimaginable et une camaraderie exemplaire.

— C'est du jamais vu ! ajouta Valérie.

— Jamais ! continua Madeleine. Tu crois qu'Olivier nous a crus quand on lui a juré que rien de tout cela n'avait été organisé ?

— Aucune idée, s'exclama Valérie en riant. Il faut dire que c'était si excessif que je me suis demandé moi-même s'il n'y avait pas quelqu'un à l'Auberge derrière tout ça.

— Ouf ! quelle soirée, lança Madeleine, en riant.

Et les deux femmes de retour à la maison secouèrent un peu leurs manteaux blanchis de neige sur le tapis de l'entrée, avant de les suspendre dans la garde-robe.

Madeleine s'approcha du feu au salon et se frotta les mains l'une contre l'autre au-dessus des flammes. Rosaire avait allumé le foyer, comme tous les soirs et Mado ressentait toujours la même joie à se blottir quelques minutes auprès de l'âtre.

— Mesdames, ça vous dirait un bon chocolat chaud ? demanda Rosaire sortant de la cuisine, le litre de lait à la main. Je m'en préparais un, à l'instant.

— Quelle bonne idée, Rosaire, lança Valérie, l'embrassant chaleureusement. Et toi, Mado ?

— Oui, excellente idée, en effet. Mes vieux os vont apprécier.

— Je vais t'aider, Rosaire, dit Valérie en enlaçant la taille de son oncle, ajoutant un clin d'oeil à l'adresse de Madeleine.

Celle-ci s'installa confortablement dans son fauteuil et laissa échapper un soupir de soulagement.

— Ce n'est plus de mon âge, tout cet enthousiasme de la jeunesse. Je suis morte de fatigue, lança Madeleine, se délestant de ses chaussures et se massant les pieds soigneusement.

Rosaire et Valérie revinrent au salon avec les chocolats chauds et s'installèrent confortablement à leur tour.

— Eh bien ! s'exclama Rosaire. Est-ce que vos clients nous pressentiraient une tempête ?

— Peut-être bien, s'esclaffa Madeleine. En tout cas, ce n'était pas de tout repos. Mais tellement agréable. J'aurais voulu que tu sois là, Rosaire.

— Et Marie-Ève, pas de problèmes ? demanda Valérie à Rosaire.

— Non. Tout s'est passé merveilleusement. Jean-Pierre a finalement passé la soirée ici. On a placoté un peu tous les deux.

— Ah ! oui, s'étonna Valérie. Et de quoi avez-vous parlé, comme ça, en complices ? se moqua la jeune femme.

— Tu es bien trop curieuse, ma fille ! ajouta Rosaire en souriant.

Le téléphone sonna et Valérie s'empressa d'aller répondre à la cuisine, certaine que c'était Jean-Pierre.

— Allô.

— Bonjour, ma belle. Tu vas bien ?

— Très bien, Jean-Pierre, répondit la jeune femme, émue d'entendre sa voix. Et toi ?

— Pas très bien, répondit Jean-Pierre.

— Qu'est-ce qu'il y a ? interrogea Valérie, inquiète. Tu es malade ?

— Mais non, ça va, ajouta-t-il rapidement. Ou plutôt oui, je suis malade. Malade d'amour et l'ennui me donne la fièvre.

Valérie éclata de rire et son coeur fit un bond.

— Viens me trouver, Valérie. Je me languis de toi.

— À cette heure-ci ? Tu crois que c'est raisonnable ?

— Non. Mais quelle importance ?

Le coeur de Valérie s'accéléra aux paroles de Jean-Pierre. Elle n'avait pas souvenir d'avoir ressenti ce genre d'émoi pour un homme, depuis des années. Elle aimait ce pincement au coeur et ce petit frisson qui parcourait ses bras au son de sa voix.

— OK. J'arrive.

— Merveilleux ! À tout de suite, Val.

Valérie déposa le combiné et regretta aussitôt son engagement. Elle hésitait à quitter la maison, comme une célibataire libre comme l'air. Il y avait Marie-Ève, et Valérie trouvait qu'il serait peut-être abusif d'aller trouver Jean-Pierre et de compter, une fois de plus, sur Rosaire et Madeleine.

Comme elle faisait irruption dans le salon, Rosaire se levait pour ramasser les tasses et se tournant vers Valérie, il lança :

— Va donc trouver Jean-Pierre, Valérie. C'est ta journée de congé demain.

— Mais... hésita Valérie, vous ne croyez pas que j'exagère un peu...

— Mais non, voyons, trancha Madeleine. Que vas-tu chercher là ? Il y a si peu de moments où vous êtes seuls tous les deux. Allez Valérie, disparais. De toute façon, demain Marie-Ève passe la journée chez sa petite amie Vanessa. C'est une journée pédagogique à l'école.

— Allez va, ouste, ajouta Rosaire.

Ne trouvant plus de raisons valables pour éviter sa désertion, Valérie se laissa convaincre et les embrassa chaleureusement avant de quitter la maison.

Quand Valérie arriva chez Jean-Pierre, celui-ci avait déjà installé de la musique, tamisé les lumières et débouché une bouteille de Riesling. Ils se blottirent l'un contre l'autre sur le divan, trop heureux de partager tendrement cet espace et ce temps.

Valérie lui raconta l'effervescence de la soirée à l'Auberge et Jean-Pierre était presque offusqué d'avoir manqué ce spectacle. Il se leva pour changer le disque compact, pendant que Valérie remplissait leurs verres de vin.

La jeune femme avait l'impression de renaitre. Pour la première fois de sa vie, elle n'était plus seule. Elle se sentait amarrée à un port de plaisance, goutant chaque instant de joie et de paix qu'ils partageaient.

Jean-Pierre revint s'asseoir. Il embrassa doucement la main de Valérie. La jeune femme lui sourit, tendrement, et lui dit :

— Après la naissance de ma fille, tu es la plus belle chose qui me soit arrivée dans la vie !

— Toi aussi, Valérie, dit Jean-Pierre, en la regardant intensément.

— J'ai tellement peur que ça ne marche pas nous deux. Comme mes parents.

— C'est ridicule, Valérie.

— Tu trouves ?

— De quoi as-tu peur, Valérie ? Que je t'abandonne ? Comme l'ont fait ton père, ton frère, ta mère, ton mari ? C'est ça ?

Ainsi mise à nue, Valérie le regarda, un peu honteuse. Toute sa vie, elle s'était cru une poupée de chiffon bafouée par ses sentiments confus d'abandon, de haine et de révolte. Pendant des années, elle avait eu l'envie de régler des comptes.

Mais ces dernières semaines, l'intrusion intensive du passé dans son présent avait fait disparaitre comme par enchantement ses représailles. Ne lui restait plus qu'un relent de nostalgie, un arrière-gout de tristesse pour ce qui aurait pu être, si tout s'était déroulé différemment dans sa vie. Et des souhaits avortés assaillirent son coeur et son âme :

*Si mon père était resté... s'il ne nous avait pas quitté*s, pensa-t-elle, déçue et triste.

Mais une voix la contraria du tréfonds de son âme :

Et quoi encore ? Si Jules n'était pas apparu dans la vie de ta mère ? Si ton père n'avait pas été un joueur compulsif ? Si ta mère avait eu plus de combativité ? Si, si... Et j'aurais voulu... Ou, j'aurais donc dû ? Tu souhaites que ta vie n'ait pas été ta vie ?

Tous ces regrets sont stériles. Ils ne servent qu'à dorer la cage de victime que tu t'es forgée. Quand diras-tu JE VEUX et plongeras-tu dans ton présent, avec les seules règles que les tiennes ? La vie est courage, honnêteté de voir la vie telle qu'elle est. Et surtout, la vie, c'est la possibilité de choisir. On a toujours le choix : le présent ou le passé.

Il y a des semaines, Valérie aurait voulu faire taire à tout jamais cette voix insolente de son âme. Mais aujourd'hui, elle lui trouva une grande sagesse. Curieusement, son coeur choisit d'emblée le présent et promit de ne plus jamais laisser son passé régir sa vie.

Dorénavant, Valérie avait le gout d'avoir plus de sollicitude pour elle-même. Habituellement, elle affichait un air déterminé et indépendant. Mais ce soir, elle se sentait toute fragile, tel un jaune d'oeuf au miroir. Comme si un rien pouvait la percer et que toute sa substance puisse s'étaler à nue, vulnérable. Toutefois, elle ne se sentait plus menacée. Vulnérable oui, mais nullement menacée.

Mais cette simple vulnérabilité la faisait trembler de peur. Saurait-elle vivre avec Jean-Pierre une relation qui ne les laisserait pas l'un et l'autre démunis avec le temps et incapables de continuer leur route harmonieusement ?

Valérie aurait voulu que tout soit simple. Mais rien n'était jamais simple. Jean-Pierre aussi détenait dans sa vie un drame : les pertes de sa femme et de son bébé à naitre ne pouvaient pas avoir été oubliées si facilement. Pourtant, il en parlait si peu.

Comment pouvait-il être si serein aujourd'hui, alors que sa vie entière s'était écroulée ? Pourquoi n'en parlait-il jamais ? Il lui avait raconté l'événement un jour. Mais jamais comment il s'en était sorti. Car sensible et vif comme il était, cet accident aurait dû le jeter dans l'accablement le plus total.

Jean-Pierre se leva brusquement, faisant sursauter Valérie. Puis, d'un geste impatient, il fendit l'air de ses bras.

— Oh, Valérie, tu ne vas pas recommencer à douter !

Valérie, interloquée, ne sut que dire devant les gestes et le ton de colère du jeune homme. Celui-ci continua sa diatribe, en haussant le ton :

Quand je vois le doute et les interrogations dans tes yeux et que j'en suis la cause, j'aurais envie de te secouer comme un prunier.

Décontenancée, Valérie réussit à dire :

— Mais... où veux-tu en venir ?

Un frisson la parcourut. Ce qui avait traversé son esprit, il y a quelques minutes, elle n'en avait jamais parlé à Jean-Pierre. Mais elle l'avait pensé si souvent. Cet homme qu'elle aimait de toute son âme était comme trop parfait.

C'est à ce moment précis de sa réflexion que Jean-Pierre s'était levé, exaspéré.

— Mais où veux-tu en venir, Jean-Pierre ? questionna-t-elle à nouveau, curieuse de voir s'il avait compris ses pensées intimes, inavouables.

Jean-Pierre prit une grande inspiration, se calma, se rapprocha de Valérie et s'assoyant tout près d'elle, mais sans la regarder, il dit d'un ton plus égal :

— Je ressens à nouveau tes réticences, Valérie. Mais seuls tes yeux te trahissent. Tu ne me fais pas confiance vraiment.

— Mais... comment peux-tu croire cela ? hésita Valérie, déboussolée par la perspicacité de Jean-Pierre.

— Je ne sais pas trop. Je vois dans tes yeux des réflexions du genre : « c'est trop beau pour être vrai », et ça me rend fou !

L'air incrédule, Valérie scruta le visage de Jean-Pierre. Elle se demanda comment il pouvait lire en elle, ainsi.

Tu ne me crois pas, quand je dis que je t'aime ? continua Jean-Pierre, doucement.

— Oui, bien sûr.

— Mais ? Car il y a un, mais...

Mal à l'aise, Valérie se leva et marcha un peu dans la pièce. Puis, quelques minutes plus tard, elle se retourna vers le jeune homme et lui lança :

— Tu n'es jamais révolté, Jean-Pierre, contre les gens et contre la vie ? Après la mort de ta femme, de ton bébé à naitre, tu as réussi à continuer à vivre simplement, comme si de rien n'était ?

— Qu'est-ce que tu crois ? Évidemment que j'étais anéanti. J'étais un mort-vivant, à dire vrai. J'ai vécu l'enfer !

— C'est difficile à croire en te voyant aujourd'hui. Tu es si sûr de toi, si serein...

Jean-Pierre prit son verre de vin dans ses mains et s'assit par terre, le dos appuyé au fauteuil. Il tourna son verre en fixant le vin qui dansait doucement aux mouvements initiés. Puis, sans regarder Valérie, il commença à parler, tout bas, si bas que Valérie dut s'approcher et s'asseoir près de lui pour ne rien perdre de ce qu'il voulait dire.

— C'est parce que j'ai connu la mort, Valérie, que je tiens tellement à la vie. C'est parce qu'il m'a fallu réapprendre à vivre, avec douleur, angoisse et désespoir que je goute chaque seconde de ma vie, maintenant.

Jean-Pierre raconte

Jean-Pierre s'était tu un moment. Il prit une gorgée de vin qu'il savoura lentement et qu'il avala. Puis, après un grand soupir triste, il ouvrit doucement ses souvenirs douloureux pour Valérie.

— Sylvie était peintre. Tout ce qu'elle voyait devenait magnifique sous son pinceau. Fille unique d'une famille aisée, elle avait la fierté de se débrouiller toute seule. Elle habitait un appartement près de l'Université Laval.

Cette année-là, des problèmes d'argent l'avaient obligée à partager les frais de son logement devenus trop lourds pour ses moyens. C'est moi qui suis devenu son colocataire. On s'est plu tout de suite. Ce n'était pas un coup de foudre. Pourtant, tout est allé bien vite.

J'ai emménagé chez elle en septembre, on s'est marié au mois de mai et en juillet, elle était enceinte. Jamais nous n'avions parlé d'enfants et pourtant, nous étions fous de joie tous les deux. Rien n'était prévu, mais tout était merveilleux ainsi.

Notre relation était d'une grande simplicité. Je l'aimais profondément. L'accident s'est produit un samedi de novembre en 1991. C'était la première neige. Sylvie partait pour Mont-Joli cette fin de semaine là, pour une exposition thématique planifiée depuis longtemps. Il ne devait pas neiger beaucoup.

Pourtant, ce fut une tempête mémorable. Un camion l'a emboutie par-derrière. Le chauffeur avait été incapable de freiner sur une plaque de glace. Quatre voitures ont été impliquées dans cet accident. Seule Sylvie y a perdu la vie. Il a fallu trois heures et demie pour sortir son corps de l'auto. Elle est morte sur le coup, m'a-t-on dit, la nuque brisée.

Si je te disais que je ne me souviens plus de rien, à partir du moment des funérailles. Novembre et décembre 1991 sont complètement absents de ma vie. J'ai été six semaines complètement perdu. Je ne mangeais plus, je ne dormais plus. J'engloutissais une tonne d'antidépresseurs et de valium.

J'habitais chez mes parents. J'aurais pourtant été un candidat idéal pour l'hôpital psychiatrique, mais ma mère a toujours refusé. Elle disait : « C'est d'amour que mon fils a besoin, pas de traitement psychiatrique. »

Pendant deux mois, j'ai été envahi d'une léthargie profonde. Je n'ai jamais été violent. Mais pendant ces semaines, si l'on essayait de me sortir de mon engourdissement, je devenais très agressif et parfois violent. Et, plus le temps passait, plus cette violence était forte en moi et agressait tout le monde. Mes parents commençaient à avoir peur.

La fête de Noël eut lieu chez mes parents, cette année-là, et j'ai refusé de sortir de ma chambre pendant les trois jours de la présence de mes frères et soeurs. Tous les membres de ma famille ont tenté de me sortir de mon trou, mais ils firent tous échec.

Guy n'avait pas pu se déplacer pour les Fêtes. Ma mère fonda donc ses espoirs sur son intervention et lui demanda de venir. Un matin de janvier, Guy arriva chez mes parents, à Duberger.

Après qu'ils lui eurent raconté toute l'histoire, Guy leur demanda de partir et de me laisser seul avec lui. Mon père a beaucoup hésité. Il avait peur. Mais finalement, il céda. Et c'est alors que tout a commencé.

Mon frère Guy a monté l'escalier en courant, a défoncé ma porte barrée et est entré dans ma chambre en furie. Il avait dans les mains une carabine. Il a pris tous mes médicaments et les a jetés par terre, à côté de moi. Puis il a mis la carabine par terre aussi et il m'a crié :

— Allez, espèce de lâche, vas-y. Saute-toi la cervelle ou ingurgite tous tes médicaments de merde. Ça suffit. Tu te sautes ou tu arrêtes et tu continues de vivre.

— Non, mais ça va pas espèce de fou, ai-je répondu complètement outré.

— Non, ajouta-t-il. Non, c'est toi qui es fou, tu ne te souviens plus ? Tu veux mourir, Jean-Pierre. Alors, vas-y. Meurs. Et qu'on en parle plus. On en a tous marre de ça !

Et subitement, il s'était tu et s'était dirigé vers la porte de ma chambre pour quitter la pièce. Mais avant même qu'il n'atteigne le palier, je me suis levé et furieux, je me suis précipité sur lui. Et nous nous sommes battus, Valérie. Oui, battus comme des bêtes sauvages. Moi qui n'ai jamais été violent de toute ma vie, je le frappais férocement, avec un désir incontrôlable de destruction. J'avais envie de le tuer.

Jean-Pierre fit une pause et baissa la tête, silencieux. Valérie n'esquissa aucun geste ni ne parla davantage. Elle attendait la suite, consternée.

— Heureusement, Guy est plus grand, beaucoup plus grand que moi. Et plus fort, évidemment. Il m'a laissé le frapper et hurler pendant près de trente minutes, laissant sortir ma rage, jusqu'à ce que je n'en puisse plus et que je m'écroule par terre, épuisé.

Alors, il m'a pris dans ses bras et m'a laissé pleurer jusqu'au tarissement de mes larmes. Et c'est ainsi que mon père et ma mère nous ont trouvés. Tous les deux, couverts de sang, moi sanglotant comme un gosse et Guy me berçant comme un bébé.

Cet après-midi-là, Valérie, ce fut l'enfer. Je suis descendu si bas dans ce labyrinthe immonde du désespoir que je ne pouvais plus que remonter. Comme un ballon qu'on enfouit dans l'eau et qui te rebondit à la figure.

Et c'est quelques jours plus tard que j'ai fait le rêve de Sylvie. Alors j'ai compris que les vivants triomphent de la mort. Mais il faut choisir : la vie ou la mort. Je ne voulais pas choisir. Et c'est Guy qui m'y a obligé. Je lui devrai toujours la vie. Il le sait. Je le sais.

Jean-Pierre semblait épuisé. La souffrance avait quitté ses traits. Valérie n'y voyait plus que la fatigue, une grande et blanche fatigue. Il reprit peu à peu vie et regarda Valérie droit dans les yeux :

— J'ai aimé Sylvie. Infiniment. Mais elle est morte. Et moi, j'étais vivant. J'ai choisi de vivre. Et aujourd'hui, c'est avec toi que je veux continuer mon chemin. Je t'aime, Valérie. Quand cesseras-tu d'en douter ?

Valérie était perplexe. Elle avait honte d'avoir douté de sa sincérité.

— Je crois que je ne doute plus de toi.

— Tu crois ? demanda Jean-Pierre, un brin d'exaspération dans la voix.

— Non ! Je suis sure. Je crois sincèrement que tu m'aimes autant que je t'aime.

— Enfin, soupira le jeune homme en lui caressant la nuque. Tu comprends enfin qu'il te faut laisser tomber les armes.

— Oui, tu as raison, c'est exactement ça. J'ai décidé de déposer les armes.

Jean-Pierre prit la bouteille de vin et leur servant à nouveau à boire, continua :

— Mon père nous disait souvent que la vie c'est un voyage sur une route. Quand on entreprend ce voyage, on doit s'attendre à rencontrer le jour, la nuit, des cyclistes comme des camions dix-roues, des arrêts et des feux de circulation.

Pour que ce voyage soit agréable, il faut se permettre des haltes pour admirer le paysage. Allumer les phares quand vient la noirceur. Apprendre à rencontrer les autres voitures sans perdre de vue son propre chemin. Et si un incident imprévu nous met en péril, il faut savoir l'interpréter comme un feu de circulation au rouge. C'est un arrêt obligatoire sur la route, et non une fin en soi.

— Quel philosophe, ton père ! Cette petite histoire est si bien dosée. Je l'aime beaucoup.

Jean-Pierre sourit et se leva pour se dégourdir un peu.

— Oui, mon père est assez surprenant. Ce n'était pas un grand parleur. Mais quand il nous racontait ses petites histoires, nous comprenions toujours le message qu'il voulait nous passer.

— Parle-moi d'eux, Jean-Pierre.

Jean-Pierre s'exécuta, trop content de partager avec Valérie le grand respect et l'amour qu'il dédiait à ses parents.

— Mon père était menuisier. Ma mère était couturière. Tous les deux partaient d'un matériau informe et en fabriquaient des objets utilitaires. C'est peut-être de là que leur vient ce sens inné du bonheur. Nous n'avions pas beaucoup d'argent.

On n'a jamais vécu dans l'opulence. Mais ce qu'il y avait à profusion chez nous, c'était la joie, l'amour. C'est ce qu'ils sont. Ils ont leurs défauts, mais ils sont honnêtes dans ce qu'ils vivent. C'est un couple uni, harmonieux, encore amoureux après 44 ans de vie commune. Ma mère a 62 ans, mon père, 65. Ils sont en santé tous les deux. D'ailleurs, je me demande toujours s'ils ne sont pas justement en santé parce qu'ils sont heureux.

Jean-Pierre sourit tendrement, perdu dans ses pensées. Puis, un mouvement de Valérie lui fit lever les yeux vers elle et reprendre son récit.

— Ils sont encore très actifs. Ma mère est présidente du Cercle des fermières à Duberger. Elle fait aussi du bénévolat auprès des jeunes. Quant à mon père, il fait des petits travaux de menuiserie pour des membres de l'Âge d'or. Ils jouent aux quilles, vont au théâtre et au cinéma régulièrement. Ce sont des gens simples, sans histoire, mais actifs et heureux de leur vie.

Vois-tu, continua Jean-Pierre, j'ai appris à leur contact et cela tout jeune, que pour être heureux, il faut prendre le temps d'apprécier la vie qui nous est donnée, de rencontrer les autres et de se concocter ainsi une mixture d'énergie et d'amour.

J'en ai assez de ce siècle de production où les gens n'ont plus d'importance. On ne demande plus : « Comment ça va ? » Ou encore, si on le demande, on n'écoute même pas leur réponse. Non, on demande aux gens : « Que fais-tu de bon ? » Comme si la seule chose importante était ce qu'on accomplissait.

Qu'il faille laisser une trace de soi, quelque part. Je ne crois plus aujourd'hui que cela ait tant d'importance. Ce qui importe, c'est de ressentir les événements et les gens.

Dans ma vieillesse, je ne veux pas me souvenir des écrits que j'aurais faits, des cours au Cégep que j'aurais amorcés avec brio. Non. Dans mes souvenirs, je veux des visages, des yeux qui s'émerveillent, des personnes qui ont fait un pas de plus vers le bonheur ou la vie, un peu grâce à moi. Et si je me souviens d'eux, c'est qu'ils m'auront alors appris beaucoup eux-mêmes.

Valérie ne pouvait plus détacher les yeux de ce visage si plein d'amour qui la regardait intensément. Et à cet instant précis, elle lui dit :

— Tu viens de me faire réaliser une chose merveilleuse, Jean-Pierre. J'ai toujours cherché ce qui m'avait éloigné de Vincent. Je l'ai enfin trouvé. Vincent ne voyait pas les gens, il les jaugeait. Ce qu'ils valaient, ce qu'il pouvait en tirer pour sa propre satisfaction ou son pouvoir personnel. Il y a trop de gens ainsi.

Et j'aurais probablement fait partie de cette catégorie de gens si je n'avais pas eu Madeleine et Rosaire dans ma vie. Peu après ma séparation d'avec Vincent, Madeleine m'avait dit : « La sagesse passe d'abord par une grande dose d'amour". Aujourd'hui, j'en pressens toute la richesse et la vérité.

— Oui, tu as raison, Val. J'ai vécu une enfance remplie d'amour et de rires, sans souffrances ni drames. Je me sens privilégié. Quand on a vécu d'amour, d'harmonie, d'un quotidien agréable et rassurant, on a pour toujours, l'essence même de l'air qu'on respire. On touche la vie.

C'est ça que j'ai le gout de partager avec toi, Valérie. Une vie simple, pleine et sereine. Une belle vie. Comme une fête qui n'en finit plus.

Puis, Jean-Pierre s'approcha de Valérie qui s'était allongée, un coude appuyé sur le divan, sa tête reposant dans sa paume ouverte. Il s'agenouilla à ses pieds et lui demanda, avec emphase :

— Valérie, veux-tu m'épouser ?

— Euh... je ne sais pas…

— Je veux te convaincre, Val.

— Mais tu m'as convaincue de beaucoup de choses déjà : de la beauté de la vie, du pardon, de l'espoir, de la joie.

— Je veux te convaincre maintenant que l'amour existe, l'amour sain, vivifiant, harmonieux.

Il a raison, bien sûr, pensait Valérie.

Elle devait cesser une fois pour toutes de se replier sur elle-même, de peur que tout s'écroule à nouveau. Le passé était derrière, désormais. Elle devait envisager l'avenir avec de nouvelles règles et ne plus se laisser arrêter par la peur stupide de l'abandon. Elle était une adulte, maintenant.

Ils s'enlacèrent tous les deux, tendrement. Blottie ainsi tout contre Jean-Pierre, Valérie avait la folle certitude d'avoir raison de lui faire confiance.

Puis, Jean-Pierre la regarda tendrement dans les yeux et ce qu'elle vit dans ce regard lui dit bien davantage que tous les mots de la terre. Alors, une immense chaleur l'habita. Et elle vit que cela était beau et bon.

Un grand-père brillant

— J'espère que j'ai fait le bon choix de menu, pensa Valérie, songeuse.

Aussitôt, elle réalisa que toutes ces considérations alimentaires avaient bien peu d'importance pour ce souper de retrouvailles avec son père. Mais, Valérie était très nerveuse. Elle appréhendait cette rencontre et perdait un peu ses moyens.

C'est pourquoi elle avait tout préparé elle-même, afin d'éviter de prendre panique pendant une attente passive. D'occuper son esprit avec ces détails domestiques lui permettait de rester à flots.

Valérie avait opté pour un menu typiquement charlevoisien. Madeleine lui avait assuré que Robert avait toujours adoré les mets d'ici. Elle avait donc choisi des filets d'éperlan comme entrée, suivi d'une bonne soupe aux gourganes.

Comme plat principal, Valérie avait préparé une tourtière. Elle y avait mis le boeuf, le porc et le veau habituels, mais elle avait ajouté un lièvre et deux perdrix que Rosaire avait rapportés de la chasse, cet automne. Le fumet de sa tourtière embaumait agréablement toute la maison, au grand plaisir de Valérie. Comme dessert, elle avait cuisiné la bagatelle de La Mitonnée.

17 h 10. Tout était prêt. Jean-Pierre avait dressé la table, Rosaire avait allumé le foyer et préparé les boissons. Madeleine avait fait un saut à l'Auberge pour se rassurer sur la bonne marche du souper et Marie-Ève qui était assise à la télévision, venait à peine d'arrêter de demander à Valérie : « Quand il va arriver, mon grand-père ? »

— Je monte me changer, annonça Valérie, en grimpant l'escalier à toute vitesse.

Jean-Pierre acquiesça et alla s'asseoir avec Marie-Ève. Celle-ci lui expliqua le cadeau qu'elle avait préparé pour son grand-père. Elle avait bricolé un beau livre, avait dessiné tous les événements majeurs de sa vie, avec l'aide de Rosaire, et l'avait ensuite agrémenté de photos d'elle-même.

— Comme ça, avait-elle commenté à Jean-Pierre, mon grand-père pourra avoir des souvenirs de moi quand il ne me connaissait pas.

Devant sa garde-robe, Valérie n'arrivait pas à se décider sur les vêtements à porter. Indécise, elle prenait un pantalon, pour le replacer aussitôt. Elle choisissait une blouse qu'elle changeait, l'instant d'après, pour un chandail. Et ainsi de suite, depuis déjà 15 minutes.

C'est fou comme les détails me semblent si importants, ce soir ! se lamenta-t-elle. Elle s'arrêta donc sur son tailleur vert et l'enfila rapidement, avant de changer d'idée à nouveau.

Maintenant, espérons que tout se passe bien, continua Valérie en elle-même. *De toute façon, il est trop tard pour revenir en arrière.*

Valérie avait hésité sur le déroulement de ce souper. Elle avait cru tout d'abord qu'il aurait été préférable de faire ce repas à l'Auberge La Mitonnée, pour garder ainsi une certaine neutralité à l'événement et se permettre des échappatoires au cas où cela aurait été nécessaire. Mais Madeleine l'en avait vite dissuadée.

— Ce n'est pas une très bonne idée, je crois Val, lui avait-elle dit. Tout d'abord, quand Marie-Ève sera fatiguée, nous aurons un petit problème. Ensuite, je suis convaincue que ce souper a besoin d'intimité. On ne fait pas ce genre de retrouvailles dans un lieu public. Ne sois pas inquiète, je suis certaine que tout sera parfait.

Valérie semblait la seule à ressentir des inquiétudes face à ces retrouvailles. Marie-Ève était enchantée et excitée de connaitre son grand-père. Madeleine et Rosaire étaient impatients de revoir enfin celui qu'ils aimaient tant et qu'ils avaient perdu de vue depuis quelques années.

Et même Jean-Pierre avait exprimé sa hâte de voir son père. Seule Valérie craignait ce moment. Elle avait beau avoir beaucoup réfléchi et désirer ardemment cette rencontre, elle se sentait maladroite et apeurée. C'est pourquoi elle était enfin contente que le moment approche de plus en plus.

Redescendue, Valérie préparait les glaçons pour les apéritifs quand le tintement de la porte d'entrée lui annonça que le moment était venu. Un instant, tous les regards convergèrent vers elle, interrogateurs, pendant que Marie-Ève courait ouvrir, en criant :

— C'est lui !

Et ouvrant la porte toute grande, elle lança un « Bonjour ! »

joyeux à un grand-père ému, qui la regardait avidement.

— Tu es surement Marie-Ève, ma toute belle ! dit Robert. Je suis très heureux de te voir.

— Eh, il est très brillant, mon grand-père ! lança Marie-Ève en fixant le dessus du crâne vierge de Robert.

Embarrassée, Valérie demanda à sa fille :

— Mais que veux-tu dire, Marie-Ève ?

— C'est Alex qui m'a dit ça. Tu sais, celui qui reste en haut de la côte, derrière ?

— Oui, je me souviens, reprit Valérie. Mais qu'est-ce qu'il t'a dit ?

— Il dit que quand les cheveux sont tombés sur la tête, comme celle de grand-papa, c'est que cette personne est très brillante. Sa tête devient trop chaude et les cheveux se sauvent.

Tous éclatèrent de rire, mais Marie-Ève n'en fut pas très enchantée.

— Ben, c'est vrai, quoi !

— Tu as raison, Marie-Ève, reprit Robert, tout souriant. Je ne perdrai surement pas l'occasion de me faire dire un si beau compliment.

Marie-Ève était ravie. Madeleine s'approcha et embrassa chaleureusement Robert, en disant :

— Bonsoir, Robert. Bienvenue à toi !

— Merci, Mado. Que je suis heureux de te voir.

Et il serra tendrement Madeleine les yeux embués.

Valérie détaillait son père de la tête aux pieds et une étrange impression l'envahit. Elle ne put s'empêcher de penser qu'il aurait dû toujours être dans sa vie. C'est pourquoi, comme un aimant, elle s'élança pour le saluer et son regard sur elle fit fondre le peu d'inhibition qui lui restait.

— Bonsoir Valérie, lui dit Robert.

Son regard ne quittait plus celui de sa fille. Puis, il lui tendit un bouquet de myosotis. Alors, tous comprirent le sourire qu'ils échangèrent quand Valérie cueillit les fleurs des mains de son père avec grande émotion.

Et tout bonnement, la glace fut cassée et la soirée débuta de façon charmante. Les rires et les conversations se chevauchèrent sans qu'aucune gêne vienne alourdir l'atmosphère, comme le craignait tant Valérie.

Les cailloux sont populaires

Le souper fut plus animé que Valérie ne l'aurait cru. Et c'est Marie-Ève qui en avait fait un moment merveilleux et détendu. Comme à son habitude, elle avait posé des milliers de questions et avait complètement conquis Robert, dès son arrivée.

D'ailleurs, elle s'était juchée rapidement sur les genoux de celui-ci, sans que personne s'en rende compte. Puis, tendrement, elle avait flatté, et flatté encore, ses bras, ses mains, avec une attention délicieuse.

Dès le premier service, Marie-Ève lui offrit son présent. Robert fut si ému qu'il avait été incapable de parler avant une bonne minute. Puis, à son tour, il lui avait remis un cadeau enveloppé d'un papier rouge vif.

Marie-Ève s'empressa de le déballer et y découvrit, en criant, trois casse-tête de Caillou. La petite fille et son grand-père se regardèrent et partirent ensemble d'un éclat de rire merveilleux.

— Décidément, les cailloux sont populaires ce soir, lança Robert, en se passant une main sur son crâne dégarni.

Alors tout le monde se remit à rire de plus belle.

— Tu te souviens, Valérie, ajouta Robert, quand on faisait des casse-tête ensemble, sur le tapis du salon ?

— Euh ! non... répondit Valérie, mal à l'aise.

— Ah ! C'est pas grave, s'empressa de dire Robert. C'est pas grave, je disais ça, comme ça...

Puis levant les yeux vers Rosaire et Madeleine, Robert ajouta aussitôt, pour couper court au malaise qui s'installait :

— Excusez-moi. Je n'ai rien apporté pour vous. Je ne trouvais pas le cadeau qui puisse représenter adéquatement l'importance de ce moment. Tous les choix que je faisais ne me satisfaisaient pas.

— Ça n'a aucune importance, Robert, s'empressa de dire Madeleine. L'important aujourd'hui, autant pour toi que pour nous, ce sont nos retrouvailles. Tu es notre cadeau.

— Oh ! oui, grand-père, ajouta Marie-Ève, les yeux scintillants. Je suis si heureuse d'avoir un grand-père.

Et elle avait prononcé ce dernier grand-père avec tant de chaleur que Robert en avait ressenti une grande fierté.

— Moi aussi, ma petite caille, dit tendrement Robert. Je suis très heureux d'avoir une petite fille si charmante.

Puis se tournant vers les autres, il ajouta :

— Cet enfant ressemble tellement à Huguette que j'ai l'impression de retourner quarante ans en arrière, chaque fois que je la regarde.

Pendant cette petite conversation, Valérie examinait son père à loisir. À vrai dire, elle le dévorait des yeux. Pendant de longues minutes, elle s'était laissé aller à rêver qu'il avait toujours été présent, qu'elle avait tout partagé avec lui, que ses regrets n'existaient pas.

La tendresse avait même touché son coeur quand Robert avait appelé sa fille « ma petite caille », comme elle se souvenait qu'il l'avait tant fait pour elle. Et c'est alors que dans un moment de profonde sensibilité, elle s'était exclamée, malgré elle, à voix haute :

— Alors, pourquoi ai-je eu si peur de lui ?

À l'instant où Valérie prononça ces mots, tous les convives venaient d'arrêter de parler, au même moment. La jeune femme rougit, troublée par les regards qui s'étaient tournés vers elle. Elle ne sut que dire, trop embarrassée de sa bévue. Il n'était pas prévu que sa réflexion se fasse à voix haute. Son propre corps l'avait trahi. Elle se sentit si ridicule, qu'elle aurait voulu disparaitre.

Robert regarda sa fille avec insistance. Si Valérie espérait que les autres n'aient pas entendu sa réflexion, le regard de Robert fixé sur elle, lui disait qu'il avait fort bien compris et avait même décrypté le sens de ses paroles.

Profondément tendue, Valérie soupira d'aise quand Marie-Ève, distrayant l'attention de tous, quitta les genoux de Robert, pour se percher sur ceux de Jean-Pierre, en bâillant longuement. Contente de ce revirement de situation, Valérie respira un peu quand le jeune homme entreprit de soustraire Marie-Ève du groupe.

— Allons dormir, ma puce, fit Jean-Pierre, en l'étreignant.

Marie-Ève lança des baisers ensommeillés et appuya sa tête contre l'épaule de Jean-Pierre, en fermant les yeux. Marie-Ève et Jean-Pierre disparus, Rosaire et Madeleine se levèrent pour ramasser les restes du souper.

— Allez donc vous asseoir au salon, Valérie, suggéra Madeleine, avec un clin d'oeil.

— Bonne idée ! Tu viens, Robert ? avait demandé Valérie, d'une voix plus enthousiaste qu'elle ne l'était vraiment.

Père et fille

Pendant que Valérie préparait des digestifs, Robert fureta autour de la pièce, s'arrêtant ici et là et s'immobilisant enfin devant le manteau de la cheminée où reposaient des photographies de Valérie, de Marie-Ève, de Rosaire et Madeleine, et même de Vincent et sa fille. Les prenant une à une dans ses mains, Robert les regarda attentivement, en silence. Puis, quelques minutes plus tard, sans se retourner, il demanda tout doucement :

— Comme ça, tu avais peur de moi ?

Gênée, Valérie suspendit son geste, tenant la pince à glaçons d'une main et le verre vide, de l'autre. Une bouffée de chaleur lui montant au visage, elle s'entendit répondre :

— Oui. Pendant des années, j'ai eu peur de toi. Et la nuit, un terrible cauchemar m'empêchait de l'oublier.

Robert s'était retourné vers elle, gardant toutefois une bonne distance entre eux, par pudeur. Puis, Valérie lui raconta son cauchemar, dans les moindres détails, ajoutant tous les sentiments dévastateurs qui en résultaient.

— Ton cauchemar me rappelle un événement que j'aurais aimé oublier pour le reste de ma vie. C'est le jour où j'ai frappé Philippe. Il avait quinze ans et toi, cinq. Des policiers venaient de le ramener à la maison parce qu'il avait été coupable de vandalisme.

J'étais estomaqué. Lorsque je l'ai vu dans l'encadrement de la porte, l'air bravache, entouré des deux policiers, j'ai éprouvé un tel mécontentement ! Et quand j'ai découvert dans son regard, toute cette insouciance et ce mépris, alors j'ai complètement perdu les pédales.

Valérie transpira au souvenir de ce jour affreux. Elle anticipait maintenant chaque minute du récit de son père.

— Aussitôt les policiers partis, j'ai fait une colère mémorable. Je l'ai frappé avec tellement de rage qu'il saignait du nez et de la bouche. C'était affreux. J'entends encore les cris de ta mère me disant d'arrêter.

Mais j'avais perdu tout contrôle. C'est la peur intense que j'ai vu dans tes yeux qui m'a fait réagir. Tu étais tapie dans le coin du salon entre les deux fauteuils, sous la table, et tu gémissais sans arrêt, les yeux remplis de terreur.

La pièce était remplie de brouillard moite. Valérie s'accroupit pour chercher un contact sûr et elle n'osait plus bouger. Elle était recroquevillée par terre, apeurée des cris et des bruits qui gonflaient autour d'elle, de plus en plus fort. Valérie entendait les objets qui se brisaient au sol et les éclats de voix se rapprochaient de plus en plus.

— Quand j'ai regardé mes mains qui étaient recouvertes du sang de Philippe, j'ai éprouvé un profond dégout. Puis, j'ai vu tes yeux et alors j'ai été submergé d'une tristesse inimaginable. J'ai tenté de m'approcher pour te consoler, mais tu t'es mise à hurler.

Elle vit des mains rouges, saignantes, qui se tendaient vers elle et sa mère pleurait et gémissait. L'horreur de Valérie se décupla sauvagement, le noir et l'air raréfié la terrifiaient. Elle sentit bouger autour d'elle, imagina plein d'horreurs voulant lui sauter dessus.

Les cris s'amenuisaient peu à peu hors de son trou et le silence la frappa comme un coup de masse. L'absence de bruit l'effrayait davantage. Valérie épuisée pleurait silencieusement. Le temps n'existait plus, seules la peur et l'angoisse s'installaient dans sa tête.

Et comme une fuite de l'intolérance, elle perdit peu à peu conscience dans un sommeil tourmenté. C'est lorsqu'elle entendit un gémissement l'appelant, tout près, qu'elle émergea de l'engourdissement : « Ma caille ? Ma petite caille ? »

— Tu avais peur de moi ! Comme si j'avais pu lever la main sur ma petite caille ! Tu t'étais enfui dans le cagibi sous l'escalier. Il nous a fallu des heures pour t'en sortir.

Il fit une pause. Valérie était clouée à ses lèvres, attendant la suite, religieusement.

— C'est le moment de ma vie dont j'ai le plus honte. Jamais je ne me suis pardonné ce moment de folie. C'est pourquoi il me fallait retrouver Philippe. Lui expliquer. Je ne pouvais pas le laisser avec le sentiment que je voulais l'anéantir. Mais je n'avais pas prévu que tu en sois, également, traumatisée.

Et Valérie à son tour, prit la parole :

— À partir de ce moment, j'ai toujours eu peur de toi. Quand tu entrais tard, j'étais couchée. Et si je ne dormais pas, je faisais toujours semblant pour que ta visite dans ma chambre soit écourtée le plus possible. Quand tu t'approchais et que tu m'embrassais, je tremblais de peur que tu me fasses du mal.

— Oh ! Valérie. Comme je regrette tout cela.

Mais Valérie ne l'écoutait plus.

— Pendant des années, sans même savoir pourquoi — car j'avais complètement oublié ce jour affreux — j'avais peur du sang, du cagibi sous l'escalier, et j'entendais, jour et nuit, une voix me dire : « Ma caille, ma petite caille ? » C'était ça, mon cauchemar. Depuis, j'ai toujours été incapable de rester dans un espace clos.

Robert s'était approché tout doucement de Valérie. Elle était recroquevillée sur le divan, les yeux fermés, si loin du présent. Robert s'était assis tout près d'elle, et tranquillement osa la toucher, discrètement.

Valérie releva la tête et ouvrit ses yeux. Leurs regards se rencontrèrent et se comprirent. C'est alors que Robert enlaça sa fille, pour la première fois, depuis des années et que celle-ci y consentit, trop avide d'effacer l'image douloureuse qu'elle gardait de lui.

Puis, Valérie monta au grenier avec son père. La jeune femme voulait lui montrer tout ce qui lui avait permis de connaitre la vérité. Robert avait touché chaque élément de la malle noire, comme si c'était des trésors sans prix. Mais il avait refusé catégoriquement de lire la correspondance. Il disait que ça ne lui était pas destiné. Et quand il avait tenu la robe de mariée de Huguette dans ses bras, il avait laissé des larmes couler.

— Jamais je n'aurais cru qu'elle ait pu garder le moindre souvenir de notre vie commune. Je l'aimais tellement, avait-il murmuré, en s'essuyant les yeux. Nous étions follement amoureux. Pas très riches, mais amoureux.

Le petit deux-pièces et demi que nous habitions à la naissance de Philippe était un vrai paradis pour moi. Huguette l'avait agréablement décoré, avait cousu des rideaux elle-même. Notre logement était ensoleillé et gai.

J'avais toujours hâte d'y revenir. Et elle riait beaucoup, tellement que c'était une musique qui me berçait et me transportait loin des tracas journaliers. Ma plus grande tristesse, c'est d'avoir anéanti ce rire merveilleux de ta mère.

— C'était toi, le bouquet de myosotis sur la tombe de maman ?

— Oui, toutes les semaines. Depuis le jour de ses funérailles.

— Et où habites-tu, maintenant ? demanda Valérie, dans l'espoir de meubler enfin leur vie, non plus avec des souvenirs, mais avec la matière de leur vie présente.

— À Sainte-Foy. J'habite un petit condo de trois pièces que j'ai reçu en héritage de monsieur Baker, mon ancien patron. Mais c'est une longue histoire…

— Raconte-moi, lui demanda Valérie, espérant ainsi mieux connaitre sa vie.

— Il y a quatre ans, j'ai pris ma retraite et j'habitais un petit logement du Quartier latin. Un jour, madame Baker m'a appelé de Boston. Son mari était gravement malade d'un cancer. Ses chances de survie étaient quasiment nulles et il avait refusé tout traitement.

C'était bien là, monsieur Baker. Il était toujours prêt à se battre, mais seulement après avoir fait l'analyse de la situation et calculé ses chances de succès. Pour la première fois, son bilan était déficitaire. Cet homme était un gagnant.

Alors, il ne pouvait pas accepter un simple répit de quelques mois proposés par ses médecins ni la piètre qualité de vie qui aurait été la sienne entre l'hôpital et la maison. Son choix fut très simple pour lui et il ne le regretta jamais.

Madame Baker m'avait appelé parce que son mari avait exprimé le souhait de me revoir avant de mourir. Je suis donc parti à Boston tout de suite. J'ai quitté mon loyer, car c'était un bail au mois et que j'ignorais combien de temps j'allais être absent. J'y suis resté six mois, jusqu'à la mort de monsieur Baker.

— C'est pour cela que Rosaire et Mado avaient perdu ta trace ?

— Oui. J'ai été négligent, je l'avoue. Mais je suis parti bien vite et à Boston, je ne laissais pas monsieur Baker une seule minute. Je restais à ses côtés, nuit et jour.

Il voulait ma présence et cet homme m'avait tellement donné que j'étais trop heureux de lui rendre un peu les bontés qu'il m'avait prodiguées. À sa mort, ma plus grande surprise a été d'apprendre qu'il m'avait couché sur son testament. Il me donnait son condo de Sainte-Foy.

C'était son pied-à-terre quand il venait au Québec. De plus, il avait prévu les services du détective McNicoll pour te retrouver. Un article du testament prévoyait que la succession devait en rembourser les frais.

Impressionnée, Valérie ne put s'empêcher de dire à Robert combien elle trouvait ce vieil homme généreux.

— Oui, en effet, c'était un homme assez extraordinaire.

Pendant très longtemps, Robert et Valérie échangèrent leurs confidences. Ensemble, ils démêlèrent le rêve de la réalité, les cauchemars des épreuves de la vie, leurs rêves les plus fous et leurs désirs profonds.

L'un et l'autre comprirent que la peine et la souffrance avaient été leur lot à tous les deux. Ces quelques heures de conversation n'avaient pas permis de rattraper le temps perdu, mais elles avaient replacé les événements dans leur contexte. Ils avaient chacun retrouvé un bout de leur vie qui leur avait été volé injustement. Valérie venait de comprendre que la vie nous apportait un lot de questions, mais l'amour donnait souvent les vraies réponses.

Un long silence s'étira entre eux, laissant les pensées de l'un se mêler à celles de l'autre. Une certaine sérénité flotta dans la pièce, touchant tour à tour le père et la fille. Puis, Robert leva les yeux vers Valérie et lui demanda :

— Dis-moi ma fille, et Jean-Pierre, tu l'aimes ?

Valérie regarda son père quelques minutes, puis lui fit un grand sourire avant de lui confier :

— Oui, je l'aime, Robert. J'ai une confiance absolue en lui et je suis certaine que c'est l'homme de ma vie.

Le temps passe

Peu à peu, Charlevoix retrouvait le ralentissement de l'hiver. Les touristes étaient encore nombreux à venir skier dans la région, mais l'achalandage massif avait cessé. L'ordinaire était revenu à l'Auberge La Mitonnée. Et pour la première fois de sa vie d'adulte, Valérie avait eu le coeur beaucoup plus chaud que ce mois frileux de janvier.

Puis, février avait couru dans ses courts vingt-huit jours et l'année avait atteint mars avant même qu'on ne se rende compte que le redoux avait installé ses bras sur le comté. Et vinrent le retour des familles et les semaines de relâche.

Les pistes de ski avaient été très courues et les motoneiges avaient pris Charlevoix d'assaut, par centaine. Si bien qu'avril arriva en douce et retrouva la famille Morin-Tremblay un peu fatiguée, mais bien émoustillée de sentir déjà le printemps s'étirer ici et là, autour d'eux.

Aujourd'hui, 12 avril, c'était un jour bien spécial. L'excitation était au rendez-vous, car on mijotait l'anniversaire de Valérie. La jeune femme avait demandé que ce soit intime. « Juste la famille », avait-elle spécifié. Madeleine avait donc retenu le petit Salon rose de l'Auberge.

Comme Jean-Pierre l'avait si bien dit : « Les portes du Salon rose fermées, Valérie ne pourra pas jouer à l'aubergiste ». Mais de toute façon, avril apportait l'accalmie à La Mitonnée. On attendait seulement une vingtaine de soupers et à peine six chambres étaient occupées cette nuit. Juste quelques clients pour laisser les deux copropriétaires relaxer en famille, pendant que le personnel veillerait la bonne marche de l'Auberge.

Six heures venaient de sonner. Ils étaient tous au bar, à discuter avec entrain, dégustant le champagne qu'avait apporté Robert. Le maitre d'hôtel s'était surpassé. Le bar était décoré avec beaucoup de gout, même si Marie-Ève avait affirmé que ce n'était pas vraiment des décorations d'anniversaire puisqu'il n'y avait pas de « balounes ».

— Comme d'habitude, elle a qualifié mes projets d'extravagances, expliquait Madeleine à Robert. Je voulais lui organiser un gros party d'anniversaire. Mais elle a refusé tout de go. Elle voulait juste qu'on soit tous ensemble.

Robert haussa les épaules.

— Au fond, Mado, Valérie est une timide. Elle n'aime pas beaucoup les grandes réunions sociales.

— Oui, tu as raison. Pourtant, au vernissage de Rosaire, si tu l'avais vue dans cette jungle de près de cent personnes. Elle nageait comme un poisson dans l'eau !

— Et cette toile du Moulin banal des Éboulements, demanda Jean-Pierre à Rosaire, qui l'a achetée ?

— C'est la mairesse des Éboulements. Quand j'étais allé peindre sur place, elle était venue me voir et l'avait réservée ce jour-là. Elle m'avait donné sa carte et même un acompte de 50,00$.

— C'est quand même merveilleux ! Le jour même du vernissage, sept toiles sur douze ont trouvé preneurs. Pour un premier vernissage, c'est un succès !

— Oui, mon bonhomme ! Il faut dire que je suis bien content. Mais ta Valérie y a mis le paquet, tu sais.

Valérie avait frénétiquement envoyé les invitations un peu partout dans la région, aux propriétaires de collections privées et à quelques clients de l'Auberge La Mitonnée, amateurs d'art.

Quelques connaissances et amis avaient également été rejoints. Près de deux cents invitations avaient été postées, ils avaient reçu près de soixante confirmations et la journée du vernissage, quatre-vingt-cinq personnes avaient répondu à l'appel.

— C'est vrai, ajouta Jean-Pierre, jetant un coup d'oeil à Valérie qui jouait une pièce au piano avec Marie-Ève sur ses genoux. Valérie ne fait jamais rien à moitié.

— Comme tu dis, jeune homme, lui répondit Rosaire, en lui donnant une petite tape amicale sur l'épaule.

— Puis, Robert, demanda Madeleine, est-ce que tu as réussi à louer ton condo ?

— Oui, c'est fait. Je signe le bail mardi prochain. Ça n'a pas été trop long, finalement.

Robert n'avait jamais parlé de venir s'installer dans Charlevoix. Mais ces dernières semaines, c'est Madeleine qui avait commencé à en élaborer le projet.

Depuis leurs retrouvailles avec Robert, celui-ci venait toutes les fins de semaine à l'Auberge La Mitonnée. Le chalet no 4 qui avait accueilli Jean-Pierre, l'été dernier, lui était désormais réservé.

On y avait ajouté toutefois un petit lit pour Marie-Ève qui dormait avec son grand-père au moins une nuit pendant la fin de semaine. Une grande amitié chaleureuse s'était développée entre eux.

Mais plus le temps passait, plus Madeleine réalisait que la vie de Robert était désormais ici. Tout serait très différent pour tout le monde s'il venait habiter Charlevoix. Rosaire et lui pourraient partager à nouveau, tous les jours, cette complicité qui leur était si naturelle.

Marie-Ève pourrait le voir aussi souvent qu'elle le voulait. La petite fille trouvait les semaines bien longues et bien tristes sans son grand-père. Et même Valérie y trouverait son compte. Car Madeleine soupçonnait qu'elle s'ennuyait aussi, parfois, de son père.

C'est lors d'un déjeuner avec Valérie que Madeleine osa aborder le sujet :

— Valérie, que dirais-tu si j'offrais à Robert de venir habiter la chambre d'ami, ici ?

Alors, Valérie avait répondu à Madeleine par un grand sourire.

— Mado, je trouverais que c'est une excellente idée ! Car j'y pensais moi-même depuis peu.

Curieusement, depuis quelques jours, Valérie aspirait de plus en plus à parfaire sa relation avec son père. Elle souhaitait secrètement son emménagement dans Charlevoix, car elle espérait approfondir l'intimité qui se profilait aux abords de leur relation.

— Parfait, ma douce, ajouta Madeleine. Je voulais juste m'assurer que tu étais prête à le côtoyer plus souvent.

— Absolument. Sois, sans crainte. D'ailleurs, peut-être que je vais déménager aussi... Il pourra même habiter nos appartements.

Haussant les sourcils, Madeleine demanda :

— Est-ce que c'est... ce que je pense ?

— Euh, je pense que c'est, ce que tu penses... Depuis plusieurs semaines, Jean-Pierre m'invite (en fait nous invite, Marie-Ève et moi) à aller vivre avec lui. Et j'avoue que je commence à me laisser convaincre.

Souriante, Madeleine affirma :

— Mais c'est très bien, Valérie. Je crois que tu as raison de lui faire confiance. C'est un type très bien. D'ailleurs, je l'ai toujours dit !

Et la taquinerie de Madeleine avait fait rire Valérie. Ainsi, depuis quelques semaines, on se préparait donc à de grands changements.

— Valérie est très heureuse que tu viennes habiter Charlevoix, confia Madeleine à Robert. Elle a été très agréablement surprise de toi, ajouta-t-elle, un petit sourire coquin au coin des lèvres.

— Jamais je n'aurais cru que ma fille avait une telle force de caractère. Elle me fascine !

— Je ne te dis pas qu'elle n'avait pas des appréhensions à ton égard, au début. Mais je sais qu'aujourd'hui, elles ont complètement disparu.

— Oui, et ça se sent. Je suis si heureux, Madeleine. Jamais je n'aurais cru avoir autant de bonheur dans mes vieux jours.

— Mes vieux jours... mes vieux jours, bougonna Madeleine. Tu ne trouves pas que tu exagères un peu ! On n'a pas 100 ans, que je sache !

— Ouais, fit Robert un peu déconcerté. Il me faudra apprendre à rajeunir, je crois, si je ne veux pas subir tes hargnes.

— Oui, monsieur Morin ! La vie ne fait que commencer ! Mes vieux jours... pouah ! grogna-t-elle, exaspérée.

— OK, Madame Tremblay. Message reçu.

Et jetant des coups d'oeil amusés à Madeleine pour tenter de la dérider, Robert réussit à lui soutirer un sourire qui se changea instantanément en un éclat de rire qu'il partagea avec délices.

L'anniversaire de Valérie

— Elle est belle ta fille, hein, Robert ? lança Rosaire, mettant sa grosse patte sur l'épaule de son ami, la fierté dans le regard.

Les deux hommes, accoudés au bar l'un à côté de l'autre, regardaient Valérie qui versait du champagne à Madeleine et à Jean-Pierre.

— Elle est magnifique ! répondit Robert, ému. Tu sais Rosaire, je ne t'ai jamais assez remercié pour tout ce que tu as fait pour elle...

— Pas la peine, mon vieux, le coupa Rosaire. Ce n'était pas un devoir pour nous. C'était un véritable plaisir. Valérie est merveilleuse. Elle nous a apporté beaucoup de bonheur. Mais, elle a eu un long chemin difficile. Et pourtant, regarde-la. Il y a encore cette étincelle de vie dans ses yeux. Et je crois que rien ni personne ne réussira jamais à en éteindre la flamme.

— Vous n'êtes pas étrangers à ce regard serein. Vous avez été extraordinaires avec... notre fille.

Surpris, Rosaire regarda son ami et perçut une grande sincérité dans ses yeux. Ému, il regarda plus intensément Robert et lui dit :

— L'important, Robert, c'est qu'aujourd'hui, notre fille a enfin trouvé le bonheur.

Le maître d'hôtel s'approcha de Madeleine pour lui signifier que le chef était prêt à les servir.

— À table, tout le monde ! annonça gaiement Madeleine.

Et le petit groupe se dirigea joyeusement vers le Salon rose. On avait pris la peine de garnir la table d'un service de vaisselle tout neuf — reçu la semaine dernière — pour que Valérie ait l'impression d'un ailleurs.

Tout le monde était confortablement assis. Olivier, coiffé de sa toque de cuisinier, vint personnellement saluer Valérie et lui offrir ses voeux d'anniversaire. Puis, il présenta officiellement le menu.

— Tout d'abord, je vous ai préparé pour entrée des cailles glacées sur canapés.

Des regards surpris convergèrent de l'un à l'autre et Valérie soupçonna son père d'être de connivence avec le chef cuisinier.

— Suivra une soupe reine au cresson, continua Olivier. Ensuite, j'ai choisi de vous concocter un Chateaubriand, en l'honneur de madame Valérie, puisque je sais qu'elle adore ce mets. Viendra ensuite une salade César. Pour le dessert, on vous apportera un saint-honoré flambé. Mesdames, messieurs, je vous souhaite *Bon appétit !*

Tous les convives le remercièrent et se délectaient déjà à l'avance de ce menu de fins gourmets. Le repas fut un moment merveilleux où tous riaient, se taquinaient et jasaient amicalement, dans la plus parfaite harmonie.

Si bien que vitement arrivât le moment du dessert. Tout le personnel de La Mitonnée arriva dans le Salon Rose, précédé du chef lui-même, apportant le saint-honoré flambé, tandis que les autres employés l'entouraient, munis des cadeaux d'anniversaire. Le maitre d'hôtel prit la parole :

— Madame Morin, au nom de tout le personnel de l'Auberge La Mitonnée, nous vous souhaitons un joyeux anniversaire.

Et tous applaudirent chaleureusement, pendant que le sourire aux lèvres, Valérie recevait son premier cadeau, offert par l'équipe de La Mitonnée. Il s'agissait d'un livre magnifique : Charlevoix, pays enchanté, de l'auteur Jean Des Gagniers.

C'était un gros ouvrage de luxe de 445 pages, parsemé d'illustrations nombreuses et traitant du Charlevoix physique, historique, sociologique et artistique. Une véritable oeuvre d'art.

— Je suis vraiment touchée, commenta Valérie, en passant la main respectueusement sur la jaquette du livre. Je vous remercie mille fois.

Puis, après que chacun eût félicité Valérie et réitéré leurs voeux d'anniversaire, ils laissèrent leur patronne à ses invités et quittèrent la pièce.

Marie-Ève, toute fébrile, alla chercher son cadeau parmi les paquets apportés par le personnel et le déposa près de Valérie.

— Bonne fête, Mamichou ! dit-elle en tendant son cadeau à sa mère.

Valérie le prit dans ses mains et jeta un regard tendre à sa fille.

— Mais qu'est-ce que ça peut bien être, questionna-t-elle innocemment, même si elle devinait une toile, à travers l'emballage.

Et c'est bouche bée qu'elle découvrit une aquarelle dessinée par sa fille avec beaucoup d'adresse.

— Mais c'est Canelle ! s'exclama-t-elle, émerveillée.

— Eh ! oui, Mamichou, s'écria Marie-Ève en sautillant. Est-ce que tu l'aimes ?

— Mais bien sûr, ma puce, ajouta la jeune femme, attendrie. Quelle merveilleuse idée ! Que tu as bien réussi !

Valérie retrouva les teintes orangées qui parsemaient toujours les toiles de sa fille. Et à sa grande surprise, elle reconnaissait parfaitement la chatte disparue. Quand on y regardait de plus près, on pouvait voir quelques ajouts d'un pinceau plus expérimenté.

Probablement celui de Rosaire qui avait dû aider Marie-Ève à parfaire un peu son aquarelle. Mais Valérie n'en dit mot à sa fille et l'étreignit longuement, pendant que Rosaire lui faisait un clin d'oeil ravi.

— Que je suis gâtée ! lança Valérie, pendant que Madeleine lui offrait à son tour un cadeau.

— C'est de Rosaire et moi, dit-elle en souriant.

Après l'avoir déballé délicatement, Valérie, n'en crut pas ses yeux. Elle découvrit une photo laminée de l'ancienne ferme de Rosaire, à Saint-Irénée. Incapable de parler pendant plusieurs minutes, c'est la voix enrouée d'émotion qu'elle réussit à dire, entre deux inspirations profondes :

— Fantastique ! Et cette photo a été prise exactement du point de vue de ma balançoire, à l'est de l'étable. C'est précisément le coup d'oeil que j'avais de la ferme quand je me balançais. Comment avez-vous su ?

Un large sourire accroché à son visage, Rosaire expliqua :

— Juste avant que je vende la ferme, Madeleine a fait venir un photographe et c'est elle qui lui a commandé ce point de vue précis. « C'est comme ça que ma Valérie voyait la ferme, le plus souvent », m'avait-elle assuré.

— Incroyable ! ajouta Valérie, se levant pour les embrasser tous les deux. Merci ! Merci beaucoup ! Madeleine, quelle sorcière, tu fais !

Et Rosaire, en riant, laissa échapper :

— Enfin quelqu'un d'autre que moi qui se rend compte que tu es une vraie sorcière, à toujours deviner nos pensées les plus intimes.

Et c'est un rire communicatif qui éclata dans le Salon rose. Robert se leva à son tour et lui tendit son cadeau. « À ma petite caille » lisait-on sur une petite étiquette rose. Valérie lança un sourire de satisfaction à son père et s'empressa de déchirer le papier d'emballage pour découvrir ce qui s'y cachait.

Une photo noir et blanc, dans un cadre argenté, surprit Valérie et lui fit plisser le front.

— Mais... balbutia Valérie, songeuse, cherchant à situer cette photographie.

C'était une photo de famille. On y voyait Robert et Huguette debout, enlacés par la taille. Devant eux, on apercevait Philippe qui devait être âgé d'environ 12 ans et Valérie, d'à peine 2 ans. Tous souriaient et semblaient totalement comblés.

Mais ce qui était le plus extraordinaire pour Valérie, c'était de reconnaitre le décor qui les entourait : c'était à Expo-Québec et l'on y voyait des clowns, des manèges et des stands de jeux de hasard avec tous ses toutous suspendus aux kiosques.

Valérie porta une attention particulière à la peluche de girafe, qu'elle tenait dans les mains, sur la photographie. Émerveillée, Valérie leva ses yeux vers son père, alors qu'il lui demandait :

— Tu te souviens de Laf ?

— Laf ! cria Valérie. Et comment ! Oh, Robert, c'est merveilleux !

Et c'est en riant follement qu'elle s'élança pour l'embrasser. Robert expliqua à Marie-Ève qui regardait avidement la photographie de sa mère bébé qu'il avait acheté ce toutou girafe à Valérie et que celle-ci l'avait appelé Laf parce qu'elle était incapable de prononcer le mot girafe.

Laf est devenu le toutou préféré de ta mère pendant des années, ajouta Robert.

— Mais, qu'est-il devenu ? demanda Valérie. Je ne l'ai jamais retrouvé. Je l'avais jusqu'à ce que je commence l'école. C'est à ce moment-là que j'en perds le souvenir.

— Justement, Valérie, reprit Robert. C'est à ce moment que tu l'as égaré. Tu l'apportais à la maternelle et un jour, tu es revenue en pleurs le midi, parce que tu l'avais perdu. Ta mère est allée à l'école pour essayer de le retrouver. Elle a cherché partout dans la cour de récréation, dans ton casier et dans ta classe avec l'aide de ton professeur. Elle s'est même rendue à la direction. Mais rien n'y fit. On ne le retrouva jamais.

— Quel beau souvenir, tu me rappelles aujourd'hui, ajouta Valérie, la joie dans les yeux.

— Tu vois, Val, dit Jean-Pierre, en lui caressant la nuque, il y a toujours de bons moments !

— Oh oui ! lança Valérie. Que je vous aime tous ! s'exclama-t-elle, le visage illuminé de bonheur..

Le cadeau de Jean-Pierre

— Et toi, Jean-Pierre, tu le donnes, ton cadeau ? demanda Madeleine. Nous sommes bien intrigués par cette grosse boîte.

En effet, une énorme boîte reposait seule, près d'une chaise, atteignant presque la hauteur de la table. Jean-Pierre poussa son cadeau vers Valérie.

— Bon anniversaire, lança-t-il pendant que la jeune femme, intriguée, se levait pour déchirer le papier avec l'aide énergique de Marie-Ève qui s'en donnait à coeur joie. Mais quelle ne fut pas leur surprise de découvrir à l'intérieur, une deuxième boîte, parfaitement bien emballée à son tour.

— Jean-Pierre, qu'est-ce que tu m'as fait là ? lança Valérie, en s'esclaffant.

Et dans les rires qui s'amplifièrent, Valérie découvrit une troisième boîte, puis une quatrième et enfin cette dernière ouverte, des milliers de confettis cachaient un magnifique coffret orné d'or. Valérie le prit méticuleusement dans ses mains et sans l'ouvrir, retourna s'asseoir pendant que Marie-Ève questionnait :

— Mais qu'est-ce que c'est, Mamie. Ouvre-le, vite.

Après avoir scruté intensément chacun des visages autour de la table, et plus particulièrement celui de Jean-Pierre, Valérie ouvrit lentement le coffret. À l'intérieur reposait une clé étincelante dont la base représentait un gros « G » majuscule ciselé.

— Non ! s'écria Valérie, tu n'as pas acheté…

— Eh oui, ma belle, c'est la clé de la maison de monsieur Girard. Cette maison nous appartient maintenant.

— Petit cachottier, s'exclama Madeleine. C'est merveilleux !

La maison de Eugène Girard se trouvait juste de l'autre côté de la rue, face à l'auberge. Un samedi après-midi de fin février, alors que Valérie et Jean-Pierre faisaient une promenade dans le village, ils s'étaient arrêtés devant la maison de monsieur Girard et Jean-Pierre avait dit à Valérie :

— C'est une maison comme celle-ci que j'aimerais que nous habitions.

Valérie avait été sidérée par cette réflexion. Coïncidence remarquable, cette maison l'avait toujours charmée. C'était une maisonnette tout en longueur avec un balcon qui l'entourait, trois murs sur quatre.

Elle avait beaucoup de panache avec ses briques rouges et ses ouvertures toutes blanches. Et à l'arrière, un petit terrain paysagé descendait jusqu'au fleuve. L'intérieur était également délicieux.

Pour l'avoir déjà vu une fois, alors qu'elle visitait monsieur Girard avec Rosaire, Valérie avait expliqué à Jean-Pierre à quoi ressemblait l'intimité de cette maison. Elle comportait huit pièces, dont une cuisine, deux chambres, une salle de séjour et un grand salon, au premier.

Les planchers de bois miroitaient sous le soleil que laissaient entrer abondamment les grandes fenêtres. Le sous-sol abritait un garage et un atelier, ainsi que deux autres pièces pouvant être aménagées de différentes façons. C'était une maison coquette et agréable qui avait plu tout de suite à Valérie.

C'est Rosaire qui, le premier, avait parlé de l'intention de vendre du propriétaire. Monsieur Girard, âgé de 76 ans, avait résolu d'emménager chez son fils, à Saint-Siméon. « C'est lui-même qui a construit sa maison et il l'a toujours bien entretenue », avait dit Rosaire à Jean-Pierre, alors qu'ils échangeaient leurs propos au sujet de cette maison.

Valérie avait considéré cette conversation comme bien banale à ce moment-là et n'avait aucunement soupçonné qu'il put y avoir autre chose. Mais aujourd'hui, elle apprenait que Rosaire et Jean-Pierre avaient probablement été complices dans ce projet. Car les yeux rieurs et le large sourire de son oncle en disaient long à cet égard.

— Comme j'étais alors assuré que la maison te plaisait autant qu'à moi, expliqua Jean-Pierre, je me suis précipité chez monsieur Girard. Juste à temps, car il se préparait à contacter un agent d'immeubles. Nous avons discuté et quand j'ai glissé ton nom et celui de Rosaire dans la conversation, il a tout de suite accepté de me la vendre. Une semaine plus tard, nous passions devant le notaire. Le plus difficile a été de garder la surprise jusqu'à aujourd'hui.

Valérie se trouvait comblée. Cette maison lui convenait

parfaitement. Et qui plus est : elle était située à proximité de l'auberge. Car jusqu'ici, elle hésitait à accepter de vivre avec Jean-Pierre parce qu'elle était inquiète d'éloigner Marie-Ève de Rosaire et de Madeleine.

Sa fille s'était fait une petite vie bien à elle dans cet environnement et Valérie répugnait à mettre en péril cette harmonie. La fillette était si heureuse depuis quelques mois. Et maintenant que Robert venait s'installer dans Charlevoix, Marie-Ève aurait été malheureuse de s'en éloigner.

C'était très bien ainsi. Rien ni personne ne pourrait plus empêcher Valérie de rejoindre Jean-Pierre. Leur vie prendrait un tour nouveau, sans que nul ne puisse désormais briser les liens précieux qui se tissaient entre eux. Elle ferait à nouveau partie d'une famille.

Valérie manipulait la clé avec respect, comme si celle-ci représentait le symbole fabuleux qu'elle attendait depuis toujours. Comme si cette clé venait annihiler celle de la malle noire, porteuse de mauvais souvenirs. La clé du mensonge, la clé d'amour.

Valérie était très émue et son regard rejoignit celui de Jean-Pierre. Elle lui adressa un sourire rayonnant. Il n'y avait plus rien à dire. C'est ce que Jean-Pierre comprit quand il suggéra à tous de se rendre au bar, pour siroter un dernier verre.

Dès son entrée dans la pièce, Valérie fut assaillie par toute la clientèle dont la grande majorité sortait de la salle à manger. Ayant appris que c'était l'anniversaire de la propriétaire, ils se faisaient un devoir de venir la saluer. Elle fut donc retenue, pendant plusieurs minutes, par des visages joyeux qui n'en finissaient plus de la féliciter.

Ah ! qu'elle est belle ! pensa Jean-Pierre, ému, alors qu'il dévorait des yeux cette femme magnifique qui donnait aujourd'hui à sa vie, tout son sens.

Comme touchée par télépathie, Valérie chercha du regard parmi les gens agglutinés devant elle, la silhouette de Jean-Pierre qu'elle découvrit accoudée au bar, Marie-Ève pendue à son cou. Son cœur fit une cabriole alors qu'elle laissait ses pas la mener vers lui.

Un large sourire s'étira sur la bouche de Jean-Pierre et ses yeux la couvrirent de baisers que Valérie avalait, euphorique. L'un et l'autre tendirent une main qui s'épousèrent, silencieusement.

Valérie aspira avec gourmandise le parfum qu'il exhalait et ne quitta pas un seul instant ses yeux amoureux, fixés sur elle. Puis, prenant une grande respiration, elle lança à Jean-Pierre, après un coup d'oeil à Marie-Ève :

— Jean-Pierre, veux-tu nous épouser ?

Marie-Ève ébahie laissa errer son regard de Jean-Pierre à Valérie, avant de s'écrier :

— Ouais ! Super ! On se marie !

Et tous trois s'enlacèrent en riant, alors que Jean-Pierre, prenant le cou de Valérie dans sa main, l'approcha doucement vers lui, pour murmurer à son oreille :

— Dis donc, tu en as mis du temps, mon amour !

Et sous l'oeil excité de Marie-Ève, Jean-Pierre et Valérie scellèrent d'un baiser cet engagement définitif, pendant que tous les gens présents dans le bar, applaudissaient à tout rompre, le sourire aux lèvres.

Épilogue

Aujourd'hui, la mante religieuse n'est plus. Elle a laissé derrière elle, un monde étriqué de mensonges, de colère et d'amertume. Une mutation mystérieuse s'est opérée à travers le temps.

De la peur continue de l'abandon est né l'espoir. De la rancoeur nourrie par le chagrin est né le pardon. De la solitude essoufflée est né l'amour. Cette métamorphose voyagea de la tête au coeur et créa la rencontre de l'albatros avec le vent.

Désormais, chaque saison connaitra la parade nuptiale, où le couple tournoiera les ailes déployées. Entrechoquant leurs becs et se lissant mutuellement les plumes, ils renouvelleront leurs liens.

Comme un aboutissement, leur vie connaitra la plénitude. Ni toute blanche, ni toute noire mais nuancée de toutes les teintes de gris, leur joie s'éclatera pour créer la force douce d'un vol plané en duo, en harmonie.

Lise Bellavance

Fin de *Guérir du passé*

Laissez un commentaire, ce serait grandement apprécié !

Des livres captivants

www.livresenligne.ca
et le blog http://plein-de-livres.com
Faites-vous plaisir !

De l'auteure :
Blog *Pour écrire un mot* :
https://lisebellavance.wordpress.com

Édition *Les productions luca* :
http://livresenligne.ca/Site/L._Bellavance.html

De la même auteure

Le troisième monde
RÊVES Trois nouvelles
La mémoire du coeur